U0518248

高 建 群 全 集

狼 之 独 步

高建群 著

陕西师范大学出版总社

图书代号　WX24N0098

图书在版编目（CIP）数据

狼之独步 / 高建群著. —西安：陕西师范大学出版总社
有限公司，2024.1
　（高建群全集）
　ISBN 978-7-5695-4271-4

　Ⅰ.①狼…　Ⅱ.①高…　Ⅲ.①散文集—中国—当代
Ⅳ.①I267

中国国家版本馆CIP数据核字（2024）第004444号

狼 之 独 步
LANG ZHI DUBU

高建群　著

出 版 人	刘东风	
总 策 划	孙留伟	
责任编辑	胡选宏	
责任校对	张旭升	
出版发行	陕西师范大学出版总社	
	（西安市长安南路199号　邮编710062）	
网　　址	http://www.snupg.com	
印　　刷	北京天宇万达印刷有限公司	
开　　本	880 mm×1230 mm　1/32	
印　　张	8.25	
插　　页	2	
字　　数	202千	
版　　次	2024年1月第1版	
印　　次	2024年1月第1次印刷	
书　　号	ISBN 978-7-5695-4271-4	
定　　价	66.00元	

读者购书、书店添货或发现印刷装订问题，请与本公司营销部联系、调换。
电话：（029）85307864　85303629　传真：（029）85303879

总　序

文稿一旦变成铅字，一旦成为一本装帧得或粗糙或精美的书本，那它就是一个独立的存在了。它将离你而去。它将行走于世间。它将开始它自己的宿命。它或被读者供之于殿堂，视为经典，视为对这个时代的一份备忘录；或被读者弃之于茅厕；或被垃圾处理厂重新化为纸浆，以期待新的人在上面书写新的东西。凡此种种，那就看这本书它自己的命运了。

这时，于作者本人来说，倒是没有太大的干系了。于是他成了一个旁观者。他和这本书唯一的联系是，那书本的额头上，还顶着他卑微的名字。知道《一千零一夜》中的《渔夫和魔鬼的故事》吗？渔夫打开铅封的所罗门王的瓶子，于是一缕青烟腾起，魔鬼从瓶子里走出来，开始在世界上游荡，开始在暗夜里敲打你的门扉。渔夫这时候唯一能做的事情，是一手拿着空瓶子，一手捏着瓶子盖儿，傻乎乎地看着他放出的魔鬼，横行于世界。

此一刻，在这二十五卷本的"高建群全集"即将付梓出版之际，我感到我的已日渐衰老的身躯，便宛如那个已经被掏空的——或者换言之——魔鬼已经离你而去的空瓶子一样。此一刻，我是多么虚弱而疲惫呀。

人生一场大梦，世事几度秋凉。一想到这个名叫高建群的写作者，在有限的人生岁月中，竟然写出这么多的文字，我就有些惊讶。一切都宛如一场梦魇！这是一笔一画写出来的呀！如果我不援笔写出，它们将胎死腹中。但是很好，我把它们写出来了，把它们落实到了纸上。

那每一本书的写作过程，都是作者的一部精神受难史。

建于西安航空学院的高建群文学艺术馆，要我给一进馆的墙壁上写一段话，于是我思忖了一个星期，最后选定帕乌斯托夫斯基《金蔷薇》中的一段话，写在那上面。那么请允许我，也将这一段话写在这里：

> 是什么东西迫使一个作家，从事这种庄严的但却又是异常艰辛的劳动呢？首先是心灵的震撼，是良心的声音。不允许一个写作者在这块土地上，像谎花一样虚度一生，而不把洋溢在他心中的，那种庞杂的感情，慷慨地献给人类。

谎花是一种虽然开放得十分艳丽，但是花落之后底部不会坐上果实的花。植物学上叫它"雄花"，民间则叫它"谎花"。

我们光荣的乡贤，以大半辈子的人生履历驰骋于京华批评界，晚年则琴书卒岁、归老北方的阎纲老先生说：

> 相形于当代其他作家，高建群是一个马拉松式的长跑者，他以六十年为一个单元，在自己的斗室里，像小孩子玩积木一样，一砖一石地建筑着自己的艺术帝国。他有耐性，有定力。喧嚣的世界在他面前，徒唤其何。

当我听到阎老的这段话时，我在那一刻真的很感动。感动的原因是世界上还有人在关注这个不善经营、不懂交际的我。诗人殷夫说：“我在无数人的心灵中摸索，摸索到的是一颗颗冷酷的心！”现在我知道了，长者们一直作为艺术良心站在那里，为当代中国文学保留着它最后的尊严。

“有些故事还没讲完那就算了吧！”这是一首流行歌曲里的话，如果这个名叫“总序”的文字，需要拿出来单独发表的话，建议用这句话作为标题。

我们这一代人行将老去，这场宴席将接待下一批饕餮客！人在吃完宴席后，要懂得把碗放下，是不是这样？！

2020年10月11日早晨6点
写于西安

目录

CONTENTS

辑三　家长里短

辑四　英雄独步

辑一　天下为家

穿过沼泽地带

你要想登上文学的殿堂吗？你得穿过那些由似是而非的庸俗作家们组成的沼泽地带。这是一个漫长的地带，没有清醒的嗅觉和先天的敏感，是很难穿过它的。那些真正的作家们自己自然是洞若观火，但却不会冒昧地向你指出，以免陷入事非。而大量的不辨真伪的善良的人们，只会一味地人言亦言，不能给你一点实质性的指示。这些只有靠你自己去辨认。如果你穿不过这片沼泽，艺术上无望了，说不定也会在虚荣心的驱使下，躺下来变成沼泽。

记得柳青说过："有一天，写不出东西了，收起你的笔，做一个与世无害的好人，也是对社会的一种贡献。"我想，柳青一定是有感而发的。

多年来，我一直正直地生活着。我平心静气地接受生活所给予我的友谊、爱情、庇护、冬天的火炉和夏天的树荫。同时，也接受欺骗、叛卖、压制、不公正等等。我把这些都看作生活，看作生活所给予我的馈赠。我有一个强健的胃，我因为吸收它们而变得日益成熟了。

感谢生活所给予我的这一块位置，有了它，我才能感受到、理解到这一切。这就是为什么我对朋友彬彬有礼，对那些不是朋友的朋友也彬彬有礼的缘故。后者教给我的东西，甚至比前者还要多。没有后者，我也许永远不谙人事，永远长不大；或者说，即使长大了，也是一个低能儿。

浪漫主义者的警醒

那一年，大约是1972年的冬天，我们新兵的列车穿过漫长的河西走廊，开赴边疆。沿途，张掖一带，在每一个路口上，都簇拥着一大群人，向我们招手、欢呼，甚至脱帽致敬。那时，我还是个涉世不深的青年，并且一直生长在祖国的中原富庶地带。望着这一切，我很感动，我的思想长时间地处在一种浪漫主义的陶醉中。后来我有些疑惑了：天这么冷，北风呼叫着，祁连山白雪皑皑，所以，有这个必要吗？我自个解释说，也许是他们刚把自己村子里的新兵送上火车，顺便欢迎一下我们的。直到最后，我才明白了：这是一群饥民，他们那不是招手，而是伸出手来向过往的车辆讨吃，而脱下帽子来，则是希望有好心的人将硬币扔进他们的帽壳里。

记得，当时我受到了猛烈的一击，我一下子从浪漫主义的天空跌落到了铁闷子车冰冷的地板上。嗣后，在从事文学活动的生涯中，我从来不敢使自己忘掉这一幕。

第一次切入

　　网络先用了两个礼拜时间，打出预告，说我将在某日晚上7点到8点，到网上来和网友聊天。对这事，开始我并没有在意，我只以为这不过是一般的应酬而已。况且我曾到许多的大学讲过课，和大学生们面对面地交锋。我还在电视上、广播上做过几次直播，也都应付裕如。更何况，我还曾作为被告，在西北政法学院的大礼堂里坐过一回，面对千余名教授学生，面对咄咄逼人的法官和巧舌如簧的律师，以及种种请君入瓮的伎俩，我都没有怯场。如今这区区一个网络，对于金刚不坏之身的我，该是小菜一碟。

　　然而随着时间的临近，不断地有朋友打电话来，问我知道不知道上网络是怎么回事，要我当心，要我先做好可能应付各种局面的心理准备。那口气，好像是我要走向屠宰场，他们来进行临终告别似的。一个人这样说，你还可以沉得住气，许多人都这样说，说得我真的有些毛了。感觉到自己真的有一种被捆绑到刑场的感觉。所以那天，一坐在电脑面前，我还是真的有点紧张。

　　你往电脑前面一坐，果然，你成为一个靶子，天南海北成百上千支利箭向你射来。你是实名实姓，网虫们则都是化名，这也就是说你在明处，他们在暗处，你是剥得光光的让大家射击，让大家屠宰。你既不能示弱，得有问必答，你的嘴上还得有一把锁，不致出格，你还得有责任取悦网虫，或者换言之是征服网虫，让他们不觉得你弱智。

第一个问题就给我来了个下马威，那问题说："你不觉得陕西作家气数已尽了吗？"

我即口答道："不要苛求于陕西作家。你看看大环境，你不觉得中国文坛也像中国足球一样臭吗？"

半个小时以后我才恢复常态。恢复的原因是回答一个问题引起的。一位叫"软体动物"的网虫朋友说请我喝酒。我不知这是什么意思，寻找友情，调侃揶揄，或是别的。于是我试探地答道："我将如期赴约，不过你得当心，软体动物往往会成为下酒小菜！"我的这话，"软体动物"半天没有反应过来，他应酬似的哼唧了几句。我感到自己的这句话将他呛住了，于是觉得有点残忍。我猜想他是北京一所大学在读的学生，正坐在同室的八个学生聚钱安装的这电脑前打字，上网这事正在花去他口袋里的最后几个铜板，于是我顺便又这样说了一句："在这个残酷的世界上，软体动物需要一个硬壳。你什么时候需要帮助的话，请记住我这个朋友！"我的这句话令"软体动物"回过神来，他随即应声说道："我需要一套房子！"这个口开得太大，我根本无法解决，于是我答道："我介绍你去找杜甫老先生，让他为你高歌一曲'安得广厦千万间'！"我的话将"软体动物"给逗笑了，他说："您怎么一下子把皮球踢到老杜那里去了？！"

这个问答过去后我找到了在网上的感觉，找到了和这一代人像对暗号一样对接的感觉。从此我话锋过处，所向披靡。

我感到网上的这一代人可爱极了。他们都是一些极端的个人中心主义者。他们都真诚极了，毫不掩饰自己的好恶。他们都患有这个时代的病，即夸张作态。啥叫夸张作态？我在网上说，在自己家门口的池塘里洗个澡，上得岸来，便惊叫一声：曾经沧海！

在网上，最叫我难以招架的是一位叫"北京女孩"的咄咄逼人。她问道："您有家吗？能谈谈您的家吗？"我答道："我有家！"接着我说道："人来到这个地球上，本身就是一次客居！"——我现在还不明白我为什么说这句多余的话。"北京女孩"接着问道："家对你重要吗？"我明白我被她盯上了，心于是有点慌，我赶快答道："家对我很重要。对一个男人来说，这是一种责任。也许到了我这个年龄，你们就知道了！"女孩听了，红颜大怒，指着我鼻子骂道："责任重要，还是自由的生命重要？"女孩接着又说了一些话。我见不是对手，赶快告饶："饶了我吧！我被剥得只剩下一个裤头了！"女孩得胜而归，我则一脸窘相。

网上当然还问了许多问题，最叫我难以回答的其实是一些对当代作家的评价，一些文坛是非。这些问题几乎都是一些陷阱，诱使你往下跳。记得，网虫们问了绵绵和卫惠，问了余秋雨，问了余杰，问了王朔金庸之争，等等。

关于绵绵和卫惠，我说书中的她们是些青面獠牙的雌性母兽，面前的她们只是些平平常常的良家妇女而已，这一代人就是喜欢夸张作态。我还以一个前辈作家的宽容姿态说："每一朵鲜花都有开放的权利。至于开得大与小，艳与素，是善之花还是恶之花，那是另外的概念。"

关于王朔与金庸之争，我说："我喜欢金庸的书，也喜欢王朔的书。但是不喜欢王朔骂人。陕西有一位老作家叫柳青的说过：'有一天，写不出东西了，收起你的笔，做一个与世无害的好人，也是对社会的一种贡献！'"

关于余秋雨，关于余杰对余秋雨"石一歌"问题的大义凛然的痛斥，我话到嘴边了，又咽了回去。王朔我敢说，因为我觉得王朔是一个有力量的人，是个有幽默感的人，而余秋雨先生是多么的脆弱呀！再则我也怜悯余先生，以两本薄薄的小书作资本，混到今天这个份上，容易吗？！

我在网上整整逗留了两个小时。约好的一个小时完了，我要走，我说我还没有吃饭哩。网虫们不让走，我也有些不舍，就又留下了。

我在这里待着，而大千世界向我涌来，这事总让人觉得奇异无比。我无法想象，屏幕后面那些网虫都是谁，都是些什么面孔。直观的感觉，好像以北京人和上海人居多，而且都是二十岁上下的人。有一个懒洋洋的女网虫，在网上待了一会儿说："没意思，我去喂猫了！"停了一会儿又回来了，说："我回来了！"后来待了一会儿又说："我开始喜欢你了！"那说话的口吻，好像她是个女皇似的。我猜度了许久，觉得这位女网虫好像是上海浦东一位外商养的金丝雀。当然，想象与真实也许谬之万里，她也许只是个故作风情状的黄毛女中学生而已。

我不会打字，而面对网络不会打字，简直像患了失语症。坐在网前不久，网虫们便敏感地问我是不是不会打字。我说我不会，是别人打的。我的话一出，整个网上一片哗然，指责声纷至沓来："你竟然不会打字，你还敢活着！""我简直要晕过去了！""你们到网上来的名人怎么都这么弱智，一个个都不会打字。"接着他们问我雇了几个打手。我据实相告，说一个男生，一个女生。内中还是那个叫"北京女孩"的心肠善良一点，她说不会打字没有关系，可以用手写板写作。还说让我设个电子信箱，她寄信给我。

第一次切入，有许多的感触要谈。奈何这文章有些长了，那么就此打住。如果最后要长话短说，对我的网上经历一言以蔽之的话，那么我想说的是：因为这次与现代思潮短兵相接，令我沉睡的身体突然充满活力，令我沉睡的思想突然敏锐，我一不小心地跨入了现代。

天 下 为 家

我坐着飞机，在天上旅行的时候，我把这个大鸟一样的飞机当作家，我喝咖啡，看流行杂志，和周围的人攀谈。我坐轮船的时候，这白轮船便是我的家；我坐火车的时候，这轰轰作响的火车便是家；我住宾馆，宾馆这简洁干净的房间便是家；我去舞厅，乱哄哄的舞厅便是家。此刻我坐在桌前写东西，这张桌子便是家。

以上是我这两年一条重要的人生悟得。这悟得令我变得心泰神安。这悟得倘要用一句话总结，叫"天下为家"，或者叫"你即是你的家"。

以前的我不是这样子的。我一岁多时随母亲离开老家，而后随父亲的工作调动四处漂泊，后来又当兵，在新疆的大戈壁滩游走不定，复员后又在报社当编辑记者。这些居无定所的生活，令我常常有一种无根浮萍的感觉。

在游走中，我时时想念家乡，渭河边上那个贫瘠平庸的小村子。尽管我对它只有模糊的印象。记得我曾经在一篇小说中说：当我们作为游子，在远方游历的时候，我们给心灵的一角，安放下故乡的牌位，我们痛苦地躲在里面哭泣，我们疲惫时躲在里面叹息，那里收留下我们痛苦的眼泪和疲惫的叹息。

上面一段话，说明了我在心灵深处，对故乡，对被称之为"根"的那东西有一种依恋和倚托。但是接着我又说，亲爱的朋友，请你告诉我，为什么回到故乡的时候，我仍然感到陌生，感到自己仅仅是在客居。

是的，回到故乡，站在村口，面对这个曾无数次出现在我梦境中的桑梓之地，我仍然感到陌生。我是谁？从哪里来，又到哪里去？我为什么要急匆匆地赶路，那路的尽头又是什么呢？我那一刻感到自己像是一个弃儿。这一刻我想起一件重要的事情。

我不满一岁的时候，曾经有过一次游走。母亲是河南林沟人，黄河花园口决口的遭灾者。母亲全家逃到陕西，后来又全部死于流亡的路途。他们只留下了一个小女孩，这女孩于是给一个高姓人家做了童养媳。嗣后，父亲参加革命，偶尔地回一次家，与童养媳完婚，接着便有了我。有了我的那一年，父亲从城里寄回来一纸休书。母亲于是抱着我离开渭河这个村子，回河南去。回到河南，依然是举目无亲，母亲于是又抱着我回到高村。这就是我的那一次游历。去时据说我还不会走路，回来时我已经会扶着炕沿挪动步子了。父亲的婚也没有离成，爷爷赶到城里，罚父亲在地上跪了一夜，于是这桩婚事得到了挽救。

上面这事，是我听母亲说的。母亲还说，回陕西的时候，坐在火车上，我喊饿，于是母亲将我交给邻座照顾，自己下火车买吃的。当重新上车后，母亲不识字，忘记了是哪个车厢，于是发疯似的满火车寻找。她说她已经绝望了，相信我是被人贩子拐走了，后来，她听到了我的哭声，结果循着哭声找到了我。

这就是站在高村的村口时，我想起的一件事。这事的想起，让我为自己的"过客"说或曰"客居"说找到了病因。我那时面对乡间落日，面色大约很凝重，一脸的愁容吧。

跛 脚 巨 人

几年前，我和一位美国学者交流。她说，中国也许可以成为一个经济巨人，但是，中国永远不会成为世界的领导者，因为这个巨人只是一个跛脚的巨人。它缺少文化支撑和文化输出，缺乏文化的力量。我请这位女学者详细阐述。她举例，中国没有一本书或者一部长篇小说，能够进入欧美普通家庭的书架上，成为他们的必读物。中华文化对西方的影响几乎等于零，对欧美价值观的影响几乎等于零。对此，我只有无奈承认。

十多年前，我曾与西班牙作协主席对话。我激情地向西班牙文学致意，大谈堂吉诃德。可西班牙作协的七位来访作家交头接耳了半天，最后告诉我，他们对中国文学的全部了解，只有五个字，那就是："床前明月光"。

十五年前，我写过一篇名叫《诺贝尔文学奖距离我们还有多远》的文章；如今，文化体制改革已经开始，但愿我们能出现真实描写时代的鸿篇巨制，产生深刻拷问和鞭挞人类灵魂的哲思之作，拥有能照亮人类前行的火炬手般的创作者，还有，能包容哲思、巨制、创作者的环境！

天府之殇

　　我是关中人。我老家的那个小村子，踞渭河南岸的老崖而筑。这是一个同姓村，关中平原，密密匝匝，星罗棋布地布满了这种村子。这些村子十分古老，但古老到什么程度？就不得而知了。

　　关中平原之所以称关中，是因为它东西南北，被四座关隘围定。东面的那座最为有名，是老子骑青牛，口授《道德经》的函谷关。西边的那座叫大散关，也就是文化人说了几千年的铁马金戈大散关。南边的那座叫武关，也叫蓝关，韩愈所说的"云横秦岭家何在，雪拥蓝关马不前"，指的就是它了。北边的那座叫萧关，在甘肃平凉，历来为兵家用兵之地。

　　历史上，在秦末，在汉，在唐，关中平原还有"天府之国"的别称。主要因为这里气候湿润，土地肥沃，庄稼两年三熟，是当时最为富庶的地方。关中之所以能被称为天府之国，富甲天下，这得力于两个古代水利专家的伟大功造。一个是大禹。大禹之前，关中是一片沼泽湿地，黄河第一支流渭河从湿地中央穿过。那时我们遥远的先人们大约还是住在半坡，后来大禹疏通了渭河入黄处，于是滔滔渭水一泻而下。这样，一个长四百公里、宽一百五十多公里的关中平原，裸露了出来。

另外一个古代水利专家叫郑国。韩国派了个叫郑国的水工，来到咸阳，向秦王嬴政陈说兴修水利的好处。秦王嬴政被说动了，于是要郑国选址，开始实施。郑国一番踏勘，最后选择了咸阳正北，泾河上游的嵯峨山，开始了这一著名工程。

这条渠修了十三年，消耗了秦的大部分财力，以致令秦王生疑。后来证实这确实是韩的疲秦之计。于是秦王大怒，要杀郑国，要驱逐所有客秦的六国人。这时有个叫李斯的人写了篇《谏逐客令》上呈，说秦王能容纳下六国的珠宝，为什么不能容纳下六国的人才呢？这话说得有理，于是秦王放了郑国，让他继续修渠。

郑国渠修成之日，即秦的富强之日，也即六国灭亡可待之日。太史公司马迁在《史记》中感慨地说："渠就，用注填阏之水，溉泽卤之地四万余顷，收皆亩一钟。于是关中为沃野，无凶年，秦以富彊，卒并诸侯。"一个小小的渠道，就这样改变了中国的历史。如果没有郑国渠，就没有我们说的天府之国，就没有千古帝王之都长安。

"行人莫问当年事，故国东来渭水流。"这是一位唐代诗人站在咸阳城头上写的。他写的时候，这片平原那时候还是天府之国！但此后不久，这如梦如幻的天府之国图景，就在历史进程中退到了次要的位置，逐渐被忽视，逐渐边缘化。到了今天，当地已经鲜有人知生长于斯的土地曾是天府之国。

这中间有诸多的原因，关中平原生态环境恶化是其中之一。

前面我说了，渭河对这块平原的恩惠。渭河发源于甘肃省渭源县，其干流在陕有五百零二公里，流域面积六点七一万平方公里。全省近三分之一的人口、三分之一的面积、一半以上的农耕地汇集在这里。当年这条水流可以通航，汉长安城的供养，唐长安城的供应，很大一部分靠漕运，供给从黄河转入渭河，再从渭河转入八水之一的灞河。长安城里，有个水旱码头，可通九衢。我小的时候，还见过渭河上行船，那是一条测量船，全白色的，大约从三门峡方向上溯而来，一位女子坐在甲板的藤椅上，戴个遮阳帽。那情形简直像一幅画。

但今天，渭河仪态万方、雍荣华贵的局面已不复存在。现在的渭河已经严重缺水，而水流的污染，也到了几乎令人发指的地步。"晚来清渭上，一似楚江边。鱼网依沙岸，人家旁水田"的诗意，已经随着农业文明时代的远去而风流云散。昔日渭河，如今一河黑水，散发着刺鼻的臭味，漂着白色泡沫，从深深的河槽里打着漩儿流过。

"八水绕长安"曾是长安著名美景。昔日渭、泾、沣、涝、潏、滈、浐、灞八条水流绕城穿流。其实，水流不止八条，秦岭面向平原有上百个峪口，这每一个峪口都有水流喷溅而出。这些水流滋养渭河以南的田地，郑国渠则滋养渭河以北的田地，从而形成一个灌溉网。虽则，"八水"中灞河经过这几年的治理，有了一些起色，然而，其余峪水，大部分干涸，小部分成了城郊的污水排泄渠。

生态变化中，除了水，还有就是植被的破坏。

关中平原的西面是陇东高原，也就是历史上所说的关西地面。它曾是一个古树参天的所在。它的植被完全被破坏，大约是在宋。那时，人们把大树砍倒，放下渭河，然后又从渭河运到黄河，筑汴梁城。如今，这陇东高原，水土流失，中国两个号称贫瘠甲天下的地区，一个是甘肃定西地区，一个是宁夏西海固地区，就在这里。十年前，我随央视拍摄《中国大西北》专题片，行踪到处，满目是干涸的河床和凋蔽的黄土山峦。

专家认为，构成关中平原气候变化的原因，还来源于一次地震。这次地震让秦岭升高了几百米，从而，隆升的秦岭挡住了东南暖湿气流，令关中平原的气候发生骤变，降雨量明显减少。这次地震发生在唐贞观年间。

天上的雨来得少了，地下水由于开采量过大，也一天天降低。小时候，我记得村子里的井是八尺到丈二深，渭河一涨水，井就变得浑浊了，人们足不出户，就知道渭水涨水了。如今，那些井早已成为干窟窿，村子里要挖几十米的深井，才能提供饮用水。

人类的牧歌时代已经结束，现代工业化进程对人类是福祉还是伤害，我对此无法判断。但是，我怀念那"采菊东篱下，悠然见南山"的昨日关中，那"三月三日天气新，长安水边多丽人"的昨日关中。

去年秋天，我的儿子离家创业前，我领他来到渭河畔那小小的高村，来到乡村公墓前，让他记得这里。我说话的时候，一轮血红的落日正停驻在古长安城的那斑驳垛口，而渭河的水，就在我的身边疲惫地流淌着。

过泾阳搜三件奇事

我和西影厂几位编剧，在泾阳县的郑国渠纪念馆找了几个房间写剧本。郑国渠的由来，叫我惊讶。原来，这个与灵渠、都江堰并称的中国公元前三大水利工程之一，竟是这样来的，纯粹的一个历史悲喜剧而已。

战国时候，怯于秦的咄咄逼人的态势，与秦一河之隔的韩国，于是想出了一条"疲秦之计"。韩派了个水工叫郑国，到秦来游说，八百里秦川沃野，如果能再有一条渠道灌溉，那就旱涝保收了。秦王嬴政采纳了郑国的意见，于是让他选址。郑国经过一番踏勘，就将大坝的坝址选在泾河由高原注入平原的那个嵯峨山口，即我和朋友们如今站的这地方。

尔后，秦倾一国之财力，修这郑国渠。谁知修筑期间，韩那边有秦的内线来汇报说，这郑国渠的修筑，乃韩为了延缓秦的进攻，而使的"疲秦之计"。秦王嬴政听了大怒，要杀郑国，要驱逐秦地居住的六国人士。这时有个大夫叫李斯，为秦王嬴政上了个《谏逐客书》，陈以利害，才令秦王嬴政息了雷霆之怒，并同意郑国渠继续修建。

前后历经十六年，郑国渠修成，关中平原渭河北岸的几十万亩良田得以灌溉，秦于是空前地强大起来。司马迁在《史记》中说："渠就，用注填阏之水，溉泽卤之地四万余顷，收皆亩一钟。于是关中为沃野，无凶年，秦以富彊，卒并诸侯。"司马迁在这里认为，秦亡六国，郑国渠是一个重要的原因。六国中，自然也有韩国了，对韩国来说，这真是一幕叫人哭笑不得的闹剧。

你看这个故事，这一条郑国渠的水流，改变了中国的历史。

第二件奇事是与吴宓先生墓不期而遇。吴先生是国学大师，他的名字早已噪噪在耳，只是不知他是哪里人，归宿又如何。这一天，艳阳普照，大家说，远处北山底有个唐崇陵，咱们去看一看吧。后来上了几个高坡，过了一个叫云阳镇的所在，还没有到崇陵，却见路边有一大块空地，空地上树着一些石人石马石碑石牌坊。向导说，这叫吴家寡妇牌坊。这牌坊是慈禧太后给立的。八国联军入京，慈禧太后仓皇西逃，到西安时，囊中羞涩，于是求到这安吴镇吴家寡妇门下。吴家寡妇也是个明白事理的人，慨然拿出十万两白银，用二十匹骡子驮了，运到西安城，算是捐赠。

吴宓当是吴家寡妇的孙子吧。在陵园的东南角，有个圆状的土丘，孤零零地立在那里，像个蘑菇，土丘上用水泥封了个圆顶。墓旁孤寂，空廖，冷落极了。只有几棵白杨，孤孤立在那里。

向导说，这坟墓，是吴宓先生旅居海外的弟弟专程回来为他修的。

记得回到西安以后，我问过一位吴宓研究专家，问吴宓先生对思想界的主要贡献是什么。这教授说，当一股潮流到来的时候，不是走在前面的激进分子正确，也不是走在后边的保守分子正确，而是走在中间的取中庸姿态的这一群人正确，这是吴先生对思想界的贡献，而他的这个思想被屡屡证明是正确的。

第三件奇事则是，在唐崇陵的入口处，我见到一块无字的碑。当地土人说，这正是唐崇陵的石碑，那上面原来是有字的。土改时，一位分得了牛的农民，将这块石碑偷回家去给自己做了牛槽的槽底。牛的舌头舔了这么几十年，当人们重新发现这块墓碑时，字已经被舔没了，花岗石石碑上只是些牛舌头印了。

世事沧桑话黄陵

　　公孙轩辕是中华民族公认的始祖。我们这个古老的东方民族，以他的那个时代为界分，结束了蛮荒混浊，而进入初级文明阶段。黄帝既是中华民族的始祖，又是中华文化的伟大拓荒者。相传许多的发明创造，都得力于他或者他的部署，例如创造文字，始制衣冠，建造舟车，制作冠，饲养蚕桑，驯服野兽，定算数，制音律，创医学，发明指南车，推阴阳五行，等等。人类从凿穴而居到开始营造房屋，从群婚制到母系社会到分门别户的一夫一妻制，甚至我们今天遮阳挡雨的一把伞，相传都自他而始。在文德武功方面，他更是功勋赫赫，举风后、力牧、太山稽、常先、大鸿，得六相而天下得治，靠指南车的帮助，打败了乱世枭雄蚩尤，又与同父异母的兄弟炎帝大战于阪泉之野，血流漂杵，取得胜利，从此四方安定，中华始得一统。

　　轩辕黄帝的草创文明，其间还有许多有意思的故事。这些草创大部分是迫于当时的情势而为之。例如为征战之用，管粮食的官员杜康，将粮食储藏在掏空的大树里，日晒雨淋，粮食发酵，滴水而为酒，于是便有酒的产生，便有杜康造酒的故事。又例如黄帝生擒蚩尤之后，立了一个台榭，无房曰台，有屋曰榭，房屋便这样创造出来了。又例如绘画艺术的产生：蚩尤被剿灭以后，为恶者既除，天下人在安居乐业之余，因为没有一个可资惧怕的东西，便不免懒惰滋事，于是黄帝遂画蚩尤形象以威天下。

古籍文献中多有"伶伦"的记述，《吕氏春秋·古乐》言：昔黄帝令伶伦作为律。这"伶伦"，竟是黄帝时期第一个制造乐器、制定音律，以及演奏音乐的人，所以后便对这一类音乐以及表演艺术领域的人才，统统以"伶伦"或"伶人"或"红伶"以名之，可见黄帝的草创对后世的影响，如果没有他，人类文明的进程将推迟好多年，人类还将长期生活在黑暗与混沌中。当然，这些发明创造，到后来便不断地完善了。例如，黄帝作车后，最初大约是人拉的；后来驯化了牛，用牛拉；而到了禹时，又加上马，成为马拉车了；到了春秋战国，马拉的战车，竟成为当时主要的作战与运兵工具。而秦始皇驾着帝王之辇，车轮辚辚滚动，巡视于秦直道上，更是出尽了风头。

我中华民族有如此的伟大，中华文化有如此的渊源流长和光辉灿烂，确实得力于黄帝的拓殖创造之功。而千百年来，世界四大文明古国先后有三个泯灭在时间的流程中，独有中国历经百劫而依旧如日东升，光芒永耀，亦由于华夏民族，同出于一个祖先的缘故。千百年来，黄帝的形象演化为一面旗帜，它产生的向心力、凝聚力和感召力，使我们这个古老的东方民族，垂之久远，生生不息。无论是农耕民族统治和管理这个国家，或者游牧民族统治和管理这个国家，他们一统中国后要做的第一件事情，就是寻宗问祖，祭祀黄陵，并且祈求这位遥远的祖先，他的在天之灵，给我们这个多灾多难的民族以佑护。

长期以来，在人们的印象中，以为轩辕黄帝仅仅只是汉民族的祖先。这种印象显然是错误的。中国境内五十六个民族，黄帝是他们共同的祖先，而且，当少数民族统治和治理这个国家时，他们对轩辕黄帝的祭祀，对黄帝庙和黄帝陵的重视和保护，甚至超过了别的时期。近代的大学者于右任，历经十年考证，不但得出了"是中华民族之全体，均为黄帝之子孙也"的结论，而且广涉史书，博以旁证，为各民族确乃轩辕氏的血脉一系，寻找到确凿的依据。例如雄踞中国北方的蒙古族，根据于先生的考证："夏为黄帝后，匈奴为夏后，蒙古为匈奴后，是蒙古为黄帝之苗裔。"黄帝纳四妃，四妃生二十五子，二十五子又生子，黄帝子孙分封于中国各地，共七十国。时间的推移，气候的原因，地形地貌的影响，再加上他们虽然均为黄帝后裔，但母亲毕竟是四个中的一个，这也给他们带来差异，于是他们的服饰、生活习俗，以至语言，以至相貌，都逐渐的彼此有别，形成了现在的同为一个祖先却又划分成不同民族的特点。但是黄帝为我五十六个民族十几亿人民乃至海内海外华裔华胄的共同祖先，这一点，应当没有异议。

这样一个伟大的人物，一切开端的开端，他死后葬身何处，或者说，赤县神州，那一处地面，那一座山冈，有幸成为轩辕黄帝的永久安息之所？黄帝将这份殊荣，给了如今的陕西省黄陵县，给了一个叫桥山的奇异山冈，从而令今海内海外，千里万里，千叩万叩，黄帝陵成了人们心向神往之处，桥山成了人们顶礼膜拜的地方。一位海外华人曾称此处为"东方麦加"，话虽不够准确，却确切地表达了华裔华胄对祖先的依恋之情。漂泊的游子在动荡不安千变万化的世界面前，他们寻根的欲望更为强烈，他们渴望不但在心灵上，而且在客观的世界上，在地球的某一个角落，有一处可供精神寄托的辉煌殿堂，有一块固定的不沉的大陆，当他们像风筝一样在天空飞翔的时候，当他们乘上宇宙飞船遨游太空的时候，他们对着小小地球上的一个地方，对世界说，我不是断线的风筝，我不是失控的航天器，我出生在一个最古老的东方望族，我有根，根在桥山。

黄帝姓公孙，名轩辕，据说他出生的那个地方叫"轩"，于是轩辕成为他的名字。又据说他来到人间，并不像今天的科学知识所认为的，一个人的产生是精子和卵子结合的结果，而是生母受了一次电击，从而有孕。按照马克思的观点，神话是人类童年的产物，而感电而孕这一神话，令人想起近代研究的一项成果。研究者认为中华民族的崇拜物——龙，它最早地进入人们的思维领域成为图腾形象，也许是受了天雨时闪电的诱引和启示。在沉沉的雨霾中，一条电鞭火蛇划过长空，伴随咔嚓嚓一阵阵雷鸣，多像我们臆想中的龙的形象。

传统的说法，黄帝的父亲在河南，母亲在河北，黄帝则生于山东。尽管近代的史学家认为，周成王以前，姬姓势力还没有到达山东的痕迹，因此黄帝也许不是出生在山东，但是我们仍然愿意尊重传统的说法，因为这个说法是从司马迁那里来的，这个严谨的史学大家值得我们尊敬和捍卫。司马迁的说法为我们透露出一点信息，即当时的黄帝部落，是一个"迁徙无常处"的游牧民族，今日东海，明日南山，在以火与剑为先导的拓殖和维系生存的斗争中，在向黄河流域中下游地区以及长江流域的进发中，黄帝部落的帐篷中，不时传出分娩婴儿的啼哭。

但是黄帝部落的发祥以及大量的活动，却是在陕北高原上，以及以这里为圆心的黄河中下游地区。一位外国人甚至注意到了这一情况。当20世纪的毛泽东以及以他为首的中共中央，以陕北高原并毗邻地区为依托，建立起辉煌大业时，美国记者埃德加·斯诺在《西行漫记》中说，20世纪的中国，将民族再造的重任，重新放在这一块轩辕发祥的本土上，委实是一种历史性的奇妙巧合。当年的轩辕氏，对这一块本土，想来也是怀着一种深刻的感恩戴德式的感情，他将自己的帝号称之为"黄"，也许正是受到了黄土高原这触目可见的金子般灿烂辉煌的黄土的感染，同样的，他从自己的肤色联想到脚下泥土的黄色，意识到他是大地母亲之子。这个大地之子，生于黄土，受恩惠于黄土，征战厮杀于黄土，建功立业于黄土，所以在行将归天之时，将黄土高原上的一顶山冈，作为永久安息之所（或如传说所说，在此乘龙而仙华，群臣遂葬其衣冠于桥山），就是顺理成章的事情了。

桥山在陕北黄土高原南部。横亘在北中国大地上，有一条绵延千里、奇异险峻的山脉，叫子午岭，它是昆仑山伸向大陆腹地的一支余脉。黄帝之后的秦王嬴政，曾削山填谷，动用了大量的人力物力，在这子午山脊，修筑了一条堪与万里长城齐名的直通边塞的道路，这就是著名的秦直道。秦皇几次出巡北方，相信就是走的这条道路。秦直道的各种传说，令今人对子午岭又增加了几分神秘与畏怯之意。桥山正是子午岭呈九十度直角向黄土高原伸出的一支支脉。天地一色的黄色中，平空拱起一条桥状的绿茵葱葱的山脉，那景象委实奇异，所以此山因状而名，号桥山。桥山在行走的途中，在接近被满目黄色隐没的那一刻，像一个句点一样，拱起一个高耸的山冈，黄帝陵便建在山冈的顶部。

中国人对墓地的选择，其重视程度甚至超过了对宅基地的选择，他们在行将就木之前，总要选择一块风水宝地，作为最后的栖息之所。这种重视并不是为了自身，而是因为这墓地带来的风水会荫及后人，这是他们带给后人的最后的祝福。这种东方大文化现象也许起自轩辕。且看轩辕氏是怎样地为他选择这一块风水宝地的吧：桥山的东侧，是中华民族的母亲河——黄河；西侧，是横亘绵延的子午岭，轩辕黄帝头枕子午岭，足沮黄河，溢然安卧。而他的南边，右手的地方，是肥沃的渭河平原，八百里秦川；他的左手的地方，北边，是鄂尔多斯高原。同样属于他的苗裔的农耕文化和游牧文化，分列他的左右，他用双手将他们紧紧牵在一起，而安然高卧之时，谛听着子孙们后来的脚步，并不时给他们以祝福。

我们的笔墨在做了一番诗意的漫兴之后，现在回到本文的题目上来。

自黄帝之后，沧海桑田，世界发生了许多变化，一部中华民族的历史，热热闹闹，喧喧嚣嚣，分久必合，合久必分，时而战争频繁，时而旱灾水患，时而有秦皇汉武唐宗宋祖成吉思汗康熙乾隆的盛世而治，时而有民不聊生哀鸿遍野者如诗家叹息的"宁做太平犬，不做乱世民"的衰微时代与离乱年间。特别是1840年的鸦片战争，揭开了中国近代史的序幕之后，百年积弱叹华夏，在强敌内贼的折磨之下，这个源远流长的有着伟大古典文明的国家和民族，几乎有了香火不续之虞。

描写中华民族自轩辕开始的后来的历史，那是史学家们的事情。笔者的能力和精力有限，故只是想在这漫漫六七千年的沧桑巨变之间，选择一块固定的地域，一个有限的空间，诸如现在的公文语言所说的"解剖麻雀"的形式，来将焦距对准一个地方。结果他选择了桥山，以及他隶属的这个县境——陕西省黄陵县。黄帝膝下的这一块土地，黄帝安卧的这一处山冈，引起了作者极大的兴趣。他像所有的来到这里的后裔一样，心中不能不涌出一种依恋的顶礼膜拜的感情。加之，截至现在，这里在当地政府的领导下，国民经济各方面取得的巨大成就，也足以使每一个中华儿女自豪，并使其他县份的人们不能不引以为楷模。于是乎，作者查阅黄陵县志，涉猎几十种有关黄陵县各类情况的书籍，实地踏勘，访乡问邻，并与县委县政府领导座谈，在占有大量资料和最新研究成果的情况下，援笔写成《世事沧桑说中部》一文，以记这"天下第一陵"及所在地的古情今事。关于黄帝以及黄帝陵，上边兴笔而起，已做交代，下边，该轮到说说黄陵县了。

黄陵县总面积二千二百九十二平方公里。县城在桥山脚下的桥山镇（今桥山街道办事处。下同）。该县地处黄土高原丘陵沟壑区，海拔749～1620米，东部川宽塬平，西部山沟纵横，有沮河、葫芦河、淤泥河流经县境。境内属暖温带大陆性季风气候，年平均温度为九点四摄氏度。境内自然资源丰富，原煤储藏量达二十七亿吨，森林面积二百四十五万亩。

黄陵设县自秦设立阳周县始，区划历史源远流长。

设县以前，我们可以想见，县境之内，尤其是桥山西接子午岭这一块地面，大约还是茫茫草原。黄帝氏族在这里度过它的初级文明阶段后，便顺黄河流域，逐渐东向，继而南下长江流域，将这块轩辕本土，这块古称"桥国"的地方，像一面招展的黄旗帜一样，留在身后。当然荒原上留下了大量的轩辕氏族部落的足迹，但是必定还有大量的地区，不知镰锄为何物，不知牧羊鞭套马杆为何物，成群的野羊野鸡野牛野猪游弋在这偌大地面上，等待人们将它们圈养成家畜，而在这不设县界、不设省界的土地上，报信的哒哒马蹄，没有遮拦地扬起尘烟，自古咸阳直抵贺兰山下，直抵鄂尔多斯高原。

但是，作为繁衍生息的主要手段的农耕与游牧等生产方式，却已经扎根在这块土地上了。我们知道，正是可敬的轩辕始祖，教会了他的臣民如何种庄稼，如何驯养那些游弋不定的野物。

当然，还有另一种推想，当时陕北高原上，植被还没有被破坏，水土流失也没有使地形地貌变得支离破碎，因此这里不是漠漠荒原，而是一块古木参天绿草茵茵的台地，正如地理志中所指此处囊属于鄂尔多斯台地一样。那时，桥山只是绿色中一块突出的绿色，后来随着人口的增长，植被的增加，战争的破坏，绿色渐渐缩小，最后，仅留下有着黄帝陵的这一处绿岛（"绿岛"系海外华人语），从而满目疮瘠的黄土高原上，出现了这万顷褚黄一点绿的奇异景象。

西汉时，此地设县叫翟道县。之后不久，元封元年，也就是公元前110年，雄才大略的汉武帝刘彻北游朔方，他站在北方大漠上，恫吓三声，以示弱战，普天之下，竟无人敢应，刘彻于是感到了没有对手的悲哀，遂班师经秦直道回朝。过翟道县境时，祭黄帝莊于桥山，并筑台祈仙，以期长生不老。据说汉武帝还将自己的铠甲，挂在一棵柏树上，从而给这棵柏树，留下一则佳话。

王莽新朝时，改翟道县为涣县。至东汉初，两次恢复翟道县，旋即又撤销，辖地归属北地郡下辖之徵祤县。此后这里战事不断，成为各割据集团厮杀的战场，刀光剑影，血流成河。而代表这一地域的地名叫"杏城"。东西晋时，兴宁三年，匈奴右贤王曹毂与那个掷鞭断流而留下千古笑谈的前秦王苻坚大战于杏城。太元十二年，姚苌与苻篡战于杏城。太元十五年，姚苌与魏揭飞战于杏城。义熙三年，大夏王赫连勃勃与姚兴之将姚逵大战于杏城，二十天后胜逵，坑杀前秦兵二万人。义熙五年，姚兴击赫连勃勃至贰县（今黄陵县所辖隆坊镇一带），夏王败。义熙七年，赫连勃勃进逼杏城，秦将姚诤逃奔大苏堡（旧址在黄陵县南）。义熙十一年，赫连勃勃与秦将姚显战于杏城。

黄陵的重新设县在东晋末年，县名叫中部县，县治先在今黄陵辖下的故城村，西魏大统九年移至杏城，隋大业三年移至现在的桥山脚下的桥山镇。东西晋、南北朝时，华夏大地群雄割据，黄陵这一块地面，成为战略要冲。从我们上面不厌其烦地列举出的前秦和大夏之间的战事，可以证明，这里正处于拉锯战的中心地带。碑载文化只记录了这些文伐武掠，而对当时民间的情况，不屑于染指，但是我们可以想见，如此频繁而激烈的战争，一定对当时的生产力，给予极大的破坏，这一块地区，生灵涂炭，十室九空的情况，势所难免。战事既罢，胜者王侯败者贼，云集的黑压压的军队，重新回到他们开拔的地方，苦了的是农人。只有农人，重新拾起搁在地头的犁杖，开始耕作，正应了诗人所说的"骚客放言关须守，将士哀叹地太穷。只有农夫恋故土，干戈销后五谷生"的句子。

南北朝时，值得一提的是一个叫盖吴的胡人杏城起事的故事。北魏太平真君六年九月，卢水胡族人杏城镇将盖吴在杏城起义，称天台王。十月魏长安镇副将元纥讨吴，吴大败魏军，杀元纥。十一月吴将白广平率军西征，盖吴亲师东进，渭北皆应之，有众十余万。翌年，盖吴两次遣使通宋，宋封吴为雍州刺史。五月盖吴兵败归回杏城，称秦地王。八月魏凉王那等攻杏城。盖吴死。

一般认为，西汉所设的翟道县，东晋重设的中部县，即为现在黄陵县的前身。我们注意到了，县志的编纂者们，也持这种看法。自东晋设立中部县后，至今这一千五百年中，基本上维持了目前黄陵县的辖地范围。当然因带而异，中部曾一度称"内部"。黄陵县境，也曾经设北雍州、中部郡、狄道县、东秦州、北华州、敷州、升平县、坊州，等等；县辖地域，也曾因设州造府的原因，时有割移，但总的变化不大，这一块地域，已经形成了以桥山镇为中心的一个小小的政治军事经济文化中心。中部地名的沿用，一直到20世纪的1944年，才告中止。其时，因轩辕黄帝的陵寝所在，该县呈请国民党政务院批准，将中部县更名为黄陵县。自此，黄陵县地名沿用至今。

陕北高原各县的县志，几乎都是一部饥饿史，黄陵也不例外。翻开县志，特别是宋以后，更是满目凄凉。旱，泾、渭、沮河皆竭（南宋建炎三年）；大旱，饥馑（元贞元年）；大旱，民饥馑（明洪武二年）；大旱，年馑，民饥（明宣德三年）；飞蝗成灾（明成化三年）；连年大旱，百姓流亡殆尽，人相食，斗米价值万钱，人口十亡八九（明成化二十一年）；冬大饥，民死亡过半（明成化二十三年）；七年，人相食（明正德七年）；十年大旱，民饥，人相食（明隆庆六年）；八月二十日地震，屋瓦俱裂（明万历三十五年）；饥荒严重，十岁儿仅换粟米一斗。冬大雪，严寒，次年二月始晴暖，人多冻死（明万历四十八年）；秋，蝗虫成灾，民饥馑，冬地震，毁屋伤人无数（明崇祯七年）；秋，蝗虫蔽天，田禾被食尽净（明崇祯十年）；大旱，人相食，积尸碍行路（明崇祯十三年）；米价昂贵，三两银贾斗米犹售空绝市，树皮、观音土皆食净，民十亡八九（明崇祯十四年）；七月飞蝗为害，九月未生翅之蝗子成灾，是岁大饥（清康熙三十年）；五十九年秋冬至是年夏仍无雨，大旱，民饥，斗米钱千文，饿殍相望（清康熙六十年）；五月二日，北乡雨雹，厚尺余，屋瓦俱裂（清乾隆二十三年）；东北乡雨雹，大如卵，小如杏，两日方消，麦豆俱尽屋瓦俱裂（清嘉庆二年）；虫食麦殆尽，加之雨雹，岁饥，奉旨抚恤仅发灾民口粮一月，杯水车薪，与民无济（清嘉庆九年）；旱，大饥，草木树皮皆食净，人相食（清光绪十八年）；夏旱，大饥（民国十八年）。

总之，满纸凄凉，令人不忍卒读。我们怀着惆怅的感慨的心情，诵读着这些昨日的历史，我们怀着同情心和爱心，向灾难深重的民族的昨日哀惋。前面，我们说过，我想解剖一只麻雀，以一斑而窥全豹，结果我们看到了在这个民族命运的缩影中，是一种何等凄惨的人类生存图景。记得我写过一篇短文，标题叫作《人类的一切苦难都与我息息相关》，在那里，我为人类所经历的痛苦而恸哭，而此刻，面对这展开的县志，我的恸哭中又增加了一种切肤之痛，因为那些受苦受难的人们，正是我的遥远的祖先，而我正是这侥幸遗留下来的十之一二中的某一个的后裔。十之八九死了，十之一二留了下来，继续延续香火，继续唱着生命进行曲，继续开始我们这个民族伟大而庄严的行程。西班牙哲学家乌纳穆诺说："我们必须能够相信：有一股浑厚的苦难力量，它驱策我们相互接近，强制我们彼此相爱、寻求彼此的影像，并且极力使彼此能够成为完满的存有，同时又能够保有自己又能够包容万有。"我们这个民族，一步一灾，一步一难，顽强地进行在历史进程中，而今天，正以崭新的姿态，出现在世界面前，想到这一点，又怎能不使我们为它有如此强有力的生命而感动？

历史进程中，如此大量的人口死亡，想来桥山脚下，当年自轩辕黄帝时就居住在这里的土著，已经不多，现在黄陵境内的这十多万人口，大部分的祖先是后来的移民，好在中国地域辽阔，东方不亮西方亮，黑了南方有北方，一处遭灾，路断人稀，于是便以强制手段，移人口稠密地区的百姓于此。人口普查对黄陵境内现有的居民来源，进行调查后，认为居民来源有五：一是黄陵土著，二是外地移民来黄陵居住，三是外地人来黄陵做官而定居者，四是经商来黄陵者，五是逃荒来黄陵居住者。此种人文现象，与陕北其他县份人口普查所得结论基本相同。

又有考据家，不满足于这种粗略的划分，而专门抽出居住在县境的刘、张、王、李、杨、寇六大姓氏，溯本求源，穷追不舍，得出以下结论。我们在这里不厌其赘，粗录于此。

刘姓。黄陵县刘姓最多，全县共四宗。阎村一宗：元以前不可考，元明清三代称盛，现分布于阎村、卜巷、石山、刘家川、桥沟等村。程村一宗：据传此一宗元时来自山西洪洞县大槐树村，现分布于程村、备村、姜林沟等村。姚汉村一宗：宋时有个叫刘宣的人，自山西来任鄜坊节度使住黄陵，遂世居。塘呼村一宗：来源不可考，现分布于塘呼村、丁村等村。

张姓。黄陵县张姓共有四宗。鲁村一宗：元时由山西洪洞县迁移白水紫昭村，明初又由白水迁移中部，遂世居于黄陵，现分布于鲁村、竹家河、杨家台、柳树村等村。强家村一宗：元时由山西洪洞县白草里村来此，现分布于强家村、石山村等村。兰寨子一宗：清初由延安迁至中部世居，现分布于兰寨子、古路村、普乐寺等村。奎张村一宗：相传元时由山西洪洞县来黄陵居住，现分布于奎张村、四圣村、白村、王家河等村。

王姓。黄陵县王姓共有两宗。康村一宗：相传元时，红巾起义后，山西洪洞县王氏族中有个叫兴的人，任平寇将军，立功而被命守延州，到了明末，陕北米脂李自成起义，王姓家又发生奴婢之变，为了避乱，遂迁黄陵世居，现分布于康村、程村等村。王家河一宗：元末来自山西洪洞县，现分布于王家河、过村、侯庄、马家塔、四圣村、古路村等村。

李姓。元时有个叫李明的人，官居安答儿之职，为河南等处征行大元帅，来自河北贞丁县，现分布于河地、阿觉、康村、丁村、墩台塬、南场、神夫嘴、隆坊等村。

寇姓。据传为宋时由陕西北部吴堡迁来黄陵世居，现分布于原畔、寇家河、店子湾、刘家河、桥沟、寇家湾、官庄、双龙、龙首、小寨等村。

杨姓。相传北宋末年，由山西太原迁来黄陵世居，现分布于北村、南村等村。

以上是民国三十三年重修黄陵县志时的考据，时至今日，刘张王李寇杨六大姓氏仍为黄陵大族，近年来经济发展，贸易自由，加之省、地驻县单位渐多，各种姓氏已达一百五十多种，《百家姓》中各等姓氏，如今这里可以说是几乎都有，故没有介绍的必要了。

以上考据，可以令我们想见，在漫长的历史进程中人口迁徙的情况，也可以由此对眼下的黄陵县社会大文化形成的基础，有个大致的推断。

正应了流传久远的那种民族童话：北部中国的大量人口，来自宋元年间山西洪洞县的大槐树底下。对黄陵六大姓氏的考据，准确地告诉了我们这一点。看来这个迁徙，不是童话，而是确凿的事实。人口像流水，像飘忽不定的浮云，在广袤的国土上游荡，构成了中国历史上的一种景象。我们还注意到对六大姓氏之一的寇姓的考证。考据认为，寇姓是宋时自吴堡迁来。这吴堡，是个能引起人沧桑感和历史感的地名称谓。它最早的叫法叫"吴儿堡"，只是由于近代生活节奏的加快，才缩写成"吴堡"的。古诗云之"匈奴高筑吴儿堡"，匈奴骑牧从一次次的南下中原中，从中原地带，掠来大量的汉人，以充域内之空。匈奴在今天的陕北高原与鄂尔多斯高原接壤地带，建立起许多的集中营式的村落，村名就叫"吴儿堡"。因此，这些自吴堡迁至黄陵的寇姓移民，他们在那遥远的年代里，也许顺着王昭君那哒哒马蹄声声胡笳所走过的道路，已经曾经迁徙过一回。而今他们又迁徙到黄陵，于是便望吴堡为故乡了。唐人贾岛诗云："客舍并州已十霜，归心日夜忆咸阳。无端更渡桑乾水，却望并州是故乡。"说的正是这种人文景象。

历史上的中国，以长城为界分，划定了农耕文化与游牧文化两大板块。黄陵县在长城以内（据明定边长城三百公里左右），加之它的居民大部分来自山西大槐树下，又加之它地处陕北高原南缘，与渭河平原接近，因此决定了它的农耕文化的特征。一家一户，两亩薄田，一犁两牛，淡泊度日。自古以来，黄陵民风淳朴，富不露外，穷不嫌乡，崇尚勤俭，量入为出，交朋结友，重义善施，敬老爱少，长幼有序。长期以来，婚丧嫁娶，有了许多的章规，衣食住行，形成多样的讲究。

清末至民初的衣着，衣料多为粗布。乡民中男着自织土布大襟袄，宽裆裤，戴黑色圆顶瓜皮帽，脚蹬圆口土布鞋，腰缠土布白腰带；女穿土布宽襟上衣，大腰裤，腿扎绑带，绣花尖鞋，塬上妇女喜欢用白纱布帕顶头。一年四季，一单一棉，皆为粗布。饭食则以玉米、高粱、糜子、谷子及各种豆食为主食，杂以野菜、酸菜、咸菜。早晚饭多吃馍，喝玉米糁汤，午饭食玉米搅团或汤水面，很少变化。民间住宅往往随地形而建，或房或窑，坐落杂乱而无序。人们多依沟靠畔，挖窑盖房，贫寒之家，茅屋草舍，人畜共室；富裕人家，后为石窑、砖窑，前为门房，两侧为厢房，中间为腰房，谓之四合院。说完衣食住，再说行。旧时，人们外出，多是徒步跋涉，当然一生足不出地界的乡村古董，比比皆是，若要走亲访友，婚娶赶集，请医求师，富人比较讲究，多骑马坐轿，穷人则骑毛驴。总之，以上特征与关中平原风俗习惯极为相近，也与一切农耕文化的地域大同小异，因此恕不一一详表。

如此的做了一番涉猎之后，现在，我们要回到一个重要的题目上来。对于拥有"天下第一陵"的黄陵县来说，这是大事记中一件应当浓墨重抹的首要的大事。这件事就是从遥远的年代就开始的祭陵活动。

前面谈到，这一处黄土簇拥下的青山，成为轩辕黄帝的寿终正寝之所，足以使每一个生活在这里的人们骄傲和荣光。这个说法不是一句空话，记得某年在南方某地，笔者与一位金陵文人，论起各自家乡的名胜古迹来，文人唾星四溅，历数其金陵六朝繁华粉黛、秦淮以及"石头城上旧时月"的种种招人眼目之处，笔者在文人滔滔不绝的间隙，仅举出一个黄帝陵来，便使这位朋友的唾沫星停止了喷溅，并使四座哑然。当然，话又说回来了，黄帝陵为天下中华儿女所共有共仰，非陕北一邑所私拥，我这里有些强词夺理了。

祭拜轩辕的活动，数千年来香火一直不断。遥远的东方有一条龙，龙的祖先在黄陵。上至帝王将相，下至黎民百姓，多少人整冠沐首，来到桥山，向这高高山上一抔土，顶礼膜拜。随着中华民族历史的延演，黄帝的形象，实际上成了普天之下中华儿女心向神往，众心归一的一面旗帜。

据民间传说，最早的祭拜黄帝陵活动，始自秦始皇。自然，秦文公时代对轩辕已有祭祀，但那时是以神的地位来祭祀的，并且极有可能是就地设灵台，予以祭祀，而不是前往桥山谒陵。虽然秦文公时，魏已纳上郡十五县予秦，黄帝陵所处位置，正在秦版图之中，秦文公极有可能亲躬桥山，但史无记载，因此只能作为可能提出。秦始皇的祭黄陵，却在民间流传甚广。传说，秦始皇路经秦直道时，专程停下来，寻宗祭祖。这大约是秦统一六国以后的事。因为，据说他跪拜在陵前时，突然感到，真正的开天辟地的伟人是轩辕，而不是他，因此对自己所名之的这个"始皇"二字，产生了一丝惶惑与愧意。他大约曾想到过更改的事，奈何"秦始皇"几个字，已为天下知晓和公认，于是只好作罢，悻悻然，羞惭而去。

碑载文化对祭祀黄帝陵的说法，起自汉武帝，这点我们上边已有涉及。史出司马迁的《史记·封禅书》。文中谈到汉武帝："北巡朔方，勒兵十余万，还祭黄帝冢桥山，释兵须如。上曰：吾闻黄帝不死，今有冢，何也？或对曰：黄帝已仙上天，群臣葬其衣冠。"与《史记》同时代的《汉书》，也对汉武帝谒陵一事，有过记载。《汉书·武帝纪》中说："元封元年冬十月……行自云阳，北历上郡、西河、五原，出长城，北登单于台，至朔方，临北河，勒兵十八万骑……还，祠黄帝于桥山，乃归甘泉。"

而对轩辕黄帝陵的第一次修缮，却起自中国历史上那个颇受非议的人物王莽。据《汉书·王莽传》载，王莽"遣骑都尉嚣嚣等分治黄帝园位于上都桥畤"，当然，王莽之前之汉高祖刘邦，王莽之后之光武帝刘秀，汉朝的这两位开国皇帝，对轩辕黄帝的祭祀以至祠庙的设置，史书上曾有大量记载和渲染，但从字里行间可以看出，两人的祭祀及设祠庙，正像当年的秦文公一样，就地搭台，遥祭而已。

不过，民同对于轩辕黄帝的祭祀，对于轩辕黄帝陵墓及庙宇的修缮，也许自轩辕寿终正寝之日，便告开始。正如《后汉书·祭祀志》中所说："祭祀之道，自生民以来则有之矣。"只是史官们有那么多的大事需要记载，因此对这些民间的活动，无暇顾及。而我们以上的考证，也仅仅只是考证而已，大量的史书湮灭在时间的流程中，只留下这难得的几本，令我们字缝里抠字，抠出以上的结论。

此后一段时间，对于黄帝陵的祭祀，史载不详。值得注意的是南北朝时期拓跋氏所建的北魏，对黄帝陵的多次祭祀，设灵遥祭的不算，亲自谒陵的事就有两宗：一是神麚元年八月，太武帝拓跋焘的一次谒陵；一是和平元年，文成帝拓跋濬的一次谒陵。

唐代大诗人杜甫，因避安史之乱于鄜州羌村，曾路经黄陵，有《翟道城》一诗为证。据说诗人路经黄陵时，曾向桥山黄帝陵叩拜。有无此事，存疑待考。想杜甫者才华横溢的大诗人，遇黄帝陵，正可以借题发挥，大抒其忧国忧民之情和离乱漂泊之苦，何以在《杜诗全集》中，片言未提，而对废弃了的不远处的唐玉华宫，却不胜感慨。唯一的解释是，其时正是离乱年间，士人惶惶自危，因此对这桥山之巅的一抔黄土，无人告识于他。大诗人失之交臂，失去了一次寻宗拜祖、大发感慨的机会，而中国的古典诗词宝库，则少了几首也许位列上乘的作品。

倒是以政绩与文名并称于世的北宋名臣范仲淹，在其任陕西经略副使兼职延州期间，曾三次祭黄陵，并留有祭黄陵律诗二首。

宋元明清年间，祭祀黄帝庙的活动又大盛于其时。现存规模的桥山山顶的黄帝陵的附加设施与山腰间黄帝庙的搬迁重建，大约都是在宋时完成。宋时除祭祀之外，还加强了对桥山柏树的管理，皇帝下诏，令三户居民永驻桥山，管理林木，有庙内管列石碑为证。至元，由泰定帝也孙铁木儿下诏，又对桥山柏树、庙宇的管理，以及林间飞禽雀鸟的保护张榜以示，从而奠定了目前的桥山八万棵古柏的洋洋大观。我们现在所能看到的最早的祭文，出自明代。明太祖洪武四年，朱元璋遣派中书管勾甘，前来陕西中部祭黄帝陵，今留有御制祝文。此后，明各代皇帝效仿之，登基之初，必先遣人前往中部祭祖，以期承祚大朋江山，千秋永继。到了清代，满族执政，倍加重视，年年有祭，事事有祭，祭陵成了政治生活的一部分，这期间，当然有政治方面的考虑。

中华民国期间，抗日战争爆发之际，各界人士积极倡议，立一年一度的清明为"民族扫墓日"，在这一天恭祭黄帝，便作为制度沿袭。值得注意的是1937年清明节，适逢第二次国共合作时期，两党均派头面人物驰抵中部，携手共祭民族始祖。是年，共产党方面的《恭祭黄帝桥陵文》为毛泽东亲手撰写，文章悲时而发，文采斑斓，铿锵有力，令人读之，顿生同仇敌忾之心。民国三十一年冬，蒋介石为黄帝陵题字"黄帝陵"，并勒石成碑。

中华人民共和国成立后，1955年成立黄陵文管所，派专职人员整修维护，并拨巨款，予以修建和修缮宫殿庙宇。1984年，政府再拨巨款，开工大规模修筑始祖陵园。时间进入90年代以后，国家再拨巨款，拟对黄帝陵进行一次浩大的修建活动，以期与其"天下第一陵"的身份相称，以期与黄帝功垂万世、德惠兆民的身份相称，与黄帝作为中华民族始祖的身份相称。党和国家领导人召集各方面专家学者讨论，并广泛征求海内海外华裔华胄的意见，现重修方案已拿出并获通过，重修领导小组业已成立。一个崭新的辉煌殿堂——天下第一陵，将与世人见面。此项事宜，将另有专文详尽叙述，故这里不再赘述。

随着香港、澳门不久将回归祖国（原作作于香港、澳门回归祖国之前，为使上下文叙述连贯，收入本书时未作修改。——编者注），随着海峡两岸和平统一的呼声日高。这些年来，除省、地、县三级政府，每年清明节，派高级官员定期谒陵外，海内海外，前来谒陵的人数日益剧增。仅以1991年计，前来谒陵的人数高达四十万余人，是黄陵全县人口的四倍。这个数字，其实反映了一种民族情绪，分久必合，合久必分，"度尽劫波兄弟在，相逢一笑泯恩仇"，为了民族的香火永续，为了这一支东方人种不再冻馁，在动荡不安的世界面前，所有中华儿女，唯有万众一心，尽释前嫌，发展经济，才有可能不被飞速发展的历史进程所淘汰。而黄帝以及他的寝所黄帝陵，便成为维系整个民族之感情的一条纽带，成为感召天下，凝聚四方的一面旗帜，千里万里，千叩万叩，唯愿黄帝的在天之灵，佑护这一支东方人种。

作者的一支无遮无拦的笔，在历史的空间中左盘右突，他从一团乱麻般的历史中，理出了几条头绪，然后由远及近，纵笔写来，该详则详，该略则略。无疑，他告诉了你许多事情。他这样做的目的，如前文所述，想就一地一域的历史沿革，社会文化以及经济发展，窥视我们这个华夏民族所走过的艰难的历程；因为他选择了黄陵——黄帝的安寝之地，因此，这种选择便具有了独特的和普遍的意义。其实，前文所述，只是事情的一个方面，是从宏观的角度考虑的。而从微观的角度考虑，作者的本意，却在于将黄陵县一地一域，放在民族发展历史的大范围来考虑，他想告诉人们，栖息在桥山脚下的这一方中华儿女，数千年来走过了怎样的道路，他们的命运是和整个民族的命运连在一起的，俱荣俱损，无一例外，这一地一域的发展史，构成了民族发展史的一个缩影。

这样，当行文将近结束的时候，文章自然而然地，就回到了对黄陵县现状的关注上。

在这里，我们怀着欣喜的心情，以礼赞式的语言，向海内海外普天之下所有中华儿女报道黄陵县这些年来经济建设诸方面取得的突出成就。这些年来，特别是改革开放以来，随着中共中央提出的关于将全党工作的重心转移到以经济建设为中心的轨道上来的决议精神的贯彻落实，黄陵县的工业、农业、林业、城市建设事业、旅游业以及科技文化教育领域，都取得了有目共睹的巨大变化，尤其是西延铁路自桥山脚下通过，给黄陵的经济建设以刺激，更加快了这种发展变化。欣逢盛世，国泰民安，桥山脚下这一方中华儿女，正以坚实的脚步，行进在20世纪的阳光之下。尤其需要大书一笔的是，沉睡在桥山南麓、店头镇周围地下的二十七亿吨煤炭，已开始由省、地、县各级分别建井开发。煤炭带来的收入成了黄陵县主要的经济支柱之一，而随着井口的陆续建立，铁路的配合运输，黄陵县的国民经济建设，将会出现一个更加令人欣喜的局面。

黄陵县城所在的桥山镇，有一条小小的石砌街道，叫轩辕街。它建在桥山徐缓的山坡上。漫步在轩辕街上，注视着两侧的尚保持有古老风格的房屋窑洞，注视着那从门洞中走出的这黄皮肤黑眼睛的行色匆匆的同胞，遥想我们民族走过的艰难的历程，仰望桥山之巅那一抔黄土，不能不给人以许多的感慨。

且让我，站在这桥山——我们中华民族始祖的安寝之地，或手抚轩辕手植柏，或伫立于轩辕陵前，以一位中华儿女的名义，向民族的昨日脱帽致敬，为民族的未来静默祈祷，并向普天之下所有的华裔华胄致以深情的祝福。我们这个民族有着令全世界为之仰慕的灿烂的古老文明，它必将继续拥有无愧于历史的美好明天。轩辕播下的是龙种，他收获的必然是龙种。且让我以这篇短文，我的心香一瓣，献给你——黄帝、黄帝陵以及黄陵县的人民。

陕北猎奇
——陕北民间剪纸艺术家剪影

张林召记

陕北的民间剪纸艺术家，首推张林召。关于她，有许多骇人听闻的传说。传说她是克夫命，嫁鸡鸡死，嫁狗狗亡。这事大概是真的，她的前两个丈夫，都没有落住，早早地死了，到了第三个，那时张林召已经老了，克不动了，因此，他侥幸地活了下来。

又有说法说，张林召不生育。非但自己不生育，就连她家里养的鸡，也不下蛋，羊呢，不下羊羔，猪呢，不下猪娃，甚至院子里栽的那些花花草草，也要么是不开花，要么是不结籽。

我没有见过张林召。印象中，总把她想象成那种女巫式的人物：很古怪，很可怕，经常着一身黑衣服，天一黑，就出来四处转悠。曾在县文化馆工作的老宋说，我的想法错了，张林召是一个极普通善良的农家妇女，而且较之旁的农妇，更为贫贱和卑微。

她是黄陵的女，嫁到富县。黄陵那个地方有黄帝陵，她的家世渊源，是不是属于那些传说中的守陵的"陵户"，即中华民族最古老的那一部分，我们不知道。富县古称鄜州，秦时设雕阴县，隋置洛交县，唐置鄜州。尉迟恭建鄜州城，眼看就要竣工了，就从长安城里接来老母亲观看。老母亲说：城很好，可惜就是少了一样东西。尉迟恭问少什么。老母亲说，城的四角，少四根铁环。有了铁环，你告老回乡时，绳子一穿，背走它。母亲的话说得尉迟恭凉了半截，这个鄜州城，修到半杆子，停了，一座威赫赫的宝塔，也没有封顶。

我没有见过张林召，却见过富县文化馆为她出版的那个剪纸小册子。我们说陕北民间剪纸（包括民间画）的有些表现手法，酷似于毕加索，首先给我们点破这一点的，正是张林召。那个小册子里，影影绰绰，有许多类似于毕加索的刀法剪法。记得有一幅剪纸，剪的是一个坐在凳上纳鞋底的农妇，它令我们想起毕加索艺术嬗变期的那个《阿维农的少女》。

张林召的剪纸艺术是一个大神秘，张林召这个人，亦是一个大神秘。我们只能无可奈何地说，对这个世界，我们还知之甚少，我们无法破译和诠释我们所不知道的东西。我在《最后一个匈奴》中说："艺术的20世纪风格，来源于毕加索。当毕加索将绘画艺术，由三维空间费力地向四维拓展时，在东方文化的背景下，在陕北一个闭塞的乡间，有一个人也走到了这一步。"我在这里说的，就是张林召。

张林召故世已经十多年了。黄土高坡上一座孤坟，鲜有问津者。

王 西 安 记

王西安的母亲，当年是无定河边一个俊秀的女子。这个女子嫁给了一个红军士兵。"自从哥哥当红军，多下一个枕头少下一个人"这句陕北民歌，说不定，就是从这女子口中最先唱出的。同样的陕北民歌还有，例如"昨晚上奴家做了一个梦，梦见三哥哥上了奴的身，赶紧把个腰搂定，醒来是一场空"，这首民歌叫《三十里铺》，也是说的绥米那一带的事情。

王西安的母亲，大约有一次睡梦中把腰搂定以后，醒来却不是空的。村里一个后生，见缝插针，钻进了她家窑里。话说解放之初，这位红军哥哥在西安城当了大官，于是捎来话，让王西安的母亲到西安去享福。王西安的母亲骑上毛驴到了西安，红军哥哥一看：怎么是个大肚子？！西安医院里，生下个王西安，于是，红军哥哥仍然打发人，毛驴驮了，将这母女两个送回陕北。

王西安属龙，1952年出生的，这样，我们知道了，这个故事发生在1952年。王西安对我说：她妈觉得丢人，婆家是不能去了，娘家也没脸回了，于是，抱着她，来到真武洞，另投了一户人家。

王西安穿一件印花布大襟夹袄，衣服小了点，紧紧裹在身上，显得腰身很长。电视系列片《黄河》中，有几组她站在山峁上唱民歌，坐在炕上剪窗花的镜头，穿的就是这件衣裳。陕北俚语：长腰婆姨短腰汉！是说这种颀长腰身的女子，好那一方面的事情，是不是这样，我们不知道。不过王西安的汉，确实是个短腰，真武洞那一带，有别于陕北别的地方，尽出这样的短腰汉。因此说，他们倒也般配。

王西安随母亲，长得十分俊秀（她的母亲已经过世）。这样俊秀的女子在陕北农村到处可以见到，不同的是，她的俊秀中有一种聪慧的超凡脱俗的气质。她偶尔也笑一笑，但笑时眼睛不笑，有一种我们不能理解的悲哀和痛苦凝聚在她的黑亮的眸子里。

1985年，王西安和李秀芳，以陕北民间剪纸艺术家的身份，去法国参加巴黎万国博览会，即兴表演，曾在西方世界引起过一阵轰动。后来，她和张林召、高金爱、白凤兰几位，又到中央美术学院，讲过几次课。再后来，她就应"外事办"的邀请，去西安人民大厦，应召为慕名而来的外国游客做剪纸表演，同时也出售一些自己的剪纸作品。

1988年，我陪北京的一位摄影家（高波，他尔格在巴黎），曾去过王西安家。我在后来的文章中写道："王西安膝下，有二女一子。我们没有见到她的儿子，但是见到桌上摆着的一个狮子状的石锁。王西安说，这是她的小儿子的。儿子出生后，"干大"送给他的镇宝。每过一年，给石锁上缠一道红绳，一直到十三岁。我们数了数，石锁上共有八道红绳。这么说，这位民间艺术家的儿子，今年八岁了。"

去年10月，我陪《黄土地》的编剧张子良先生，去看王西安。四十刚出头，王西安已经明显地苍老了，像一朵正在枯萎的花。她的脸色发青。她用手扶着腰说：腰疼，疼得厉害！王西安家门前，有一个大坑，还有些石料。王西安说，儿子已经十三岁了，她正努力着，为儿子圈窑，还短一些钱，西安去不了了，病拖着，她只好在家里，挣扎着，画一些画，剪一些剪纸。

我对王西安的"短腰汉"说，要爱护自个的婆姨，不要光把她当作摇钱树，日子还长着哩，不要先急着圈窑，想办法，先给她将病看好吧！听了我的话，王西安的丈夫一直没有吭声。

贺 玉 堂 记

贺玉堂的野嗓子，常常令我景仰不已。听贺玉堂唱歌，要邀他到山上去。站在高高的山峁上，四野悄然，几朵白云在天际浮游，贺玉堂一声《赶牲灵》突兀地起了，高亢、辉煌、灿烂、强劲，于是远远近近的群山，便沉浸在歌声的意境中了。

贺玉堂是拦羊娃出身。小时候，有一次放羊，他给狼叼去了。狼嘴着他的头，村里的人发着喊声，跟在后边撵。狼没有换嘴的空儿，要么，这个世界上就没有他了。狼见后边赶得紧，丢下贺玉堂，跑了。贺玉堂的脑瓜盖儿，让狼咬碎了，没办法，只好到医院里，换了个钢化玻璃的。钢化玻璃上面，再套上假发，也不怎么难看。

贺玉堂说，他的民歌之所以唱得好，是因为父亲手里，爷爷手里，都是著名的民歌手。村里人说，贺玉堂的声音，之所以那么高，那么亮，是因为脑瓜盖儿是钢化玻璃做的，他们主要是舍不得父母给自己的这个脑瓜盖儿，要么，换成钢化玻璃的，肯定比贺玉堂唱得还好。

贺玉堂的声音，高到什么程度呢？我不懂音乐，我只听说，那一年，贺玉堂参加中央电视台的民歌大奖赛，因为嗓音太高，把个麦克风给震坏了，因此，只好清唱。那次，他没有能参加决赛，评委们不看好这个有着拦羊嗓子回牛声的山汉。贺玉堂失去了一次让社会认识自己的机会，是贺玉堂的遗憾；中国歌坛失去了一次让优秀人物出头的机会，是中国歌坛的遗憾。据说，中央音乐学院的学生们，因此而愤愤不平，事后，将贺玉堂请到学校，通宵达旦，举行了几场"贺玉堂独唱音乐会"，并称他为"黄土地歌王"。

这些年来，贺玉堂先后为《黄土地》《黄河》《毛泽东》等电影、电视片配唱，并且在一些影视片中，留下银幕形象。他小时候放羊，长大以后当了几年兵，脱下二尺五以后，在县法院供职，前几年调到县文化局，还给了个官职。他的家，也从山旮旯，搬到城圈外了。前几天，听人说，有个会议，请贺玉堂唱歌，贺玉堂开价，每首八百元。我不知道那些村里人，听了这话，有啥感想。

热爱新疆

我迫不及待地要告诉你的是，我是多么的热爱新疆。有一部电影叫《蝴蝶梦》，那里面的第一句道白说："昨天晚上，我又梦到了曼德利，月光很白，野藤爬满了庄园的小路。"然而对我来说，大约每个"昨天晚上"，我都会梦到新疆的。

从十八岁到二十三岁，我的人生的最宝贵的一段时光是在新疆度过的，是在中苏边界一个荒凉的边防站度过的。

一辆装满男兵和女兵的闷罐车从西安出发，途经河西走廊。车停在戈壁滩上，值星排长吹着哨子，让下来解手，以火车为屏障，男左女右。在乌鲁木齐，我们又改乘汽车，第一天歇在乌苏兵站，第二天歇在克拉玛依油田，第三天歇在布尔津兵站，第四天到达哈巴河县城。在县城新兵训练三个月以后，来到那个"白房子"。

我不厌其烦地写下这些地名，是因为每个地名都在我梦中出现过许多次，每个地名都能引起我许多怅惘和回忆。

我们是顶着珍宝岛和铁列克提的硝烟来到这里的，有一柄寒光闪闪的达摩克利斯之剑高悬在我们头顶。每一个从那时候过来的新疆人，相信他都会有这种刻骨铭心的感觉。

我们驻守的是一块争议地区——漫长的中苏边界一百多块争

议地区中由我方控制的三块中的一块。关于它形成的历史我在一部小说中谈过。和我们并肩站在一起的是新疆生产建设兵团农十师一八五团的三个连队。我记得，有几次，拖儿带女的兵团战士们，将缝纫机和包袱埋在地下，女人和孩子准备"撤退两厢"，男人们则扛着老式的武器，和我们一起趴在边界线上。

当写到这里的时候，眼泪突然从我的眼角涌出来。让我为你骄傲，那些曾经为共和国承担过责任和苦难的老大哥们，让我借《绿洲》的一角，向光荣的你们，向那个早已过去了的年代，洒一把我心酸的眼泪。

当然，我也为自己骄傲，作为一个公民，一个小人物，我是对得起自己的。在那场已经势在难免的大规模冲突面前，我趴在掩体里，为我准备了十八颗火箭弹。我是火箭筒射手，按照教科书所说，火箭弹发射到十八颗时，射手的心脏就会因为剧烈震动而破裂。但是，我还是准备了十八颗。那次冲突后来没有继续。冲突是因为1974年3月14日对方一架武装直升机越入我境引起的。

主编限定我写一千字，因此我不敢再写了。我对新疆的怀念，我对新疆的眷恋，我对新疆的儿子之于母亲一般的感情，也只好找另外的机会去表达了。哦，我骑过的那匹额上有一点白的黑马，你好吗？你身上现在的骑手是谁？我的指导员张吉林大哥，你好吗？你的孩子大约都已经婚嫁和工作了吧？还有我的战友，我们班的士兵阿同拜、巴哈提别克、卡得尔别克，你们都好吗？还记得你们原先的班长吗？

如果编辑愿意再给我一点面子的话，我想把《陕西日报》1993年7月3日我一篇长文章中的一段话，移抄到这里，算是我对五年前发生的那件事的检讨和解释。

"我始终缄默地宽容地看待中国文坛的这场争论。从心里讲，我很委屈，有一种百口难辩的感觉，我确实是抱着满腔热忱一片爱心来塑造萨丽哈的，我为中国的文学长廊中出现这样一个大俊大美的卡门式人物而骄傲；而且我所有的细节都有出处。但是，在客观上，它不被人类的一部分所接受，并引起愤怒，这使我于心不安。也许有一天，我重返白房子，会向民族朋友们解释清楚，达成谅解的。我爱你们，人哪！我的最宝贵的一段青春岁月是在白房子度过的，你不知道我对它怀着一种多么刻骨铭心的眷恋之情。"

我爱新疆。我没有办法不爱它。我的关节炎每逢阴天就提醒我怀念它，我的因为骑马而在阿勒泰草原上碰掉的那颗牙齿也时常来打搅我，而我的五年的白房子岁月所形成的那种"北方忧郁"，我此生将无法摆脱它。况且，我想，随着年龄渐老，怀旧情绪将会更为强烈。

能固执地爱一块地域是一种幸福，能和这块地方的朋友们进行一次对话和交流（哪怕仅有片刻），更是一种无限幸福。这个"片刻"是《绿洲》给我的，因此，让我对它说声"谢谢"。

镇名叫殿市，县名叫横山

　　殿市是横山县（今榆林市横山区）治下的一个乡镇，居于横山地面的中间位置，用老百姓的话说就是"白菜心"吧。这里有一座五龙山，山上有一座大寺院叫殿寺。据好事者考证说，殿寺甚至比佳县的白云山还要早一些。白云山是三教合一的焚香场所，而以道教为主。想来这殿寺，该是以佛教为主，道教和儒教兼而有之吧。这是中国民间的做法，但为尊者，但为恶者，一律香火侍候，只图个自心安妥，晚上睡个安稳觉。

　　山下应当有村庄，有街道市井，有熙熙攘攘的人群。有一阵子，香火大约很盛。可以夸张地称"市"了，这给人不少的想象空间。大寺院的萧条，可能与同治年间那一场战乱有关。那次战乱陕甘人口十中去七，陕北许多地面成为无人区。

　　殿市镇治下，有许多的村子，他们是五龙山村、殿市村、贺甫洼村、麻渠村、思新庄村、白家湾村、张家湾村、石碧则村、店房台村、石老庄村、雷梁村、黑石硊村、黄好先村，等等等等。

　　生于斯，成长于斯，劳作于斯，建功立业于斯，死后则葬埋于斯。这块名曰殿市的陕北高原，邮票大的一块地面，千百年来诠释着许多的故事。我这里之所以说到"建功立业"这个字眼，还因为这块地面有一个极大的荣耀，它是李自成的出生地。一想到从这黄尘弥天的地面上，走出来一位深深影响中国历史的大英雄，就让人不敢小觑这块土地。

横山则是县名。大约因为有一座东西走向的大山梁子，横亘在陕北高原与鄂尔多斯高原的接壤地带，所以得了这么一个县名。好像历史上它曾叫过怀远。统万城的被重新发现，就是知守榆林的徐松先生，来到怀远，约了怀远知县，然后两人骑着毛驴，往毛乌素沙漠里走，没有多远，就发现这沙埋的千年匈奴古城白城子了。我在写作《统万城》的时候，当时的县长曾经约我到横山地面的一个大水库边去吃鱼，好像就三十多公里远吧。

我曾经许多次地去过横山。第一次去是1985年夏秋，随省作协黄土地诗会一行去的，那次穿越了横山全境，从靖边进入，从渔河堡出沟，可能也过了殿市镇吧。还有一次靖榆沙漠高速公路开通时，我参加剪彩仪式，好像翻过横山，在县城吃的饭。还有一次，央视拍我的《最后一个匈奴》，我陪着央视副总编张华山先生看望剧组，途经横山的深沟大壑时，张总坐在车上，哼起了"横山上下来些游击队"。"你还懂音乐！"我好奇地问。后来我才知道，张总的父亲，就是《黄河大合唱》的词作者张光年（光未然）。

还有一次，波罗古堡举行个沙漠汽车拉力赛，我去给捧场。还有一次，横山举行西夏党项文化研究会，我作为主讲之一，在会上说了我的心得。

党项西夏在陕北羁留期间，党项九姓，而其中分成两支，一支叫南山党项，一支叫河泽党项。南山党项，就该是横山、子洲、三边、盐池一带的党项人，而河泽党项，就该是神木、府谷一带，靠近黄河，围绕着红碱淖一带的党项人。

横山是文化大县。说横山是陕北民间文化之根，这话我想还是敢说的。四散在陕北高原，弹着三弦说书的民间艺人，都称自己是横山人，好像这样说才是正宗。说书艺人，大名鼎鼎的韩起祥，是横山人。韩老去世后，他的追悼会是我致悼词的，好像是1989年寒冷的冬天。灵堂设在延安二道街老人的家中。韩老之后张俊功，也是横山人。为我的电视剧演唱陕北说书《刮大风》的，也是横山人。

名扬海内外的安塞腰鼓，其实是横山腰鼓。1942年边区大移民，将陕北高原北部的变工队，移民到南老山（安塞、甘泉和宝塔区交界地区），于是变工队将这腰鼓打出。

还有许多的大文化现象，那也许得用专门的文字来叙述，这里就不一一列举了。

陕北高原的种种大文化现象，可能与魏晋南北朝时期三万名龟兹国的遗民迁入陕北高原有关。"龟兹"二字陕北人把它念成"鬼子"，就是唢呐手。红白喜事时，少不了它，下南路要饭的乞丐，脖子上也常常搭一个它。

盛世修志。横山县的殿市镇，也是有心，要给这块地面修一部史书了。从而以诗纪史，将这块地面的政治经济文化，历史人物，社会百态，山川河流，百姓生计，掌故传说，等等等等，落实到纸上，教化于当今，彰显于后世，其功莫大焉矣。

对志书的出版，谨献上我的祝贺。此一刻，在西安家中的阳台上，怅然地望着远处的苍茫的陕北大地，想那满山的山桃花应当烂漫地盛开了吧！

2022年4月22日 于西安

世界那么大，老高带你去看看

父母给了我们两只脚，为的是有一天用它来丈量天下。把双脚交给道路，把自己交给那往来无定的风。哈，世界的尽头在哪里？山的那面是什么风景？且让老高带你去看看。

读万卷书，行万里路。

朋友，起身吧！此一刻万物葱茏，正是整装上路的季节。

我们踏上征途的这条道路，名叫丝绸之路。这是由一个名叫张骞的陕西乡党，在两千一百多年前踩出的，那个壮举叫凿空西域。这是世界史上一次具有划时代意义的事件。由于丝绸之路的凿通，中国融入了世界，或者说世界融入了中国。

丝绸之路是一本大书，我们用了七十多天的时间，一页一页地翻着，将它两万两千公里的长度翻完。我们穿越了欧亚大陆各个文明板块，向世界学习，汲取人类各个文明板块沉淀的智慧。

我们用我们的脚步，向道路致敬，向光荣的先辈张骞致敬，向两千一百多年来，道路上行走的每一个匆匆背影致敬。

我带了一柄放大镜。丝绸之路沿途布满了故事。它们就是我文学创作的素材。法国小说家大仲马说，历史是一枚钉子，在下面挂着我的小说。我将在丝绸之路这样的钉子上，手挥放大镜，御风而舞。

山那边是什么风景，这条道路的尽头在哪里，且让老高带你去看看。

辑二　世事沧桑

刘　萨　诃

广游五印、西行求法第一人名叫法显和尚。姓龚，山西临汾龚家庄人。他三岁时被送入寺院，六十多岁时和四个同学一起，从长安城草堂寺出发，西行取经，十五年从印度那烂陀寺学成归来。他出发时的时间是公元399年。

在张掖城夏坐时，他带了两个一起夏坐的修持者，在于阗城夏坐时，又相约了两个追随者。这样一行变成了九人。夏坐又叫雨安坐，是一种修持形为，大致时间从每年3月16日开始，到6月15日结束。这段时间大约是印度国的雨季。

刘萨诃这个历史名字的出现，是在于阗夏坐时，法显在他的天才著作《佛国记》中说，收留了两位志同道合者，一起前往天竺，其中一人叫刘萨诃，匈奴人，籍贯是陕北，不知怎么流落到了西域。

而在另外的史书上，则记载刘萨诃是内蒙古包头地面的匈奴人。看来刘萨诃是匈奴人，这无疑。天下匈奴遍地刘，这大河套地面的刘姓，大部分应当是曹操与最后一代匈奴大单于呼厨泉，在邺城签署那个五分匈奴协议后，匈奴五路诸侯，全部从汉王室姓刘的那些游牧人。

后来在法显翻越小雪山的时候，死了两个人，在翻越大雪山的时候，又死了两个人，更又有两个人畏难而退，往回走。到后来，法显只剩下两个同伴了，这里面就有刘萨诃。这天，刘萨诃面露难色，他对法显说，他想往回走，他似乎觉得，他重要的使命在一个叫敦煌的地方，这样两人抱头而哭，尔后，刘萨诃独自一人，又重新翻过大雪山而去。

还剩下来那个随行者，后来也没有随法显走到那烂陀寺。《佛国记》中说，这位僧人后来在五河口（五条河流在这里交汇，开始恒河中游地区）的一座寺院里住下，他对法显说，他觉得这地方最适宜他了，权把这里当作他的家乡吧！

法显后来独自一人走到那烂陀寺后，学成后陆去海还，从印度加尔各答登船，中途又在斯里兰卡逗留两年，后来登五百商贾大船，八个月航程从中国青岛登岸。

刘萨诃后来回来了没有？这是一个谜。直到20世纪初，人们从敦煌莫高窟的藏经洞里，翻阅那些尘封千年的敦煌文书时，从字缝里跳出刘萨诃这三个字。当时他已经是一名有身份的僧人，执事之类，敦煌莫高窟最早的建造者之一。

敦煌莫高窟最早的建造者，名叫向傅和尚。敦煌出土的一个断头碑上记载说，一个名叫向傅的僧人，自东而来，看到鸣沙山下，红柳河边，霞光万丈，状有千佛，于是感受到了某种使命，于是泪流满面，开始在岩上打造佛龛。

那第二个，就当是鸠摩罗什高僧了。高僧来到这里时，胯下的白马累死了，众人掩埋了白马，在上面起了一座白马塔，接着建白马寺，修完塔和寺以后兴犹未尽，于是开始在岩石上叮叮当当凿佛窟。

这第三个就大约是我们的匈奴人刘萨诃，他安全地翻越了大雪山，小雪山，回到第二故乡地和田，接着去敦煌，开始他的伟大功造。

刘萨诃的故事还没有完。有一个著名的"凉州瑞象"的说法，这个刘萨诃就是主角。传说，从敦煌地面来了一位高僧，名叫刘萨诃，在凉州（今甘肃武威市）地面，他见到御谷山顶霞光万丈，状有千佛，于是开始在山间修建佛寺，制造传说。看来，这刘萨诃将敦煌的故事，在凉州又重演了一回。

刘萨诃后来怎么样了呢？写完这篇文字，搜百度，百度上说，他自凉州折身西行，至酒泉城西七里涧，无疾而终。当地民众在此修建骨塔、寺院以祀。

百度上还说，刘萨诃的出生地是陕西省宜川县西北，出生年月是公元345年。此说也一并录入，供好事者探究。

为《南方周末》而作

2019年12月6日 于西安

答应和尚得名记

秦岭沣峪口，顺西万公路入山三公里，左手有一条山沟，沿沟顺山路攀援而上，直达秦岭之巅，却是一块面积约六千亩的山顶平原。这地方如今叫皇峪寺。唐朝的时候，则叫翠微宫、翠微寺。这地方是唐王朝的避暑夏宫。唐太宗李世民就在这翠微宫过世。

相传李世民驾崩时，卧榻前有太子李治，才人武则天，并高僧唐玄奘在侧。而汉传佛教史上的经典《唐玄奘奉诏译般若波罗蜜多心经》，正是在这翠微寺译出。

西安一位民营企业家将这山顶平原六千亩地征购，拟在上面恢复唐翠微寺遗址，并请我入山去做住持。从山顶北望，整个西安城尽收眼底。大寺建成之日，从西安城驻足南望，秦岭之巅那灯火阑珊处，该是我的故乡了。

那日在山顶一棵高大的核桃树下，我说，既然请我做住持，我是不是应该有个法号才对。众人一阵聒噪，说，那就叫"答应和尚"吧，取"有问必答，有求必应"之意。余击掌称善。

诗曰：

我本西来一佛陀，流落尘间年许多。

剃去三千烦恼丝，不辞长作终南客。

辛卯岁腊月二十七

公元2012年1月20日

余五十八岁生日 写于西安

我是五千年家族链条中现在的一环

如果从第一个猴子，直起身子，走出森林那一刻算起，这个家族的历史当更早。但我这里只从五千年前算起，从中华文明有了确凿的记载的那个时段算起。

我突然产生一种深深的后怕。五千年是一个无限漫长，而且时不时为黑暗所遮蔽的时间跨度。在这期间，如果稍有不慎，或因战争，或因瘟疫，或因一个接一个的大饥荒大年馑，这个家族链条就有可能中断，那么这个世界上，就没有现在的我了。

我因此向我的坚强的列祖列宗致敬，向渭河畔上那个小小的村庄致敬。在庚子年春节的日子里，我为先祖们点上一炷香。我能感受到他们在三尺的地表之下，咧着大嘴、吼着秦腔的情景。关中平原上那清晨的雾岚，渭河水流上空那千年不改的涛声，那是他们在地底下不甘寂寞，出来显形。

在新冠疫情大肆虐的日子里，我宅在家里度过自己的六十六岁生日。我大约关了三天手机，我不和这个世界沟通。我闷着头呆坐在一个小凳子上，想心事。我自诩是一个思想家。我像一只旷野上行走的狼一样，把前面可能出现的危险都想到了。但这突如其来自天而降的大难，还是叫我惊恐。

惊恐倒是不必。到了我这年龄，长安老树阅人多，世界上已经没有可以叫我惊恐的事情了。我是觉得很"祟"。"祟"是一句陕西方言，我不知道自己这个字写得对不对。

宅在家里，我趴在饭桌上，画了许多的画。没有找到毡，于是给宣纸下面衬了些报纸。我在那些画上面题了些句子。这些句子有点像屈原的《天问》。例如有一幅画的落款是这样的——苍天啊，我们香火供奉你，极力逢迎你，惧怕和敬畏你。可是你竟如此地对待我们！我们哪些地方做错了，请你明示！

我生日那天，看电视上武汉的病毒传染画面，母亲哭了半夜。她说这情形，与八十年前黄龙山虎列拉瘟疫很像。人说一声死，上吐下泻，往地上一躺就死了。一家一家地死，一村一村地死。死人比活人多，没有力气埋，于是人们将死者放进沟渠里，上面放几个土疙瘩，算是入土为安。母亲的全家，她的父亲母亲，哥哥，两个妹妹，一个弟弟，全部死于那场虎列拉瘟疫。虎口中只逃出个她，被高家收留，做了童养媳。母亲全家，是河南黄河花园口决口的难民，扶沟县顾家村人。我对母亲说，文明发展到今天，人类变得越来越有力量了。我向您老保证，昨日悲剧不会重演！

我出生在六十六年前腊月末的一天。母亲说，那一年的腊月是小月，二十九就是除夕。母亲还说，我是出生在天麻糊黑的时候，也就是农村人喝汤的时候。白天，她挺着大肚子，在东墙根晒太阳，很饿，于是三叔下到院子里的窖子里，取几个红薯出来。她将红薯上的泥土用袖子擦一擦，就在嘴边吃，吃着吃着，肚子疼起来，于是大声呻吟。她的婆婆、我的祖母听到声音，过来说："怕是要生了！"于是把她搀回炕上，把炕烧热。"人生人，怕死人！"母亲说，生下我以后，她的脸黄得像一张黄表纸，一点血色都没有。

临潼人说我出生在临潼，黄龙人说我出生在黄龙。我问母亲，母亲说两种说法都对，怀你是在黄龙的白土窑。那个村子中间有一棵树，村上人说那是一棵神树。怀你的时候，我白天干完活，晚上安顿完一家老小喝完汤，把锅上灶上收拾了，然后摸黑去喝那神树上流下来的水。

母亲说，后来老家捎来口信说，分地！这样爷爷独轮车上就驮着大肚子的母亲，回到关中平原的高村。母亲还说，当年黄龙山逃荒的时候，独轮车上装的是一个口袋。那口袋车一颠，呛唧作响。大家问里面装的是啥，你爷不言传。到了黄龙山，才知道，里面装的是你老爷的骨殖，是出发的前一晚上，你爷把它从祖坟里刨出来的。后来这骨殖，就安葬在白土窑对面的山坡上了。

我很重要！我是我们这个家族打发到21世纪阳光下的一个代表，我是这个五千年家族链条上现在的一环。我可不能有半个闪失。当然，亲爱的读者，你们甚至比我还要重要。因为我已经有些老意了，而你们还年轻，承担的责任更多。

让我们向人类伟大的生存斗争致敬。用生存斗争、种族存亡、国家存亡这个高度来认识这一场新冠疫情。我们民族经历过许多事，每一次都艰难地挺过来了，这一次也一定是这样子的。

今天是庚子年立春，日历上说17点03分立春。让我们相约，等这场疫情结束后，我们一起去武汉，去长江桥头，去吃武汉热干面，去东湖武汉大学赏樱花，去黄鹤楼上吟两句歪诗。

李苏迎带给我们的秦腔感动

疫情期间，一千三百万西安居民被隔离在家里，封区闭户。每天大家只做三件事，一是吃饭，二是睡觉，三是下楼去做核酸。笔者的我也一样。

憋闷的我这时候打开抖音，抖音里传来一声苍凉的秦腔大叫板，是一个名叫李苏迎的女演员在唱的红生。乐府诗中说，长歌可以当哭，远望可以当归。这李苏迎老师的秦腔，正是我小时候从父辈口里、爷辈口里听到的老秦腔呀，原来它们还没有灭绝，它们从一个叫乾县的地方，一个叫李苏迎的艺人口中唱出来了。

不知道你看不看抖音。抖音上，这个李苏迎火得一塌糊涂。这是从陕西，以至大西北这块大地上自然生长出来的声音呀！难怪她得到那么多陕甘宁青新乡党们的喜爱。

我看了抖音上的介绍，李老师小我十五岁，今年五十三了，据说她当年就曾经十分走红，在乾县剧团，后来跟人跑了，再后来又被人家抛弃了。于是沿街乞讨十年，现在又被县民政局重新找到，给上了医保，而喜欢她的秦腔戏迷则纷纷赶往乾县一睹她的风采，听她吼两句《下河东》。

我记得我看过乾县剧团演出的《下河东》，周至剧团演出的

《下河东》，宜君剧团演出的《下河东》。不知道苏迎那时候在不在乾县剧团。

李老师人生中摔了一个大跟头，离开了舞台。我想大家也不必计较这事，这种天才型演员，她有她的命运，她注定此生不会安宁，而她现在的秦腔哭音，能唱得如此地崩天裂，柔肠寸断，那是她经历的产物呀。我真担心一旦重新穿上戏装，大家再一鼓掌，她声音中的大悲悯的感觉就消失了。

说起长相，关中平原上的女人们，大都长了个盆盆脸，李苏迎也不例外。中国的北方人是蒙古人种，中国的南方人是马来人种，这你改变不了的。记得几年前我丝绸之路万里行，走到喀什的盘陀城。班超据说是扶风人，他一身戎装，掬一天风霜，威严无比。往下，三十六勇士分两行排开。这三十六勇士身披铠甲，手握兵器，一身蛮力。他们个个盆盆脸、碌碡腰、墩墩屁股，典型的陕西关中人形象。每个勇士都有名字的，记得我和他们一一碰一碰手，我说："山东的响马直隶的将，陕西的愣娃站两行！"

如今，李苏迎的盆盆脸又叫我想起了这些。我总觉得造化弄人，李苏迎的秦腔大叫板，在西安这座城市遭受疫情严重打击的时候，大家都快要得抑郁症的时候，突然柔肠寸断地响起，给大家以极大的安慰和极大的释放，是一种天意，她的五十三年人生徘徊，正是为此一刻而准备的，换一句话说，为此次疫情而准备的。

让我们勇敢的陕西人、西安人来面对这场疫情吧。本来《文化艺术报》约我写一篇关于新年的稿子，而我把标题都想好了，名字叫《为什么这次疫情是西安！》。可是当我坐在桌前落笔时，我觉得那个话题太沉重，恰好这时，耳畔传来李苏迎的"一年上二年上陕西大旱"，听得我都哭了，于是乎我说，这文章从李苏迎谈起吧！

简而言之，那么我最后简单地把《为什么这次疫情是西安！》这个我的思考说一说。

我是一个乐观主义者。佛说，雪落在此处，而不落在彼处，一定有它的深意所在。只是我们普通人视力有限，茫然不知而已。

森林中起了大火，聪明的人会怎么做呢？他的办法是，先将自己周围的这一片草地点着，烧透，然后坐在这灰烬的中间。大火呼啸着来了，它烧到这里，这块地面已经没什么可燃物了。于是大火饶过了这地方，这地方的人们得以保全。

这样说来，是不是上苍用心良苦，它要烧出一块净土，偏爱这一方百姓，让这座城的百姓先具有免疫力呢？是的，雪落在此处而不落在彼处，一定有它的深意所在，只是愚钝的我们，茫然不知而已。

我爱西安，去年西安市政府让我给他们机关上大课，我讲课叫《热爱西安的七个理由》。后来这文章陕报以新年专稿形式发在它们的副刊头条，名字改成《我从长安来，还归长安去》。今年，我应邀为《文化艺术报》写这篇新年专稿。

地底下埋葬着我的历朝历代的祖先，我能感觉到，他们张着大嘴，彻夜彻夜地唱着老秦腔的情景。而在城市的街道上和乡间的土路上，行走着我的晚辈们，他们正在憧憬着新的生活，进行着新的功造。我爱你，西安！

一座城和一位朝廷命官

一部陕北高原的历史，有一半是饥饿史，有一半是战争史。我曾经看过一些县的县志，充斥在字里行间的，要么是天大旱，饿殍塞路，哀鸿遍野，人们易子而食；要么是血流漂杵，干戈骤起，人民逃亡——十之六七这些字眼。

这些字眼叫人触目惊心，我常常叹息说，这一方人类族群，经历了太多的苦难，每一户人家，每一个家族，每一地一域的百姓，他们能血脉延续，直至今日，该经历了多少事情呀！那长长的道路上的人类生存斗争图景，叫人扼腕感叹，唏嘘不已，叫人不由得以手加额，向历史致敬，向来路上那些先辈们致敬。

榆林城是一座塞上名城。明朝年间修九座边城，榆林卫，榆林镇，榆林城居中，后来长城线上又添几座边镇，所以号称九边十三镇。在明王朝的这九边十三镇中，榆林城东边牵手，直到辽东以远，西边牵手，直到甘肃嘉峪关以远。

我第一次到榆林，是1985年的秋天，这座位于毛乌素沙漠与陕北黄土高原接壤处的塞上名城，给我留下极为深刻的印象。漫步在石板青砖铺就的街道上，从魁星楼等几座古建筑中穿过，步入那一座一座的四合院民居，耳边再传来榆林人的那稍带北京口音的琅琅鼻音、卷舌音，让人相信，这座建城逾五百年的，号称"小北京"的城郭，肯定是和北京有一些渊源的。

记得，我那次去过西沙，还来到鸳鸯湖（那里正在修新的榆林宾馆），来到老城上面的山头极目北望，来到红石峡和镇北台。记得夜来，这座平铺在沙地上的城市，广阔而博大，夜空布满了密密麻麻的繁星，大地一吐一吸，正在发出深沉的叹息。

人们告诉我，榆林城建在明朝的中前期，是当时的延绥巡抚建造的。之前，延绥的治所在天下名州绥德县。正是在这位四川籍的明王朝朝廷命官手里，将治所搬到榆林。榆林未设城前，只是榆溪河畔一个小小的村子，一个过往的驿站，名叫榆林庄。人们还告诉我，乾隆皇帝路过榆林城，夜来站在城门处叫门的故事。

仲平先生是我的一位老朋友了（认识有三十多年了吧），几天前他行色匆匆地来到西安，找到我的高看一眼工作室。仲平说，榆林人要给他们五百年前建造这座塞上名城的那位明朝的朝廷命官建个纪念馆，要我给纪念馆写点文字，给这小册子的前面写点文字。仲平还将小册子里面的文字，用邮箱传给了我。

这样我知道了，这位可敬的朝廷命官，国之重臣，名叫余子俊，四川青神县人，做过延绥巡抚，做过西安知府，做过明王朝兵部尚书。他将延绥镇治所从绥德迁驻于榆林卫城，是公元1473年，也就是明成化九年的事情。

此外，目下仍在淙淙流淌，灌溉着万亩良田的广泽渠，亦是他手上修的。那渠过去叫红石峡水利工程。从红石峡的榆溪河上游引水，在红石峡中凿开一条类似红旗渠那样的水道，引水到田。记得，十年前我的一部电视剧在红石峡拍摄，石窟里，有水流从脚下石渠中淙淙流过，当时我还感叹这工程的精妙。

余子俊的另一项可以彪炳史册的功绩，是修边墙，也就是修文化人说的万里长城。史料中说，成化十年（1474）六月，余子俊向朝廷禀报了修筑边墙的情况。至此，他已经完成了东起清水营，西抵花马池，连绵一千七百七十余华里的延绥镇边墙，总计建筑城堡十一个，边墩十五个，小墩七十八个，崖栅八百一十九个。

我阅读着这个小册子，我的双目有些潮湿。一个封建时代的雄才大略，勇于担当，以天下为己任，以国计民生为己任的正面人物形象出现在我的面前。我想起范仲淹的"居庙堂之高则忧其民，处江湖之远则忧其君"这句话。余子俊和北宋年间治理这块地面的最高军事行政长官范仲淹很相似。好像历史上也有将他俩做过比较的说法。

我们应当永远地记住余子俊，这个为我们建造了一座城、有过大功德的人物。我想，假如这城永远地矗立于天地间，那么余子俊将成为城市的永远的记忆。假如黎民百姓城市居民绵延有余地存活下去，余子俊将永远地活在人们的口碑之中。

余子俊修造的这一千七百七十多华里的陕北长城，是明长城的一部分，我们今天所看到的屡屡见于电视专题片画面的，在陕北北部沙漠中的这一段长城，就是余先生所督造的。二十年前，我曾经沿这段长城一直走到它的西北尽头。长城溯黄河而上，穿越了整个大河套。从花马池再往北，穿越旷野，直达银川，然后从西夏王陵前头的贺兰山垭口，进入腾格里大沙漠，直达黑城，尔后转向甘肃酒泉，从酒泉抵达嘉峪关、阳关。长城尽头的最后一个烽燧，在昔日龟兹，今日库车境内。

我在这里需要着重说明的是，余先生所主持督造的一千七百七十余华里的陕北长城，它的重要意义，当更为深远。它为维持当时中央政权的有效统治和管理，维持农耕文明地区的安定，起了重要的作用。

我对民族史，尤其是游牧民族史有一定的涉猎，这里不妨再唠叨一二。

第一，世界的东方和西方，各存在着一条弧状的定居文明和游牧文明的交界线，而中间，则是辽阔的欧亚大平原。这个大平原长期以来生活着二百多个古游牧民族，他们以八十年为一个周期，越过界线，向定居文明索要生存空间。北京、大同、太原、榆林、天水、平凉、银川等等城市，正是这交界线上的一个个坐标城市。所以，榆林城的设置，余先生的陕北长城的建造，其意义更在于此大格局。

第二，蒙元帝国灭亡后，残存的武装力量一直在鄂尔多斯这个河套区活动。西蒙古的一些力量，后来也返回来，定居和游牧于此。所以，余子俊建榆林城，修陕北长城，对于大明王朝的巩固政权来说，其重要性不言而喻。

榆林人要为当年建造这座城的一位封建时代的朝廷命官建一座纪念馆了。这叫我由衷地感动。那些忧国忧民功造一方的先贤们，永远值得我们纪念，我们以一颗感恩的心，感谢那些为国家、为民族、为黎民百姓做过好事的人。

最后，且让我向这座历史文化名城致敬，向我认识和不认识的所有榆林朋友们致敬，向即将开馆的余子俊纪念馆致以祝贺。记得，我还是榆林市委、市政府聘请的"书香榆林"文化顾问，能将我的卑微的名字，和这座伟大城市联系起来，这叫我荣幸之至。

一个王和一座城的故事

　　在相当长的一段人类历史进程中，世界的东方首都是长安，世界的西方首都是罗马，中间则隔着辽阔的欧亚大平原。这里生活着二百多个古游牧民族，他们通常以八十年为一个周期，或涌向东方的长安，或涌向西方的罗马，向定居文明索要生存空间。匈奴民族是这些古游牧民族中最为活跃、最为特殊的一支。

　　匈奴民族曾在公元2世纪时，完成过一场跨越洲际的悲壮迁徙。迁徙者北匈奴王阿提拉大帝，在布达佩斯建立匈奴大汉国。铁骑过处，几乎占领了整个欧罗巴大陆。后来阿提拉神秘死亡，北匈奴从历史进程中消失。

　　南匈奴王赫连勃勃出生在一辆迁徙的高车上。女萨满双膝跪倒举手向天祈祷道，上苍啊，赐一位英雄给匈奴草原吧！赫连勃勃一出生，便肩负着一个不可能完成的历史使命，这就是挽狂澜于既倒，拯救匈奴民族。他开始成为后秦皇帝姚兴的大将，镇守北方，他在陕北高原以及整个黄河大河套地区建立他的国家，也就是大夏国。大夏国成为五胡十六国之一国。

　　后来，称王的赫连勃勃与后秦王朝十年九战，一步步取得胜利，被严重削弱的后秦王朝后来被东晋刘裕（刘寄奴）所灭，长安城被占领。赫连勃勃则率军南下，从刘裕儿子手中夺回长安并在灞上称帝。在长安城居住半年后，赫连勃勃说他要过琴书卒岁、归老北方的生活，于是又骑着马回到已经筑成的统万城。小说《统万城》就是描写大恶之花赫连勃勃筑统万城的故事。

匈奴民族有一个世世代代的梦想，就是要筑一座城定居下来，变千年行国为永久居国。这件事在赫连勃勃手中实现了。赫连勃勃在鄂尔多斯高原与陕北高原的接壤处建立了一座辉煌的都城，号"统万城"，即"一统天下，君临万邦"之意。史书上说此城的规模堪比当时的咸阳城、洛阳城。

赫连勃勃的大夏国鼎盛时期，版图范围从三江源到西宁市到黑城，再到后来的银川，再到鄂尔多斯高原、陕北高原，这个伟大的游牧民族在行将灭亡前夕，发出了辉煌的天鹅最后一声绝唱。而统万城作为匈奴民族留在这个世界上的唯一的一座都城，至今那城的废墟还立在旷野上，千百年来任人凭吊。

正像流行歌里唱到的那样——

> 那把酒高歌的男儿　是北方的狼族
>
> 人说北方的狼族　会在寒风起
>
> 站在城门外　穿着腐锈的铁衣
>
> 呼唤城门开　眼中含着泪
>
> 男　呜——我已等待了千年　为何城门还不开
>
> 女　呜——我已等待了千年　为何良人不回来

统万城后来被另一个草原帝国，位于今天大同的北魏拓跋焘大帝所破，匈奴民族自此退出人类历史舞台。

小说《统万城》的另一条脉络是写大智之花鸠摩罗什，历经千辛万苦，从父辈开始，自印度国翻越葱岭，到达西域龟兹国，最后抵达长安，为汉传佛教奠定千年基石的故事。

鸠摩罗什的父亲叫鸠摩炎，他本来按照家族传统要成为印度一个邦国的宰相，后来他逃走了，翻越葱岭，到达塔里木盆地的古龟兹国。他成了龟兹国的宰相，并与国王的妹妹罗什公主结婚，从而生下来伟大的鸠摩罗什。

龟兹国那时候是西域的佛教中心，鸠摩罗什在二十三岁被拜为国师，成为西域第一高僧。长安城当时的皇帝是前秦苻坚，他令大将吕光西征龟兹，马背上绑着鸠摩罗什顺着丝绸之路返回长安。走到河西走廊凉州的时候，淝水之战爆发，前秦苻坚兵败，第二年被杀。吕光于是在凉州称王，建后凉国，也是五胡十六国之一国。这样鸠摩罗什被拘留在凉州十七年。后来进入后秦时代，长安城的后秦皇帝姚兴灭后凉，夺得鸠摩罗什来到长安，在终南山下设草堂寺，开始译经弘法。这是公元401年的事。这个译经堂收一千五百个汉族学生学习梵文，收一千五百个印度学生学习汉文，是中国境内建立的第一个国立译经场。十三年后，汉传佛教的伟大奠基者鸠摩罗什在草堂寺圆寂。

鸠摩罗什被西方评论家称为"东方文明的底盘"。

正是由于汉传佛教在中国的落地生根，从而令儒教、佛教、道教三教鼎立，成为两千年中国封建时代的国家宗教。正是通过大恶之花赫连勃勃、大智之花鸠摩罗什这两个人物的故事，小说重现了那个在中国历史上被称为魏晋南北朝、五胡十六国的时代，完成了对中国历史这个重要的节点和拐点的艺术性诠释。

小说具有极强的故事性和传奇性，人物性格张扬、鲜明，并且呈现出莎士比亚式的多样性。它也为即将拍摄的电影或电视剧提供了厚实的基础。除赫连勃勃、鸠摩罗什两位充满传奇故事的主要人物外，小说还塑造了鲜卑莫愁、叱干阿利、姚兴、吕光等鲜明人物形象。

小说以陕西版、北京十月杂志版、北京版、台湾繁体字竖排版、手稿版、纽约英文版在世界范围发行，取得了不凡的销售业绩，并获得国家新闻出版广电总局优秀图书奖、加拿大"大雅风"文学奖。同时，统万城这个人类历史的珍贵文化遗产被我国列为联合国申遗首选项目，尤其是在小说《统万城》出版以后，对提升统万城的知名度也有很大帮助。之前就小说改编电影事宜，我曾于前年冬天在北京与香港导演张子亮、内地导演吴天明讨论（天明老师去世前一个月时）。两位导演一致认为，要拍成国际范儿，三维，由中美法印四国合拍，美国好莱坞、印度宝莱坞以及法国前总统萨科齐、中国香港导演徐克担任总监制。

萨科齐曾通过中国驻法大使馆，要去二十本作者签名书。他说他是匈族人，是流落到欧洲的最后一个匈奴。萨科齐并提议由他的女朋友来唱电影主题歌。

张子亮做了个规划书，现在在我这里保存。香港电影界里有"文张武徐"一说。

动物世界的故事

一位牧人，给原始森林的空地上下了个大铁夹子。他原来的期望值很简单，希望铁夹子能夹住一头野猪，或一只狼，或一只狐狸。结果这天早晨他看夹子时，发现夹住了一头大瞎熊。

瞎熊卧在夹子旁边，纹丝不动，好像死了一样。草地是白色的，这动物显得十分显眼。牧人有些大意了，他以为这瞎熊是死了，或者不能动了，于是拍马凑去。如果是我，就不会那么大意。因为虽然那熊的身子纹丝不动了，但是两只耳朵，像风讯标一样转着，倾听着四周的响动，而那身体，随时准备发动。

果然，当牧人的马头刚刚抵达时，瞎熊突然立起，猛扑过来。牧人见了，本能地抬起靠近瞎熊的那条腿。熊扑上来的时候，牧人的腿已经抬起来了，于是它一掌，打掉了马的半个前颊子和整整的一条右腿。瞎熊大约还想往前扑，但被夹子夹住的那条腿拖不动了。

那只中了夹子的瞎熊，后来怎么样了，我不知道。那匹马的结局，我却是知道的。这是一匹大青马，牧人将它遗弃在了边防站旁边那片芦苇荡中。

我当兵那阵子，见芦苇荡中隐隐约约有这么一匹大马出没，吓了一跳。之后问老兵，老兵给我讲述了这个故事。这片芦苇丛是个积水洼，它的来水地是一条从阿尔泰山流下来的季节河，叫喀拉苏干沟，它的下游一公里就是著名的额尔齐斯河。每年春潮期，大河的水会漫灌到这里。

那匹缺了一条腿和半个前颊子的马，在芦苇荡又苟延残喘了半年，最后结束了它的命。有一次巡逻，我打马从这经过，看见一群草原狼正在撕咬它的身体，而成群的乌鸦则笼罩在狼群上空。第二次打马经过时，看见戈壁滩上零星地散落着一些它的骨头。而第三次经过时，戈壁滩上静悄悄的，芦苇荡也静悄悄的，大地上空空如也，好像这里从未发生过什么似的。只有戈壁滩上有一滩风干了的血渍，那血渍上爬满了大黑蚂蚁！

2019年12月10日 于西安

每一朵鲜花都有开放的权利

甘肃的一个叫稣烨的女孩子，抱了一沓厚厚的书稿，来到西安。她找到一家书院，在书院的帮助下，联系到出版社。清样出来以后，院长领着这女孩子找到我，央我为书写一个序言。

人之患在于为人作序——况且是个女人——况且这女人还漂亮一些的话。记得前些年，文坛某前辈尚且在世时，就为甘肃的一位女作者的一本书作序，引起一些闲话。又记得去年张中行老先生为一位女诗人作序一事，好像更有一些闲言不绝于耳。

因此这事颇让我踌躇了一阵。不过踌躇归踌躇，这序还是做了吧！能给别人一点帮助是件叫人快乐的事。

女人是一种大神秘。活过大半辈子的我仍然这样看。记得周立波在《山那面人家》中说，我不明白女孩子们为什么爱笑，我请教过一位女性问题专家，他说女孩子们爱笑是因为她们想笑，我觉得这话颇有道理。笔者的我现在想沿周氏的这个理论再类推下去，那么是不是可以这样说，女孩子们爱哭是因为她们想哭，比如这本书的作者所抛出的这一腔酸楚。

私生活小说，或曰隐私文学，这两年曾在文坛掀起一股小小的波澜。一伙子真实的、勇敢的、蔑视传统道德的女人们，将自己生活的另一面，半遮半掩地以文学形式报告给世界。这事在去年的一本舶来品叫《莱温斯基自白录》中达到极致发挥。也许，在我们的虚假的、矫饰的文学气氛下，这类作品能或多或少地具有某种真诚和真实，因此它赢得了一些读者。

如果《查泰莱夫人的情人》这本书是由查泰莱夫人自己来写，如果《金瓶梅》这本书是由潘金莲自己来写，那一定会是另外的一种文学景观了。在阅读这一类私生活小说时，我常常幽默地这样想。

不过我不赞成女人们去写什么书。这是一碗强饭。这份苦难的职业还是由男人们去干吧！那里面有太多的苦涩和磨难，在文学的小路上横七竖八倒毙着多少失败的天才。世界上有多少轻松的事情可以干呀！作家这行当，已经不是个令人羡慕的职业了。

不过既然是花，它就得开。不管这花是在温柔富贵的花圃里，还是在凄风腥雨的山间野外。每一朵鲜花都有开放的权利。至于开得大与小、艳与素，那是另外的问题。

上面这句话是针对文学这个职业而言。对女人，这句话也同样适用。那就是，每一朵鲜花都有开放的权利，每一个女人都有追求幸福和享受生活的权利。

一半是抢救，一半是彰显

世界上每天都有五十种语言在消失。这句话不是我在危言耸听，而据说是来自联合国教科文组织的调查。开始我有些怀疑这句话——世界上有那么多种语言吗？后来有一位专家告诉我，这是真的，在主流文化的边沿地带，比如非洲，比如美洲，比如地球的一些角角落落，有许多部族，它们都有自己各自的语言，而眼下，在欧美文化中心论的侵蚀下，这些语言正在消失。而一旦消失，便成为永久的消失。

这真是一件可怕的事情。

我们大约不会担心自己的语言消失，因为中国人口是如此之多，多得像蚂蚁一样，而中国的历史又是如此之悠久，悠久得像一棵盘根错节的老树。

但是，我们的文化传统正在消失，这却是无可争辩的事实。拜读这本名曰《陕北礼俗大全》的书，当看到那些一个人从出生到死亡的各个年龄段的各种礼仪，看到著述者为我们搜罗的各种衣食住行风俗，各种节日礼仪、社交礼仪，以及信仰风俗、游艺风俗等等，我的第一感觉是亲切，第二感觉是感动。现在的年轻人爱说的一句话，叫"很中国"。我想说，这句话放到这里才很合适。这才真正是我们中国的东西，是我们这个文明之邦礼仪之邦留给我们的丰厚的文化遗产。

这些东西正在消失，一点一点地消失。它日益被时代丢在了脑后，它也许将在我们这一代手里接近完结。现在的年轻人，你要问他们这些，他们第一是不屑，第二是不懂，他们不明白自己正在丢掉什么！

一个民族，它的文化传统消失了，它存在于这个世界的理由就消失了。

所以我想说高振平老先生的这个《陕北礼俗大全》是一本值得重视和值得赞赏的书，是一项抢救工程。

上面说的"一半是抢救"，下面再说"一半是彰显"。

我不知道为什么要用"彰显"这个词儿，也不知道有没有这个词儿。不过这个词所带给你的意思，我想读者是能够感觉来的。

我虽然祖籍不是陕北，但自幼在陕北长大，后来又在陕北生活了大半辈子。因此，高振平老先生书中所谈到的这些陕北民间礼俗，我是熟悉的。

陕北是中国地面上一块特殊的地方。中华五千年文明是由农耕文化与游牧文化交汇和冲突，而形成和发展起来的。陕北高原恰好处在交汇地带。它的一半是陕北黄土高原，另一半是毛乌素沙漠。

现在生活在这个地面上的人，他们都有自己可资骄傲的历史。当各种文化背景的人聚集在一起以后，在伟大的融合中，礼仪与民俗的融合当是最具有决定意义的融合。因此，这书中，如果我们细细地追根究底，能发现我们初民时期的许多古老信息，能发现历史衍变过程中的许多蛛丝马迹。感谢我们的祖先，他们留给了我们如此宝贵的遗产。从这个意义上来说，每一种礼仪就是一块活化石。

我赞美这种种的陕北礼俗。作为一个中国人，我为我们拥有这些而自豪。

我想，本书的著述者高振平先生，他写作本书的另一个意图，也正是这样，即礼赞这些古老习惯，并希望在身后这些东西能够发扬光大。

这就是"一半是彰显"。

我就说上面这些话吧！本来，如果篇幅允许，我多么愿意将书中那些礼俗再多说几句。例如书中那些对人的出生到死亡的各种礼仪，就充满了对一个生命的祝福和赞扬，以及张扬。在陕北这块苦焦的土地上，这张扬尤其令人感动。对那些如蝼蚁如草芥的生命来说，这种礼仪充满了对人的尊重和重视。

我正在写长篇，今天晚上，放下笔来，心情愉快地为《陕北礼俗大全》写上上面的话。我祝贺这本书的出版。记得，一些年前，我看过一本《陕北方言辞典》，今天，我又看到了这本《陕北礼俗大全》。我似乎觉得，在某种意义上，这本"大全"也有一种辞典的作用。试想，许多年后，当书中描写的这些礼俗，已经成为古老遗存，这时我们打开这本书，那我们会是怎样的一种心情。

一个文化人，一个业余作家，能写出这样的一本书，是可敬的。

如果创造一切的不是上帝，那就是女人

你有没有见到这一种事情？某一次会议上，八方来客，济济一堂，突然，一个女王般的人物出现了。她的声音开始响起来，急急如雨，清脆美丽，于是我们猛然间为自己粗俗的声音而惭愧。女人们开始悄悄地将凳子往远处挪（如果可以挪的话），她们倒不是主要因为声音，而是她们的衣冠周正，与女王阁下的那种不修边幅相映，令自己突然感到一种俗气。当然，震慑力主要还在于她的惊人的美貌和气质——生活的魔术师为我们打发来怎样的一个角色呀！

我就遇到过这种情况，那已经是十多年前的事了。主角叫臧若华，一个在延安地区插队的北京女知青。这一幕出现在1979年4月，陕西作家协会恢复活动后的第一次创作会上。

那时我刚从中苏边界一个边防站退役后不久，一身摘去了标志的"二尺五"，穿在身上。我必须承认，当时我被她的出现惊呆了。时至今日，当回想起这一幕时，理智告诉我，这一切里面，也许有我主观的成分，世界并不像我想象的那么美丽无瑕。是的，曾经有五年的时间，我在荒凉的白房子荷枪站岗，我基本上没有见过女人，我对人类的这一半已经陌生到恐惧的地步，所以，我完全有可能将我的五年的想象一股脑儿加给了这个女人。

我当时那么卑微，渺小，怯弱，像一只胆小的老鼠一样躲在一个角落，只是偶然用惊恐的目光瞥一下会场，并且在侃侃而谈的她的马一样的面孔上停驻片刻。她自我介绍说，她来自延安。这就是说，我们来自同一个地区。

从开会的地方到吃饭的地方，有一千米的街道。我不认识任何一个人，我只独自在街道上孤零零地走着。突然，一只手搭在我的肩上，是她。"我的手很大！"她说。是的，确实很大，记得后来我曾和她比过一次手，结果整整大我半截指关节。

我迈着骑兵的罗圈腿蹒跚地走着。她和我相跟着。我当时的窘态你是可以相见的。我在女性面前总是腼腆，而面对一个美丽的女性简直就像经受一场精神灾难。我的一颗心跳得多么猛烈呀！我既恐惧，又有一种穿透心灵的幸福感。我生怕她突然离我而去，那么我一定会像一个红绿灯前不知所措的孩子一样突然掉下泪来。

她将她的光辉照亮了我这三天的路程。世界上有的是有情的男人，尤其在作家队伍中。可是，三天来，她总是与我一路同行。你能想象当一街两行的目光向我扫来时，我在那一瞬间的幸福感。女人，我赞美你们，是你们培养了男人，是你们引领这个世界前进！你们的美艳如花、摇曳多姿，点缀着人类的苦难历程，此其一。而作为一个母性来说，记得一位美国学者认为，陶渊明的《桃花源记》，其实是表现了人类渴望回归母体的一种心态：当人们在这个世界饱受孤独、饥饿、寒冷等等苦楚后，他们回忆，一生中曾经有过无忧无虑的时光吗？有的，那就是还在母体的时候，此其二。这是扯闲，不提。

我和臧若华拉的最多的话题，是写一本关于陕北的书。也许，这就是长篇小说《最后一个匈奴》写作的最初创意。是她先提出来的。

她说到一个剪纸小女孩的故事。故事是这样的——

偶然的，我从同事的窗户玻璃上，得到一张陕北民间剪纸，这张剪纸具有毕加索的立体艺术风格。我开始查访这个剪纸小女孩。在一次返回插队的村庄的路上，在一个小吃店里，一个行乞的小女孩向我伸出了手。我用五角钱给她买了碗高粱面饸饹羊腥汤（我有肝炎，吃我剩下的不卫生）。好大的一碗呀！当女孩吃完饭，映着肚子离开时，我注视着她走了很远。"她会被撑死吗？"我问自己。她后来果然撑死了，而她——就是那个我千方百计寻找的剪纸艺术家。

20世纪的艺术风格来源于毕加索。然而，在西方文化将绘画艺术从三维空间向四维空间拓展的时候，在东方文化的背景下，有人也走到了这一步。也就是说，在一个偏远的、封闭的陕北山村，有人的艺术思维在某一刻与毕加索达以同步前进。这个大奥秘是怎么一回事，也许得从这块土地本身来寻找原因。

最初的时候，我大约仅仅把它看作是带几分凄清几分美丽的一个悲剧故事。但是随着我继续沿这个思路想下去，从陕北剪纸到陕北民歌，到安塞腰鼓，到像活化石一样依然风行于现在时空的种种大文化现象，到陕北人这种人类类型心理的开掘，我突然明白了，臧若华实际上为我提供了一把打开这座玄机四伏的黄金高原的钥匙。

读者知道，我的《最后一个匈奴》的主旨从大的方面讲，是试图揭示我们这个民族的发生之谜、存在之谜。从小的方面讲，是试图展示大革命在这块地域发生、发展的20世纪历程；其中包括1935年10月19日以后的一段时间，历史何以将民族在造、民族在生的任务放在这块轩辕本土上的缘由所在。

评论家朋友说我为这个20世纪革命找到了一个全新的审美视角。我想，这个视角正是臧若华所给予我的。我通过对种种大文化的诠释，对种种大奥秘的破译，将这场革命放在一种深刻的中国式陕北式文化背景下进行。我还让每一个活动着的人物，都作为这种文化特征在某一方面的突出类型而行动。

在北京《最后一个匈奴》座谈会上，蔡葵先生说到"框位"这个概念。是的，历史的行动轨迹实际上是文化的产物，种种的因素像河床一样框定了历史只能这样走而不能那样走。于一个人而言，也是这样，他被牢固地固定在一个大文化背景下，只能这样而不能那样。一切发生了都是它应当发生的，如此而已。

现在还有谁在谈这些哲学命题呢？大约只有我们这些傻瓜了。那么说点轻松的吧，对不对？

臧若华在西安会议不久，就匆匆地离开了，偕丈夫定居香港。她的丈夫大约也是一位北京知青，好像还当过团中央候补委员什么的。

我劝她留下来。我说，你的出走也许会是中国文坛的一件损失。她确实有着惊人的才华。她交给我的这把钥匙是她陕北十年插队的千虑之一得。她就要开始自己的辉煌时期了，但是她执意要走。

"我已经耐不住这种寂寞了，我感到自己快要爆炸了，我得走。去香港只是过渡，最终是回北京。这个圆是不是转得有些大了？我想。当1997年香港回归的时候，我将以一个香港大亨的身份昂首进入北京！"

我在《后记》中说到了，她后来成为小说中的一个人物（在下卷中几乎成为主要人物）。我还需要说的是，书中所引用的那个短篇（《最后一支歌》），确是出自她的手笔。那是她在一个内部刊物上发表的作品。在那个时期，能写出这种质量的作品的人大约是不多的。我想说，感谢她的珍贵的手笔使《最后一个匈奴》增色。我尤其惊奇的是，当它一字不动，像一块砖头一样被安置在这座华屋时，竟是那样妥帖。

臧若华后来再也没有消息。我到省作协开会，好几次，瘦瘦的苍老的诗人玉杲（已故），遇见我，会突然从自己的冥想中惊醒，问我，那个穿着一身牛仔、留个日本小姑娘头、说话机关枪一样"咯咯咯咯"的陕北女作者哪里去了。还有许多人问起过她。可见那次会上，她给人们的印象之深。

去年知青代表人物高红十回延安南泥湾插队的地方回访，她跟我谈到臧若华，从而令我多少知道了这位故人的一些消息。

据说，她确实现在已经成为（或者说和丈夫一起成为）香港大亨。大到什么程度呢？据说北京亚运会的所有的消防器材，都是这家集团经营的。而长安大剧院的翻修，也是这家集团投资。这正应了她当时说过的话。她实现了自己的人生目标，她是成功者，这个世界到处都为成功者开放着鲜花，因此让我们采一束为她献上。

但是我始终坚定不移地认为，上苍将这样的人物打发到世界上，也许该让她从事文学。这是中国文坛的损失。当然这只是我的狭隘的看法。

她如今居住在香港的一栋花园洋房里。大约还没有孩子。她的肝炎想来已经好了吧。据说，她拔掉了花园里所有的花草，腾出地面，种满了老玉米和西红柿。她每天唯一的工作，就是搬一个小凳，坐在老玉米和西红柿跟前，看着这些植物生长，并且一边流泪，一边怀念着或诅咒着自己的插队生涯。

"你看到《最后一个匈奴》了吗？远方的朋友！"容我写完这篇短文后，抽出神来，寄一本样书于你。可是，你的确切的地址在哪里呢？

1993年6月11日 于陕西作协

永恒的女性引领我们飞升
——致函丹华原型人物的一封回信

我的高贵的朋友若华大姐：

您好！信收到。一看到那熟悉的笔迹，我就断定是您的信。我的心在这一刻跳动得多么热烈呀！——这是普希金的诗。有一大摞信，我将所有的信都看了，只有这一封信，我一直没有勇气拆它。一直延挨到晚上，很晚很晚的时候，《古兰经》中所说的"在这万籁俱寂的高贵的夜晚"，我才强按住心跳，将它打开。

送走郭林一行后，我于9月7日到西安策划《最后一个匈奴》的分集提纲，27日回到延安，28日到单位，见到信，今天29，我回信。

您叫我"小高"，这也许是最合适的称呼，当年您就是这样称呼我的，而且像唱歌一样，将"高"字高八度地说出。我在前一封信中称呼您"小臧"，则纯粹是出于一种无奈，我不想称呼您"女士"，因为这有些疏远，而又不愿称呼您"大姐"，因为这有套近乎之嫌，现在，我明白该怎么称呼了。

您说您怎么也想不起我来了，这是可以理解的，因为您经历得太多。尽管这话令我有些伤心和痛苦。一个人以他的半生去追逐一团幻影，而被追逐者竟然毫无知觉，这种事情是常有的。责任不在您。推而广之，我想那时候怀着这样的情愫的人大约不止我一个。

感谢允许我继续将这个梦做下去。我想我会做下去的，直到离开人世的那一天，因为它已经和我所献身的文学事业融为一体了。我想，有一天见到您时，我也不会失望。一位叫玛格丽特·杜拉斯的法国女作家在一篇小说中说：有一天，我已经老了，很老很老了，我在巴黎街头遇见了你，你说，你爱年轻时候的我，但是，你更爱我现在备受岁月摧残的斑驳面容！她的这段话总让人看了流泪。

我们相识是在1979年4月19日的省作协新作者座谈会上。那是作协恢复活动后的第一次会议。开会在作协院子那个古建筑里（西安事变中周恩来与蒋介石会谈处），吃饭和住宿在和平门外的胜利饭店。那时我瘦瘦的，矮矮的，穿一身退伍兵的绿军装。我刚从中苏边界复原回到延安，在延安市印刷厂当支书，我刚在《延河》第二期发了诗《0.01——血液与红泥》（当然在部队上已有些作品）。你在创研室，在当年的第五期《延河》上有一篇小说叫《风筝》发表。延安还来了位张弢，在甘泉文化馆工作。记得开会时，你来得迟了点，大家已经落座，门"吱呀"一声开了，有一束阳光射进来，随后是光彩照人的你。记得那天你穿了一身牛仔，布鞋，留个幸子头，背个黄挎包。你侃侃而谈，立即成为会议的中心。关于这些，我在那篇文章中已经说过了。

从作协到胜利饭店有大约一千五百米的距离，正是在每一次的这一段距离中，你与我同行，并且提出要写一部关于陕北的小说。

那个剪纸小女孩是你虚构的，大约并没有此人。而高粱面饸饹羊腥汤事件，却是你的真实的经历。因为我清楚地记得你说过五角钱一碗，我还记得，当我对细节的可靠性——即为什么你不把自己剩下的大半碗给她时，你说，你有肝炎。肝炎这个词使这个细节站住脚了。我还记得你用手比画着："那么大的碗！那么大的碗！"

会议结束时，我们要回延安，约你一同走。你说要去兰州一趟。你去干什么，你不肯说。

后来回到延安后，我经常去你那里。那时我一定是一个呆头呆脑的傻小子。我在那里经常遇到明禄先生。有一次，明禄大约是从北京开完团十大回来，愤愤不平地发着牢骚，谈他的团中央候补委员，被一个作家给取代了。他那时候很灰，只有当听到我赞美《最后一支歌》的时候，你们才对望一眼，脸上显出一丝不易觉察的矜持的笑意。

你告诉过我《最后一支歌》的主角是王庚（王光美的侄女，王士光的女儿），在延川插队。那个小孩叫"延都"，为了怕惹麻烦，你把"延都"写成了"延延"。

王庚后来离婚，从延川到黄龙县教书（上了地区师范），后来到西安，和一位大学教师结婚，现在在北京。马延都还在延川，在一个小食堂端饭，她的女儿叫"琼琼"。

你走得很突然，起码对我来说是如此。一个星期天，我去看你，门上有一把锁，屋子里空荡荡（那时你屋里所有的陈设是靠在后墙上的一个很大的白木箱子，你说是从振华纸厂带来的）。我好久才明白，我的女神已经从这块土地上永远地消失了。我扶着你门口那棵杨树（还记得那棵极高极高的钻天杨吗？）站了很久。我在那一瞬间多么惆怅和迷茫。

现在你大约记起我是谁了吧？远方的朋友！如果还没有记起，那也不打紧。没有必要，也没有理由去回忆那些前尘往事的。

但是你走后，我却不能忘却。每一次进入小说，就想起你，每一次想起你，就又进入小说。所以我说的"永恒的女性引领人类飞升"这句话，并不是信口说说的。

说一件有趣的事。门口有一个女理发员，长得与你相似，一样的发型，一样的身材，一样的气质。因此，当我伏案写作时，总觉得在那个方位有团美好的花园一样的东西在召唤我，当我糊里糊涂地走下楼去时，我才明白我去看她。后来，直到她的丈夫（也是一位理发师）对我翻起了白眼，我才醒悟过来，我不明白我这样做的个中原因，后来经一位懂得心理的朋友指点，我才明白了。

你看，我这像写小说。

我想我已经回答了三个问题。现在，我得回答第四个。关于飞碟，这是一个轻松的话题。

我是在1975年秋天（就是我写信的这个季节吧）见到不明飞行物的。那时我在中苏边界北湾边防站站哨，大约是晚上11点。有一个橘红色的圆状物体旋转着自苏联方向划一个弧形向我飞来，到了我头顶以后，又转而向阿尔泰山方向飞去。物体有筐子那么大，在天空飞行时间约半小时。那天晚上有星星，但不甚亮。这件事我们当时向有关方面汇报过，在排除了别的可能以后，被确定为不明飞行物。

我很愉快地为你回答这个问题。我感到自己像一个鏖战归来的老兵，在向一群中学生讲自己的不平凡经历似的，感到那么亲切而美好！

关于我自己，没有什么好说的。我有一个平凡的妻子和一个自视清高的儿子。平日不闻窗外的事情，潜心写作。"世我两遗"的东方哲学和西方的存在主义哲学两种思想在我身上并重。

《最后一个匈奴》有可能获明年的茅盾文学奖，如果获奖的话，到时候请您到北京来，我将把我的这位高贵的朋友，宛如华伦夫人之于卢梭的人物介绍给中国文学界。当然，中国的事情，评奖有许多偶然因素。因此我只能等待。

我的最高理想是有朝一日获得诺贝尔文学奖。我计划从明年开始，每年一个长篇，写十年时间。过程才是一切，获奖倒在其次，我这是给自己定标杆，并不是真的那么幼稚地去追求那些浮名。

　　感谢你的美好的语言，感谢你的关于问我需要什么帮助的话。有你的讯息、你的信，就一切都够了。我不敢再有别的奢望了。感谢生活，它让我得到了这么多。人生不管怎么说还是美好的，不是吗？

　　就写这些吧！这封信竟写了一天的时间。问候明禄先生好！问候郭林她们好！告诉他们我因为你的原因而对他们充满了亲切之感！

1993年9月29日夜　于延安

山丹丹花开红艳艳，贺抒玉老师是最美的一朵

　　李若冰、贺抒玉夫妇，是从延安窑洞走出来的革命家、文艺家。李老长期担任陕西文艺界的主要领导，计担任过省作协党组书记、省委宣传部副部长、省文化厅厅长、省文联主席等职。而早在延安时期，他还担任过中宣部秘书科长兼部长秘书。贺老贺抒玉则长期担任《延河》杂志副主编，冰清玉洁。两位老人帮助过许多的那个时期的陕西的文化人。可以毫不夸张地说，许多许多的文化人承受过他们的恩惠。这其中也包括我。

　　路遥说李若冰、贺抒玉夫妇是他的再生父母，这话确实李老、贺老能够担当得起。1980年的农历正月十六，时任《延河》主编的王丕祥、副主编的贺抒玉，来延安为路遥办理调动手续。我当时在延安报社当副刊编辑。我陪二位到行署，找到延安地区教育局长。教育局长说，这不符合政策，只有大城市的毕业生，往中小城市分配的，还没有见过中小城市的毕业生逆向回流到大城市的。双方争执了很久。后来，贺抒玉老师说，你们拨通省教育厅厅长的电话，我给他说。电话拨通了，贺抒玉用浓烈的米脂话和对方通话。厅长也是老延安，他们十分相熟。贺抒玉央求他们把这个人放了，她说路遥是个人才，或许将来会有大的成就，《延河》需要人。王丕祥

老师是个直性子，这时候他抢过电话，骂起来，他说，难道需要我老王提个酒瓶瓶，来贿赂一下你吗？调个人就这么难。厅长在电话那头笑了，他说老王你还是这个脾气。这样吧，叫延安的局长来接电话，给办手续。

事情谈妥之后，两位一身轻松。我陪两位到行署对面的延安饭店吃饭。饭店里正在开延安地区的三干会。我叫他们挤出来三个凳子，我陪二位坐下用饭。我所以将时间记得这么清楚，是因为三干会通常是在正月十六开。延安人过年十分隆重！扭秧歌、闹社火，一直闹腾到十五，十六开始开会，这会于是又叫收心会。

前不久我还跟延安大学的老校长申沛昌先生说起这事。申老说，路遥当年的辅导员老师是我，他记得路遥毕业以后，就分到《延河》杂志去了，还是他给联系的。我说，没有，开始是毕业实习，后来是借调，这次才是正式调动。

李若冰夫人贺抒玉、杜鹏程夫人张问彬，还给我谈起20世纪70年代初，她俩专程前往延川县，帮助回乡青年路遥，修改他的第一件见诸于省刊的作品《优胜红旗》的事。陕北老诗人曹谷溪回忆，这篇早期作品是他推荐给《陕西文艺》的。谷溪同志曾经参加过1964年的全国青年文学积极分子大会，他和作协这些老人手都熟。

他们觉得这篇小稿还有修改价值，于是二位编辑家专程来到延川，找来路遥，在延川县招待所给路遥登记了窑洞，然后指指点点，让他该怎么修改。问彬老师说，晚上，两位到延河边散了一阵步，突然想起，不知道路遥能不能找来稿纸，如果晚上要修改，怎么办？于是她俩到县委值班室，要了一沓稿纸，敲开招待所路遥的窑洞，送给他。《优胜红旗》后来好像发表在《陕西文艺》第一期。

1994年初夏，省作协开主席团会。会罢，我去西北局干休所拜望李若冰、贺抒玉老师。贺老师一见我，就操着浓烈的米脂话说，建群？你不是说你要调回西安吗？怎么只见楼梯响，不见人下来。

我回答说，省作代会之后，刘荣惠副书记找我单独谈话，问我有什么困难没有。我说想调回西安来，父亲已经去世，没有什么牵挂的了，加之我有肺气肿，西安的空气要好一些！刘书记说，我来协调，你不要分心，好好写作，再给咱们拿出一部《最后一个匈奴》。

我对贺老师说，刘书记这话已经说了一年了，不知现在协调得怎么样了。这时，在一旁一直没有说话的李若冰老师，突然说，建群，不知道你能不能看下省文联？如果想到省文联来，我给你办！我听了这话，一阵激动。我说，只要能调到西安，有个地方叫我趷蹴下，我就满足了。李老听了说，好！礼拜一党组会上我提出来，你们夫妇一起调。

这样，我就从黄陵县委副书记任上，调到了省文联。当时还有一个程序，就是外调。文联汇报给时任省委宣传部部长的王巨才。王部长说，建群是我看着长大的，人品一流，作品一流，要外调，就来外调他吧！

那个令人怀念的文学时代，恍若昨日。那些具有崇高感的文学前辈们，你们是我心目中永远的丰碑，是一种神一样的存在。

寻找人类命运共同体的文化意义

　　有个吉尔吉斯斯坦作家，叫艾特玛托夫，他在八十岁临去世前，最后一部作品叫《待到冰雪融化时》。他在其中谈道，世界是一个整体，大家都在这一船上。假如有海难发生，每一个乘员都不能幸免。2018年10月，在他诞辰九十周年纪念时，当时举行一个国际笔会来纪念他并讨论吉尔吉斯斯坦文学，我原本也要应邀前去参加，但因为参加"丝绸之路万里行"没能成行。说到人类命运共同体，让我想到这桩往事。现在，国家领导人提倡"人类命运共同体"这一概念，我也十分拥护赞同。

　　1987年，《遥远的白房子》发表，当时《中国作家》副主编高洪波先生在《文艺评论》上写过一篇很大的文章，叫《解析高建群》。他说："高建群是一个从陕北高原向我们走来的，略带忧郁色彩的行吟诗人，弹着六弦琴，一路走一路吟唱进入中国文坛。高建群是一个善于在历史与现实两大空间，从容起舞的舞者。一个善于讲'庄严的谎话'的人（巴尔扎克语）。"我从最初的写作到后来的写作，一直都有一种地域方面随时的转换，穿梭于时间和地域的空间。这些与我的经历有关。我有三个精神家园，出生在家乡八百里秦川的渭河边，当兵又在阿勒泰草原。那里有雄伟的阿尔泰山，还有额尔齐斯河。额尔齐斯河，是一条国际河流，上海作家白桦来到我曾站岗的地方说，额尔齐斯河是中国唯一一条敢于向西流淌的河流。这条河流穿越阿勒泰草原以后，最终在乌拉尔山脉与鄂毕河交汇，流入北冰洋。

英国人类学家阿诺德·汤因比说过这样一段话：假如让我重新出生一次，我愿意出生在中亚，出生在中国的新疆，出生在阿尔泰山山脉。那是一块多么迷人的地方呀，是世界的人种博物馆。世界三大古游牧民族，古阿尔泰语系游牧民族，古雅利安游牧民族，古欧罗巴民族，前两个都永久地消失在那个地方了。而古欧罗巴游牧民族则从马背上下来，开始定居，然后以舟作马，进入人类的大航海时代。而第三个地方是陕北高原，也是一片雄奇的土地，生活着一群奇特的人们，他们固执，天真，善良，心比天高命比纸薄，他们是生活在高原最后的骑士，尽管胯下的坐骑早在两千多年前走失了。他们是斯巴达克和堂吉诃德性格的奇妙结合。他们把出生叫"落草"，把死亡叫"上山"，把生存过程本身叫"受苦"。我不停地在这三块土地上行走，每个文化板块都不一样。在这些文化中，我不断地适应，碰了很多钉子。由此，形成了我的思想和我的创作方法。

我曾对新疆的作家说过，你们不论是地方上的作家，或是兵团的作家，抑或是军旅作家，不能把自己局限在自身的生活圈子中。你们为什么不能掘地三尺呢？融入大地，走进历史，马上可以看到历史中那一种辉煌绚烂、光怪陆离、应接不暇的大景象。如果说我稍微比其他作家高明一些的话，那是由于我曾经在大地上走过，我一路走着，左手是天山，右手是阿尔泰山，我骑着马从草原穿过，从坟墓中穿过，从一个个草原石人中间穿过，天高地阔让人不由得产生历史的喟叹。那么深重的历史，充满魅力的历史，而我们的作家却视而不见，局限在自己的小圈子里，局限在骑一匹马一天可以抵达的地方，这是一种遗憾，或者说是一种损失。

《遥远的白房子》是一个边界故事，我是作为一个大头兵站在碉堡旁，站到界河边，对着东方升起的太阳，对着夕阳西下，在那种环境下产生的感情。文学作家其实是个感情的物种，夕阳凄凉地照耀着中亚细亚这块栗色的土地，我就要离它而远去了，我挥动着帽子，向我的白房子告别，向我的苍凉的青春告别，这是向我的梦魇般的白房子告别的一本书，向草原致敬的一本书。

1993年5月19日，《最后一个匈奴》在北京举行研讨会，会议上提出一个口号叫"陕军东征"，与会记者、散文作家韩小蕙将之作为报道这次会议的标题，发表在5月25日的《光明日报》上，这就是新时期"陕军东征"的由来。其间陈忠实的《白鹿原》、贾平凹的《废都》，再有京夫的《八里情仇》、程海的《热爱命运》相继推出，一时洛阳纸贵，"陕军东征"随之引发文学界一场大热。现在回过头来看，这可以说是纸质文学的最后一次辉煌，我们很怀念那个崇高的文学时代。

我完成这一背景转换，是在陕北高原。我当时在报社担任副刊编辑，我经常背着黄挎包在陕北大地游走采访，走遍了高原的沟壑梁峁。每到一个地方，历史大事件以及悲壮的故事，带给我的冲击，对我来说是很大的震撼。英国有位小说家叫司格特，是写历史小说的。他说过这么一句话：对于刚刚经历了用血和泪写出人类历史上最壮丽一页的这一代人，必须给予更崇高的东西。这句话对我是很大的激励，我有必要把陕北高原这段"百年孤独"式的历史写出来。中国的当代文学没有人能够这样表现，而如果做不到这一点的话，我们将欠下历史一笔债务，欠下我们的父辈一笔债务。我记录历史，记录革命是怎样在这块土地上爆发的。民国十八年大旱以后，陕北高原赤地千里，我看过每个县的县志，满篇记载着一半的陕北历史是战争史，一半的陕北历史是饥饿史，是种悲惨的人类生存图景。所以一定会有革命发生，我要把陕北高原的20世纪史写出来，那么一群农民、无产者掀起一场革命。我在书里写道，革命不论将来风行于片刻，还是垂之以久远，那是历史的事。我的着重点是，革命中那些革命者他们的英勇、崇高。我们应该公允地记录下来，像雨果的《九三年》那样记录下来。

实际上，是生活给我带来的这么一本书。我到延水关，对着黄河，看着山西，然后我来到吴起镇，对着洛河，对着子午岭的羊肠小路，当你从这些地方走过，不能不触动你的思考。我自信我在《最后一个匈奴》中，我是真诚地用唱给这块土地的一支咏叹调，来表现陕北高原的"百年孤独"：那横亘于天宇之下，那喧嚣于进程之中，那以"拦羊嗓子回牛声"喊出惊天动地歌声的，是我的亲爱的高原故乡吗？哦，延安，我们怀着儿子之于母亲一样的深情，向自遥远而来又向遥远而去的你注目以礼。你像一架太阳神驾驭的车辇一样，自遥远而来，又向遥远而去。芸芸众生在你的庞大的臃肿的身躯上蠕动着，希望着和失望着，失望着和希望着！哦，陕北！

每个中国人都面临着这个过程，充满着痛苦地进入城市化和工业化的进程。每个人在其中进入的方式都不一样，从乡村进入城市底层卑微的人物，进入城市的屋檐下活下来。随着工业化深入，大量的村庄被搬迁，他们被时代裹挟着前行。事实上，城里人和乡里人又是完全不同的两个概念：乡里人往自己门前一蹲，抱一壶茶，旁边再卧只狗，就觉得自己很伟大，一身肌肉；进城里以后，就会觉得自己是弱势群体，没有任何的力量且一无所长，可以说是很悲哀的一群人，一群畸零者。整个民族就是在这样的纠结中，我们走过了城市化进程的四十年。我的《大平原》写的就是我的家族、村庄，那些人怎么一步步走向城市。怎么在时代的大潮中随波逐流，命运各各。《大平原》中，高发生老汉要死了，就在棺材盖即将钉死时，他又活过来了。他欠起身子说："我的名字为什么叫高发生？我现在是知道了，世界上所有的事情都没有道理。它的发生就是它的道理。"说完他又平躺下来，让人把棺材盖盖上说："你们把要做的事情继续做完吧。"

我想起，当年（1965年）郭沫若到延安大学演讲时，同学们提出了一些问题让郭老回答。郭老说了一句很有水平的话：你们在提问题的同时实际上答案就在其中，你们自己已经解答了。我现在也有同样的感觉。现在作家、思想家在思考着这么一个问题，我们匆匆忙忙地赶路，奔向不可知的前方，到底这对人类而言是福是祸，现在很难说清。前段我也说过，我们匆匆忙忙走得太快，把灵魂丢在后边了。我们停一停，等等丢失的灵魂吧。而作为一个作家，我只能把我的感受说出来，试图像托尔斯泰那样地解答，我是做不到的。

《统万城》写的是，匈奴民族在行将退出人类历史舞台以前，如天鹅的最后一声绝唱。赫连勃勃在鄂尔多斯高原与陕北高原之间的地带建立了统万城。依据这一历史遗迹我们知道一些历史故事。前年，我随着"丝路万里行"，我们的车翻过帕米尔高原，进入费尔干纳盆地，中亚五国就在那片草原上。古丝绸之路上，有一座古老的城市，叫老梅尔城，这是丝绸之路上最古老的城市，古雅利安游牧民族的发生地，而现在是一座废墟。它为谁所灭呢？六百多年前，中亚出了一个大草原王——跛子帖木儿，他灭掉了这座城市。老梅尔城的形制和统万城居然一模一样，丝毫不差。四边都有城墙、角楼，且有许多的马面。可见，在历史的大空间，人类一直在走着，几乎以相同的步伐。

它行进到今天，包括暗物质的被证实，量子力学理论的提出，让人们脑洞大开。佛教在二千五百多年以前，就感觉到这些。佛教里提到，三千小千世界构成一个中千世界；三千中千世界，构成一个大千世界，三千大千世界为一佛之化摄也。这些像谜语一样的话，美国一位专家把这些话放到电脑里求答案，电脑给出的答案是，佛家的小千世界，指的是我们小小的地球；中千世界，指的是银河系；所谓的大千世界，指的是茫茫宇宙。佛家在那遥远的年代里，已经站在宇宙的边缘上来观照世界，解释世界。他们所做的所有的努力，都是为了探索宇宙的奥秘，探索我们人的秘密。老子说"周礼已死"，尼采说"上帝死了"，霍金说"哲学也死了"，他们实际上不断发现，我们人类固有的观念解释不了世界。我们只是盲人摸象一样，看到世界的一部分，以为这就是全世界，不是这样的。霍金为什么说哲学已死？哲学建立在认识的基础上，它是对事物的一种解释。但百分之九十五的世界，是被黑暗遮蔽的，我们看到的只是百分之五。所以说，我们过去所建立的哲学基础就此轰然倒塌。

近些年，在陕北神木发现了距离现在三千八百年至四千二百年的石峁遗址。中华民族发展到这个阶段时，按照历史发展的脉络假设，一个个群体部落，可以合成中华民族。在这种情况下，黄帝的部落，或者是黄帝的继任者，在黄河中游偏上的地带建立了都城。从而确保这一古人类族群滚雪球般的发展和延续。这些人类族群后来到哪里去了？我的推断是，随着黄河归槽以后，大河套地面周围没有水了，石峁城孤零零悬在山头上，于是人类逐水草而居，顺着黄河往上走，走到甘肃形成了齐家坪文明。他们在石峁待了五百年，又在齐家坪待了五百年，然后顺着渭河往下走，走到关中平原，成为周王朝的先民。在这里，凤鸣岐山，在这里筑造丰镐二京，周公制礼，形成了我们中华民族的根基。

陕北高原是一个十分奇异的地方，古人的眼光有限，脚力有限，光知道在游牧线和农耕线，游牧民族以八十年为一个周期越过长城线，侵扰中原。不知道的是，在长安和罗马两万余公里的欧亚大平原之中，生活着两百多个古游牧民族，他们以八十年为一个周期，向世界的东方首都长安或是世界的西方首都罗马的定居文明、农耕文明、城市文明索要生存空间。这是生存的需要，因为八十年中会不断频繁出现战乱、瘟疫、天灾等，他们得寻找活路。从这个观点来解释，就清晰地理解，在中国古代历史中为何会发生与游牧民族的冲突。西方普遍为大家所认可的一个观点是，这些草原人、游牧者，他们是大地之子，是大地的产物。他们的行为是由环境决定的。

再回到陕北。陕北是鄂尔多斯高原边缘地带，这个地方人类族群，在过去一直是在游牧文明和农耕文明建立的政权中间交错生存。我统计过，这片土地游牧文明和农耕文明统治时间各占一半。陕北文化之所以能够给我们很多让人惊讶的东西，有很多原因，譬如当年前秦皇帝苻坚派大将吕光灭掉龟兹城，将鸠摩罗什绑到白马上，经过将近二十年时间到达长安城。到达以后，后秦皇帝姚兴将三万名龟兹的遗民安置在陕北高原上，安置在榆林城再往北三十多公里的古城滩。中华文化里面很多东西，包括龟兹乐舞进入中原以后，我们才有了真正意义上的舞蹈。陕北的唢呐也是龟兹人给我们带来的，以及闻名遐迩的腰鼓等等，陕北民歌、陕北说书，都与那次三万名龟兹遗民迁移到这里有关。

我曾经写过文章，一个人的一生，三次与唢呐有缘：一次是出生时候，吹奏唢呐，向世界宣告我来了；一个是婚嫁的时候吹奏唢呐，有一对青年男女他们要婚配了，高原新的一代将要诞生了；死亡的时候，抬着棺材打着引魂幡，向山顶上行走，在这唢呐的宗教般的声音中，死亡就不那么痛苦了。《我的菩提树》是我六十岁生日时候开始动笔的，写了四年。我的孙女出生了，我看到她那么弱小。我说，我在世时候可以罩着你百毒不侵，遇见什么过不去的坎儿，你来问我，我可以给你人生的建议。大而言之，我们这个走了五千年历史路程的民族，必须有些智慧的人告诉人们怎么避开各种风险，明智地避开这些坎儿。我在写这本书时，用四年才写完，我怀着一种心态，要写一部真诚地为我们这个民族祝福的书。

汤因比说过，人类正在走着他的历程，在这个处处冒烟，处处起火的世界上，找不到一片绿洲，也许经过漫长时间考验至今仍郁郁葱葱的中华文明会是人类的福音。但是，这个古老文明必须警惕不使自己进入过去的那种循环中。而作为我来说，我还在写作，后面又有《大刈镰》《我的黑走马》出版，最近又完成了一部重要的书。前年我作为丝路文化大使，参加"丝路万里行"活动。这次行程总共两万两千多公里，用七十天时间穿越了十七个欧亚国家六十二座城市。这是本关于这趟行程的重要的书，叫《丝绸之路千问千答》，这本书已经完成了，明年即将出版，现在正由陕西卫视给书上配图片。这，是一部大历史、大地理、大文化的书，其实也就是一部丝绸之路的百科全书。我就像带路党一样，从古丝绸之路走过，把丝绸之路几千年来发生的重要的故事讲给大家听。就像法国小说家大仲马说的那样：历史是一枚钉子，在上面挂我的小说。古丝绸之路两旁布满了这种大仲马式的钉子，作者在这钉子上面御风而舞。

辑三　家长里短

于右任老人的一些旧事

我内人的三姑父，叫于全忠。于全忠的爷爷和于右任的父亲是亲兄弟。前者在中华人民共和国成立初期，被政府镇压。当时，于右任从台湾写来诗词悼念。诗的前两句是"左手书包右手糖，三叔送我上学堂"。这"糖"，该是三原特产蓼花糖吧！

于右任家贫，他小时候就是在这个"三叔"家长大的。甚至，于右任的母亲，也是这个"三叔"，张罗着从甘肃会宁给买来的。

于右任的父亲因为家贫，娶不下当地媳妇，于是从甘肃会宁，买了个媳妇。在关中农村，千百年来，这种事情很普遍，叫从外地"引"媳妇。媳妇被扶到毛驴上以后，迎亲的人们牵着毛驴，顺泾河川往回走。走到彬县（今彬州市）地面上，毛驴惊了，驮着新媳妇钻进了一条拐沟。

众人追赶，毛驴和新媳妇都不见了。天黑了以后，众人打起火把找，又站到山顶喊叫。见不见动静，大家说，新媳妇恐怕是叫狼吃了。于是回到彬县县城住下，准备第二天回三原复命。谁知第二天太阳刚冒红，毛驴颠一颠地，又驮着新媳妇从拐沟里钻了出来。

这苦命的女人后来成为于右任的生身母亲。

据甘肃省有关方面搜集的资料，于右任在担任陕甘监察史时，曾前往会宁县寻找娘舅家，外甥认亲。他踏遍全县境内未果。临离开时，他在这秦陇古道，会宁街头，长长一跪，连哭三声，说道，用不着寻找了，或者说已经找到了，从此后会宁县境中每一户人家，都是我的娘舅家！说罢站起，款款离去。1929年，即民国十八年，陕甘境内发生过一场大年馑，人口死亡过半，而甘肃会宁、静宁一带，人口死亡更是十成中亡故七成。推测，于右任的娘舅家，很可能是举家死于这一场大年馑。当时流行一种瘟疫叫"虎列拉"。

后来于右任从甘肃兰州往西安走，路过每一个县城，他都要停下来。夜来，在县衙大门口支一张桌子，挑着灯笼给老百姓写字，只要来索字，无论童叟老幼，一定有求必应，分文不取。那一年（2003年）我在彬县小住，县志上记载着这些事。我看了，心里滴血，我说，这是于右任在悼念他的苦命的母亲呀！

有一天早晨看凤凰卫视播出的邓康延先生编导的《民国先生》第一集《于右任》。片中说，于右任去世时，没有留下任何遗言。其实，于右任是有遗言的，除了那首著名的"葬我于高山之上兮"的诗歌之外，去世前，他还给家乡族人写过一封信。邓康延是我的好朋友，西安人，曾任《凤凰周刊》的主编。康延半年前来西安举办"民国先生"巡回展时，我去讲的话，我对康延说，以后有机会修改时，将我后面的这段话续上。

1962年"社教运动"期间，于右任曾给家乡的族人寄过一封信，信寄到三姑父于全忠手里。信中说，他的一生穿过许多鞋，走过许多的路，但是他最爱穿的，或者说最合脚的，还是三原家乡的老布鞋。接到信后，三姑便手工做了两双老布鞋寄往台湾。也许，于老大行时，穿的就是三姑做的三原老布鞋吧！

关于老布鞋这件事，是我内人的二姑父说的。他姓耿，生前不止一次说过这件事，还说，可惜"文革"期间，将这信烧了，要不，会是一件文物的。

说到老布鞋，还有一件事。做老布鞋用的是裪褙，在于右任三原老家的邻家不知道从哪里翻出来的棉袄，拆开做裪褙，从棉袄的内层棉花里翻腾出来一卷不成形的纸团，打开一看是书法作品，碰巧被姓杨的一位老先生遇到，一看是于右任的书法作品，知其价值，就花钱收到自己手里。这就是杨老先生后来拿给我看的《庶几帖》。

三姑已于二十年多前去世了，三姑父于全忠还健在，住在三原县城。他的大儿子叫于新（已过世），二儿子于锋，二姑父担任成都军区高级法院院长时，将他召去部队，现在退伍了，在四川绵阳。

前些年三原于右任的族人，来西安书院门闹那个四合院房产事宜，三姑父和于新都来了。活生生一个兄弟班子。我劝他们说，往事不提最好，给于老先生一个安宁。后来，三原县建于右任纪念馆，三姑父给我打电话，说怎么敢藐视他，不通知他参加。我当时正在外地，我说这是个民间的作为，我管不了。

最后再说一件与于老先生有关的旧事。

几天前我在西安丰庆公园散步，一位姓杨的老先生拦住了我。第二天来我工作室。老先生拿出一卷纸，上面都是于右任的字。他说这些字是请钟明善先生鉴定过的，真迹无疑，钟先生还说，这写字用的麻纸，是当年咱们蒲城产的。后来知道，专家们一致认定，此为于右任老先生早期作品，没有争议。余亦认同。

如今我也有一把年纪了，所以，我想在自己在世的时候，将于右任的这些旧事写出来，如若不写，这些旧事也许就永远泯灭于时间洪流中去了。

中国文坛一个不老的传奇
——致敬阎纲老先生

　　阎纲先生是中国文坛一个不老的传奇。老人家今年九十高龄了。这是他九十将至时，写的一本散文结集，评人，评事，记录感情，记录文坛掌故。这本书的名字叫《我还活着》。

　　哈哈，我还活着，多么旷达的，有着知生知死的民间大智慧的一个书名。记得名画家石鲁画过一幅小画，小画旁边题了一行小字：有个老头儿，中午时候，打了个盹，做了个梦，结果梦见自己死了。后来梦醒睁开眼一看，发现自己还活着。于是，老头很高兴，整个下午都处在一个大喜悦中。

　　阎纲老先生是陕西礼泉县人。1956年从兰州大学毕业后，分配到中国作家协会，在《文艺报》担任编辑，又先后编辑《人民文学》《小说选刊》《当代文学研究丛刊》《评论选刊》《中国文化报》等多种报刊。他对家乡一往情深，从那个时候开始，陕西老一代的作家柳青、杜鹏程、王汶石、李若冰、魏钢焰等等，谁的稿子寄给他，他都担负起一个编辑的责任，审稿，编发，稿子变成铅字以后，又提笔写评论文章。文章发表后，再张罗着开一个研讨会。这样的七十年以后，工作经历将他锻炼成了一个誉满京城的编辑家、评论家和组织活动家。

新时期文学以来成长起的这一代陕西作家，更是得先生的恩泽和提携。阎老之外，还有一位周明先生，还有一位雷达先生，还有一位何西来先生，还有白烨、白描，还有李炳银、李建军诸先生，他们形成了北京文化圈中独特的一种文化现象。可以很负责任地说，陕西之所以成为文学大省、文学重镇，"陕军"之所以名家辈出，与这些京华陕西评论家的鼓与噪是分不开的。

阎纲先生每次回陕西，不论是作报告，还是会朋友，口中念叨得太多的是四个字，叫"走出潼关"。他说，你们不要满足自己成为一个地方名人，形成一片小气候，拥有几个崇拜者，活得很滋润，你们要有大志向，走出潼关，进军北京，北京才是中国文化的中心和制高点。

在《最后一个匈奴》北京研讨会召开的那个早晨，上电梯的时候，好像是何振邦老先生说，阎纲、周明，你们整天说走出潼关，进军北京，你们的呼吁见效了。你看，"陕军"真厉害，又挥师东征了。——这也许就是《最后一个匈奴》研讨会上，"陕军东征"这个主题词的由来。

阎纲老人晚年的时候，回到礼泉乡间，在九嵕山下为自己箍好了墓穴，然后像孩子一样，和县城的自乐班一起敲敲打打，和当地的文学爱好者们一起畅谈文学，把自己的最后一份光芒照耀给可爱的故乡。我在探望阎纲老人时，为他写了一个条幅："苍龙日暮还行雨，老树春深又着花。"

礼泉县境属五陵原。在五陵原的北头，泾阳县境内，有一代国学大师吴宓先生一抔土。而在渭河的对岸，眉县境内，则有一代大儒、关学的开山祖师张载先生的陵墓。关中地面，饱学之士，文化名人，一脉相承。

阎纲先生文学创作会不日在咸阳召开。这是我给大会写的发言稿。而刚才，我还录了一段视频，将对一位前辈的感激之情、崇敬之情，终于找一个机会表达出来了。因此在写这篇短文时，我的心中充满了一个大喜悦。

阁纲先生是中国文坛一个不老的传奇。这个传奇就发生在我们身边。

2022年8月2日 于西安

陕北文化的几个大问号

"马面"是一个什么样的城防设施呢？它是在修筑绵延一圈的城墙时，贴着城墙外侧，每隔大约十丈，筑起的一个土堡垒，类似瓮城。不过瓮城是在城墙内侧，这"马面"是在城墙外侧。

这突出于城墙外侧的土堡，十分地坚固。统万城的筑城材料，用的是当地的白土，掺上糯米汁，再加上动物血，凝固以后十分地坚硬，用当地老百姓的话，可以在城墙上磨镰刀。

坚固的马面，中间是空的，一个大肚子，用来藏兵，藏兵器，藏食物和水，上面与城墙顶端相通，人可以从城墙上沿着一个狭窄的通道，踩着台阶下到底下的大空间中。空间的侧面，有一个暗门，打开暗门，手执兵器的士兵，就鱼贯般从马面里冲出来。

因为有着马面，北魏拓跋焘大帝几次攻城，都未能攻破。每当城上危急，或者敌人甚至已经攻入城中了，这时马面的暗门打开，一队士兵手执马刀，冲了出来，那时赫连勃勃已死去一年。赫连的儿子赫连昌，大约就是从这马面中杀出，令攻城的拓跋焘阵脚大乱，只得率兵溃退三十里，至今天统万城正北地面，内蒙古地面的十三敖包一带。赫连昌见得胜了，正在得意，这时，只见身后统万城中，火光冲天，人声鼎沸，这个被夸口"比咸阳城更坚固，比洛阳城更华美"的统万城给破了。拓跋焘站在城头，高喊：黄口乳儿，你中计了！

见中了拓跋焘的计谋，统万城被破，赫连昌只得领着他的残兵，退守回长安城。赫连勃勃当年长安城灞上称帝，曾将长安城作为陪都，称"小统万城"，又称南台、南京，而将他的大夏国首都统万城，称为北台、北京。

破了统万城之后，拓跋焘穷追不舍，待赫连昌在长安城喘息未定时，又尾随过去，再破长安城。赫连昌后来被北魏追杀，死于平凉。

笔者这里说的是"马面"，想不到话篓子一打开，话撵话，说了这么多，简直是在谈统万城的兴衰史了。那么这里打住。

目下，陕西省文物局的田野考古，已经从统万城遗址上，清理出十三个被沙埋的马面。我几年前又一次造访（给大学拍《统万城》幕课），曾经从城墙上走下去，溜走到马面底下的大肚子里，然后从马面北边那个暗门中，猫着腰走出，算是体验了一回。统万城应当还有许多的马面，这些马面要么被沙埋，要么随着城墙的坍塌，它们随之坍塌，然后就与城外的毛乌素沙漠融为一体了。

我在写作《统万城》时，曾给马面一些细节描写。我在书中推测说，赫连勃勃这个"马面"设施，可能是之前进攻西宁时，从那里学来的。

西宁城的马面，西宁城郊的骷髅山，现在的田野考古都已经得到了证实。那时青海西宁市叫西平，吕光的守将在那里建立了一个国家，叫南凉国，国主叫秃发乌孤。鲜卑族政权，为五凉之一，亦为五胡十六国之一。秃发这个姓氏，专家现在考证说，其实和"拓跋"这个姓氏是一回事。过去年代信息不通，大同地面的文人，逮这个音，记录下"拓跋"这两个字，西宁那里的文人，则记录下"秃发"这两个字。

史书上谈到的西宁城的马面，谈到的西宁城郊的骷髅山，都跟赫连勃勃那次攻城有关。史书中说，赫连斩这一片草原上敌骑兵一万首级，尔后用这一万人的头颅筑成一个骷髅山。我在小说中也曾写到这些。

关于马面，我们从统万城追到西宁城，我以为已经追到根上了。谁知道，2018年秋冬季节，在中亚地面，土库曼斯坦的老梅尔夫古城，我又惊异地见到"马面"这种城防设施。

老梅尔夫古城，是中亚地面最早的城市，距现在两千八百年，相形之下，我们的统万城，距现在才一千六百年，可说是晚辈了。老梅尔夫古城，有很长一段时间，是中亚最大的城市，是丝绸之路上一个重要的节点。它还是世界上一个古老的游牧民族——雅利安民族的发生地。

基因测试，现在的中亚五国，巴基斯坦、北印度、伊朗以及里海、黑海，直至波罗的海沿海国家，人类族群都或多或少有雅利安人基因的存在。专家测定，基因最多的是塔吉克斯坦人，他们雅利安基因高达百分之四十。另一个是伊朗人。伊朗这个国家，原来叫波斯，20世纪30年代改成伊朗。伊朗就是"雅利安人家园"的意思。

老梅尔夫古城现在隶属土库曼斯坦。六百多年前，最后一代土库曼苏丹（国王）被中亚枭雄跛子帖木儿所杀，首都梅尔夫城被彻底摧毁，从而成为一片废墟，直至今日。如今老梅尔夫古城的西北角，有最后一位土库曼苏丹的陵墓。

站在西北角，当年梅尔夫城的角楼的废墟上，我应土库曼斯坦国家电视台之约，做了一场现场演讲。演讲中，我阐述了上面所说的老梅尔夫城的历史，接着话锋一转，给他们说到了陕北的统万城。我讲了统万城的筑城史，说了这同样地建在大戈壁的城市，是如此的相似，简直像一个模子里倒出来的。当然，我也没有忘记大说特说这老梅尔夫古城的马面，以及统万城、西宁城的马面。

两城都是建在旷野上的，天高地阔，一望无垠。城的修筑，平地而起。一圈城墙，城的东南西北四个角，筑有角楼。城也分内城和外廓城，外廓城之外，是易马城，即草原民族与农耕民族在这里以货易货，交换物产的地方。

不过，较之陕北的统万城，中亚的老梅尔夫古城要大许多，大个五倍吧！真正是大而无当。我们开车从这已经变成戈壁滩的城池里穿过，用了半个小时。城的另一个角上（东北角），有一条红柳河，红柳花穗一兜噜一兜噜的十分茂盛。这叫人想起，统万城城外的那条河，也叫红柳河。赫连勃勃想将这河水绕城一圈，修成统万城的护城河。现在的田野考古证实，护城河已经全部修好了，只是还没有走水的痕迹。

老梅尔夫古城马面设施，引起我的大惊异，把我从统万城、西宁城得出的一千六百年这个时间点，一下子又推到两千八百年前。

那么，统万城的马面、西宁城的马面，是从中亚地面传过来的吗？两千年前的时候，中亚地面曾有一个古族大漂移年代，那么，那一股历史潮水曾波及鄂尔多斯高原、波及陕北高原吗？

陕北高原、鄂尔多斯高原、蒙古高原，它们处于欧亚大平原的东侧锋面上。

我本来以为，我为马面这种古代城防找到了出处，即它来自中亚，来自中亚游牧民族，然而，榆林神木地面挖掘出的石峁遗址，遗址中发现的马面设施，又颠覆了我以前的认知。

这十年来，石峁遗址几次被评为全国年度十大考古，有一年好像还被评为世界六大田野考古之一。皇城台、祭祀山峁等的挖掘面世，轰动了世界。这里原来是一堆方圆几十里的拥拥挤挤的山头，明长城从其间穿过。山头上原来堆积些乱石，一些地方露出黄土山峁。在祭祀山峁上，石砌围墙的缝隙里插着许多的玉石。一棵榆树紧靠围墙长着，阳光下每一片叶子都在哀恸地抖动着。

专家给石峁遗址的定位是距今三千八百年至四千二百年，在这里生活着黄帝部落最大的最重要的一支。这一部落已经有了国家意识，有了九五之尊这个概念。他们称它轩辕城或黄帝城。专家说，石峁的重要的意义在于，那个阶段，正是中华民族的初民时期，是中华文明板块或是聚、或是散的时期。如果有这个核心作为凝聚，它将滚雪球一样发展成一个大一统的文明板块，如果散了，它将发展成地中海沿岸那些支离破碎的小的邦国。他们因此把石峁遗址叫成中华文明发展史的黎明时期。

最让我惊异的是，在石峁遗址开掘了、发现了"马面"这个城防设施。而这个马面，业已存在四千二百年，比二千八百年前中亚老梅尔夫古城的马面，要早一千多年，较统万城、西宁城的马面，则更早。

这传达给我们什么样的信息呢？历史总是在你不经意的时候，将它的大神秘一面展现给世人看。我的历史知识有限，我的考古知识也有限，我只能把现象罗列出来，把这个研究方向提示出来，就教于专家，就教于此后的更多的考古大揭秘。

本来这篇文字，我想写三个陕北文化大问号。马面的故事只是其一，后边还有民间剪纸艺术家白凤兰所画的中华民族初民时期的生殖崇拜图腾——伏羲女娲图（伏羲女娲图的人身蛇尾图案，竟与科学家为我们破译出的人类基因图谱，即著名蝌蚪几番完全一样）。

再后面一个问号，还有当年（401）鸠摩罗什高僧来到长安城后，随他而来的三万名龟兹国的遗民，被后秦皇帝姚兴安置在榆林城附近的故事。那时还没有榆林城，姚兴命在这块地面重建龟兹国、龟兹城。而这座城，我问榆林人，他们说现在叫古城滩，并且还有一个蒙文名字，我没有记住。

许多陕北大文化现象，也许都与这三万名龟兹遗民有关。西域文化龟兹文化直接地影响了陕北，接着又间接地影响了中原文化。这是一个课题，我已经有一把年纪了，无力去深究，希望有志者将你们眼睛的余光向这里关注一下。

世界是相通的，中华文明板块只是世界文明板块中的一部分。它在历史上，在现阶段，都与世界有着联系。这是我写完此文后的想法。现在有个研究叫"中华文明探源工程"，很好，这篇文章恰好是应时而作。

2022年7月15日 于西安

鄠邑地面温氏家族源流考

——序《温氏世谱》

中国是一个农耕为主体的国家，五千年来香火绵延，传承有序。生存的需要，繁衍的必然，在中国广袤的大地上，聚集着众多的同姓同氏族的村镇。他们是谁？他们经历了怎样的流连颠簸，最后选定这一块祖穴之地，定居在这里，生于斯，长于斯，劳作于斯，寿终正寝后葬埋于斯？他们有着怎样的家族故事，他们如何避开这中国历史上一次接一次的兵火、战乱、饥荒、瘟疫，侥幸地活下来，从而形成这一个一个大潮汐过后的积水洼地。

我神色肃穆地打开这本《温氏世谱》。这是一个位于西安附近（自西安钟楼至鄠邑区政府方向约四十公里处），鄠邑区及其左近地面的温氏家族后人，怀着一种敬畏之心，为其家族修撰的跨越六百年时间历程的家族世谱。

在阅读中，我就这样仿佛走入一座花园一样，走入一个村镇，走入一段历史，走入一个家族那生存和繁衍的伟大斗争的过往中。

六百年是一个不算太短的时间概念。六百年前，温氏一族是居住在草堂寺那一带的，后来为避战乱，大部分族民遂移居秦岭脚下的周至县蒋夏村。相传，元至元十八年（1281）前，以蒋、夏两姓居此成村，得名蒋夏村。明崇祯十七年（1644）已无夏姓，故更名蒋村，相沿至今。战乱结束后，温氏族人也在这里定居下来。族谱给我们显示的信息，这秦岭山上，以及山下面的一大块沃野，是当时温氏族人逐渐买下的。先封山七十年，待山中的林木长得可以做椽、做檩、做大梁时，才开始采伐利用，之后在村中不断盖房，并修建祠堂、戏楼，置买田地，日益扩大家业。

《温氏世谱》显示，六百年前那一次温氏家族的迁徙中，还有一部分户族，继续留在草堂寺地面，如今成为独立的一支，且香火绵延，人丁兴旺。一支迁徙到淇水村（具体地址不可考）；另外，在渭河对面的三原县，亦有温姓人家居住，其中有的当属从这一较大族群流落到那里去了；一支来到了蒋夏村，这里原属周至县管辖，1958年划归户县，即今鄠邑区；后来，秦岭之南的汉中市西乡县，亦有这支族群流落到那里户里的人丁。

读着这些，我像在完成一次历史穿越。我不知道这些温氏后人，这些《温氏世谱》的编撰者们，是如何将这些久远的、庞杂的历史记忆搜集到一起的。书中所示，他们尽可能搜集到那些最古的族谱，以及在温氏祠堂里，在各个温姓人家家中，搜寻，整理，归纳这些弥足珍贵的历史信息。《温氏世谱》编撰者温小兵先生对我说，最为遗憾的一件事情是，20世纪六七十年代，族人们将蒋村地面的《温氏世谱》（老通谱和东户世谱）藏进红薯窖里，后来这红薯窖进了水，见了水的纸便成为纸浆。这一段弥足珍贵的碑载的家族记忆，便就此割断了。

我在上面用了两个"弥足珍贵"。其实，对一个家族来说，它的家谱、世谱弥足珍贵，而同时对我们这个国家、这个民族来说，家谱、世谱亦是弥足珍贵的。我一直想在自己晚年，做这样一件事情，即写作一本名叫《大长安地舆志》那样的书，围绕西安城一圈，选一百个村庄，追溯这些村庄的来历，这样，也许可以追溯到中华民族的初民时代去。

那将是一本信史，一本最为可靠的沿着这条线索攀援而上，直追源头的信史。它的价值甚至超过二十四史。二十四史是帝王的历史，是走马灯一样的朝代更年史，而一村一族所建立的族谱和世谱，则是草根百姓的历史，是民间行为写作成的"二十四史"。在这里说一句，我更看重于后者，我对千百年生于斯、长于斯、劳作于斯、死后葬埋于斯的普通百姓，具有更高的敬意。

《温氏世谱》工程修撰完成了。我为这本书的完成献上我的祝贺和敬意。我感到它更像一本温氏家族源流考。我想，中国的每一个有来历的家族，都有必要来修这样的族谱和世谱，以强化我们的民族记忆和国家认同。村庄是一个国家的最小行政单位，大水漫过，它将永远是存在的。

我想，当我从秦岭山北麓走过时，我会说，将脚步放轻，这里有个蒋村，不要惊扰了地下的亡灵。而关中平原的每一个同姓同氏族村庄，大约也是这样子的。所以我的敬意同时适宜于每一个村庄。

家长里短，亦可入诗

这是一条，是又一条浅浅的河流，水不太深，流程也不远，两岸也没有大的风景，但是它仍然会溅起朵朵浪花，一路唱着时而苦涩时而欢愉的歌儿。

手机丢失了，它后面带来许多的故事，最后被证明是一场虚惊。爷爷和孙子，从雨中走过，伞打给了孙子，爷爷心甘情愿地跟在后面淋雨。年轻的夫妻为星期天去谁家，做了难，最后的结局是喜剧一般的收场。去朋友那里借钱，挨了个肚子疼，只好牙掉了往肚子里咽。这就是中国人的息事宁人的处事办法。等等等等。

我没有见过这位作者，一位好朋友拿来厚厚的四本打印稿，书名叫《茶余》，说作者说了，想请我写个序。这样我就鼓了很大的劲儿，用一天时间看完了手稿，然后再用半天的时间写这个序。

阅读着手稿，我想象这个作者，应当也是年过半百，有一定人生阅历的人了。好像还是个字写得不错的书法家。人所具有的我都具有。人到了一定的年龄段，不经的事经三回。在这尘世上摔打了半辈子，一定有许多的人生感悟要谈。这就是作者写这本书的原因吧！

况且这作者是咸阳人氏。五陵无树起秋风。咸阳那地方的人，好像人人都满腹经纶，人人都自命不凡，说起话来一套一套的。我想，这大约与这块地面的历史陈迹有关。帝王的陵墓一座一座地在你家门口，渭河滔滔而东，不舍昼夜，你想平庸都不行。

哈哈，王哥卖车，这样卖车；老郭开面馆，这样开面馆；三叔说事，这样说事；等等。这本集子中这样的民间智慧很多。家长里短，或可入诗。草根百姓，升斗小民，他们庸常的生活中亦可溅出这样的浪花，生出这样的人生况味。

小说艺术是一门古老的艺术了。如果从唐传奇算起，也一千四百多年了。无奇不传，无传不奇，它最初就是讲故事呀。那些具有传奇因素的故事，构成小说立身的最基本要素。

本书作者在写给我的只言片语中，提到阎纲老人答应给这本书写个评语或题个字。老人是誉满京华的大批评家，老来辞客归隐，回到乡间，扶植家乡的文学事业和文学新人，成了他的一桩大事。倘老人家能题上《茶余》两个字，那这本书就显得金贵了。

唉，作文弄墨，也就是茶余饭后的事情了，是自己给自己找烦恼。"十中九人堪白眼，百无一用是书生"，这是清代诗人黄景仁说的话。但是，天性使然，宿命使然，仍然有一茬一茬的人，去著书立说，去自寻这个烦恼找罪受。

窗外艳阳高照，正是西安的暖冬季节，我不揣冒昧，拉拉杂杂地说了上面这许多话。如此，这篇阅读札记，可以交差了吧！

祝贺这本书的出版，问候咸阳的所有认识和不认识的朋友们。

2021年12月15日 于西安

这些年我给人写的字

　　我给人写字，不喜欢趟熟路子，往往，笔墨备齐后，我拍拍自己的大肚皮。肚子里冒出来的第一句话，就是我要写的内容。"我的肚子就是一座小型图书馆！"——这是我在西北大学讲课时，拍着自己的肚皮，说过的话。这话不好，有些自负，不过真正的缺点是永远难改的，所以我也没有办法，只能徒呼"奈何"而已。

　　那年行旅到宁夏，名作家张贤亮请客。席间，我为张先生写出"驾长车踏破贺兰山缺"的句子，旁边一行小注，小注说："当年赳赳武夫岳飞，誓要踏破贺兰山，而终于不得破，今天手无缚鸡之力的一介书生张贤亮，秃笔纵横当代文坛，倒真的把贺兰山给踏破了。"

　　那次宁夏之行还有幸见到张夫人冯剑华女士。冯女士是作家、编辑家，据说，张贤亮复出后发在《朔方》的第一篇小说就是冯女士做的编辑。我印象中光彩照人、充满文化感的冯女士，那天有些落寞之色，这叫人心痛，据说是夫妻之间有点不和，分居着。那天，我为冯女士写出"骑驴过小桥，独叹梅花瘦"的句子。我的怜香惜玉心情，不知道嫂夫人是否能领会。

　　新疆作家周涛，心高气傲，有"横亘在祖国西北边疆的一座奇异山峰"之称。那年他来西安，酒高之际，我为他写出"气吞万里如虎"的句子。后来周涛说，他爱这字，但又不宜在客厅挂，嫌太招摇，于是将字挂在书房里。

魏明伦先生穿一身中式服装，拿一把扇子，似乎有追六朝古风的味道，那次在深圳，魏先生求我在他的扇子上写几个字，于是我写出"江湖居士闲处老，落落乾坤大布衣"的句子，旁边并有小字落款如下：前一句是古句，出处记不清了，后一句是徐悲鸿拍于右任马屁的句子，今天我为魏先生写出，算是拍一回马屁。云云。

那年有一位农村小学的老师，拿来于右任先生的两句话，叫我写，这两句话叫"立脚怕随流俗转，高怀犹见故人知"。这两句话真好，我推测，这话当是于老先生为一位老朋友写的，从此这话我也常常给人写了。于老先生是我的一位转弯抹角的亲戚，因此我写时也有份感情在内。

我乡间的那些族人们，也常常来索字。一次，一位堂妹夫拿来一幅民间的楹联，叫我写。上联叫"书田无税子孙耕"，下联叫"荆树有花兄弟亲"。我写了，如今大约这字用水泥刻在他家楹门框上。不过"书田无税"这句话现在是不准确了，因为出书也要上税的。

那一年，书法家茹桂先生从旧书堆里搜出两句清人的句子，十分欣喜，遂将心得告诉我。句子叫"不解养生偏得寿，颇思离世乃成名"。于是我为那些老者写字时，常常写这两句。另者弘一大师李叔同的"莫嫌老圃秋容淡，犹见黄花晚节香"两句，也是吉祥顺耳的话，我也常写。不过我写得最多的，还是"德者寿，仁者健，贤者安"这句，这是我将古人的三个意思糅在一起去说。

不过我最喜欢做的事情，还是给女孩子写字。赞美生活是一位作家的天职，是不是这样？！我写得最多的一句话，叫"美人香草，金石文章"，这句话能写出金石味来，最好。往往，旁边还要加上一幅落款："那年北京，楚图南先生谓我，以美人喻香草，香草喻美人，古来有之。"这样写了，才算圆满。

不过我最近常为女孩子写的，是郁达夫先生的两句诗，叫"曾因酒醉鞭名马，生怕情多累美人"。这句话最初我是为电视台的一个女主持人写的。这排骨美人那天闯进我家里索字，我吓坏了，我说你快走，你知道今天是什么节吗？那天是情人节。情急中的我，突然想起郁达夫这两句诗，于是仓促写就，墨迹未干，就请这排骨美人走了。以后这字，我也常常写。

还有一次，在一个场合上，我为一个陕北女孩写字。她是米脂人，貂蝉的老乡，于是我在一张"镜心"上写出："貂蝉出世时，月朦胧，花三年不发。中国民间闭月羞花一说，自此得之。"这段话博得一片掌声。后来一位陕北女孩开个"荞麦园"饭馆，要我给大堂里写一幅字，并且指明要写这字。

我最得意的一幅字，亦是在一个热闹场合中，情急写出来的。四尺整张铺开，要字的人说先生你随便写。那时我刚从敦煌回来，于是信手写下"洗礼"两个大字，旁边还有许多空白，于是我乱石铺街，一路写来，小字这样写："敦煌莫高窟壁画中，有一印度高僧，每日黄昏，来到恒河边上，开膛破肚，以冀在这日日必备的洗礼中，洗尽凡尘，即达大觉悟之境。"

弘一大师李叔同圆寂前，手书的"悲欣交集"四字，我亦常常鹦鹉学舌，写给索字者。往往，底下再加一幅小注："弘一大师圆寂时，手书'悲欣交集'四字，告别尘世，缘何"悲"之，又缘何'欣'之，个中感觉，非过来人而不可知也！"

陕西省政府官方网"陕西通"上说："高建群先生的书法，是学富五车的大文化人，偶露之冰山一角矣！"这话太大，我不敢承受。我的本行还是写小说，写字只是余事，逗天下人一乐而已。我甚至常常自我谴责沉溺于书法是一种文化人的恶习。《文心雕龙》里说"诗不能尽，溢而为书"，大约，是因为我无力在文学领域里去表现，于是寻找一条逃避的通道而已。

前阶段，金庸先生来西安，先是华山论剑，再是碑林谈艺。碑林谈艺中，电视台约了我、贾平凹先生、魏明伦先生与金庸对话，席间，我把自撰的一副楹联书赠金先生。联曰：袖中一卷英雄传，万里怀书西入秦。此上联是清代台湾爱国诗人丘逢甲的句子，下联是谁的，我记不太清了。据说金先生十分喜欢这副楹联。我是地主，既然客人喜欢，我自然也就高兴了。

曹诚英墓前说胡适

胡适娶了个小脚的女人。父母之命，媒妁之言。婚礼的伴娘叫曹诚英，是胡适的远房表妹。大约见了这个清秀的、充满新文化思想的伴娘，胡适之心中暗暗叫苦：新娘子为什么不是她？大约，现场两个人眉目传情，已有个什么默契。后来，胡适在杭州烟霞洞休养，两人幸福地同居了三个月。这是胡适婚后六年发生的事情。

曹诚英一生没有再婚（在认识胡适之前曾有过一段短暂的婚姻）。正像人们说的那样，这个痴情的、刚烈的女子，为了这三个月，付出了一生。烟霞洞归来后，曹诚英发现自己怀孕了，后来被迫堕胎。

胡适是不可能离婚的。原配夫人叫江冬秀，她拿起一把菜刀说，你要再敢说"离婚"二字，我就先把你的两个孩子杀了，然后自杀。胡适于是长叹一声，只好认命。

在胡适之去台之前，他们还有过一段接触，这就是曹诚英去美国读硕士的时候。大家说，他们偶然又遇到了一次。我却不这样认为。我想，也许胡适曾经给过帮助的，觉得欠这个女人太多。胡适曾任国民政府驻美大使。

胡适1962年在台北去世。我们不知道，曹诚英在得知胡适去世的消息后，会有怎样的想法。我们只知道，这个中国第一位农学教授，拿出自己全部的积蓄，两万多元，交给当地政府，让他们在一条小河上修一座桥。

在安徽绩溪，胡适的上庄村，曹诚英的旺川村，相隔几里，中间隔着这条小河。按照民间迷信的说法，鬼魂怕水，遇见水就缩回去了。那么曹教授修这座桥，是不是企盼胡适之魂兮归来？一个女人的痴情、坚守，叫笔者行文于此，潸然泪下。一个女人心中那海洋般的情感潮汐，以及缄默一生的矜持力量，令人颤栗。

曹诚英先后在许多中国名校担任过农学教授，一生中有着许多教学成果。她于1973年去世于上海。按照遗嘱，她的简易的墓头，直顶着那座小桥。那情形，就像那些古代的女子，黄昏时分守在村口，等待自己远行的男人归来一样。

我是在一个暮春的日子里，从曹诚英先生的墓前经过的。狭窄的墓园，黑色的墓碑，陪同我的绩溪的朋友说，曹诚英这是在村口守望，眼巴巴地等待着胡适之归来。

我说，这话是对的，但这话只对了一半。我站在墓碑前的感觉是，上面说的是她修桥时的想法，而当墓碑立在这里时，她的想法变了。她静如处子，缄默地注视着道路，注视着桥，注视着桥和道路连接的上庄村和旺川村。那一刻她眼神中充满了冷漠，包含着对世界的失望，对一个男人的蔑视。

不管胡适之、曹诚英先生同意不同意我的这句话，我的感觉是，他们可能因为我的这句话得到解脱。

2020年3月20日

陕北艺术散论

绪万先生去美访问行前，约我找几张陕北民间艺人的剪纸，以备应酬交流之用。并且嘱咐，每张剪纸旁边，能有作者介绍、艺术风格或历史掌故说明，最好。这一打搅，便打搅出我这篇文章来了。长期以来，我一直有写这篇散论的念头，只是面对一堆光怪陆离的材料，不知如何令其驯服，如何找出一个很恰当的叙述对象来，确切地说，不知如何找到一个统领全局的制高点。现在我有了，我得因此而感激绪万先生。记得林语堂的煌煌大作《中国人》，便是受一个叫赛珍珠的女士的点拨。笔者当然不敢与林博士相提并论，这篇短文与博士的《中国人》相比，亦是土丘与山冈之别，行文中偶然想起，取其相似点罢了。

一

秦以前的二三百年，处士横议，百家争鸣，成为两千年封建社会中国学术界一个绝无仅有的光辉灿烂时期。秦以后，罢黜百家，独尊儒术，思想界哲学界于是为一种沉默气氛所取代。虽屡屡有天资颇高、声位显赫的人物妄图打破一统，但是收效甚微，人类的伟大创造精神受到了限制，生机勃勃的局面不复出现了。儒家学说对中华民族的功绩在于，它维护了中央集权的统治，它的各种学说汇聚起来产生一种向心力和凝聚力，从而使这个文明古国没有在历史的风风雨雨中泯灭于路途。想到世界四大文明古国的其中三个，都已不复存在了，我们就能想见儒家学说的不灭功绩。儒家学说的消极一面是，千百年来，它限制了人们的思维，限制了人们对物质世界和精神世界的穷究，从而使我们这个民族在社会学领域成为一个懒于思索的民族（正如德意志民族是一个理性过强的民族一样）。尤其是近代，它束缚了人们的思想进步和对现存秩序的革命性破坏，于是乃有以"打倒孔家店"为标志的伟大"五四"运动出现。

二

儒家学说在一统中国时，网开一面，留下了陕北高原这个空白点。这当然不是为牧者的恩赐，而是历史上的陕北长期处于边关要地，汉民族与中国各少数民族轮番统治的结果。清光绪皇帝御使翰林院大学士王培棻，曾来陕北三边视察，回去后的考察报告中有"圣人布道此处偏遗漏"之说，或可为这一论点提供论证。儒家学说的较少染指陕北，于是便使这里的秦以前的古老文化得以保存（当然是存一而遗万），秦以前的艺术得以靠山沟的掩护成"活化石"的形式令今日世界大惊异。而我们知道，陕北高原是轩辕的本土，他的发端之地与安寝之所，它能够保存到今天的东西应该说都是弥足珍贵的或接近正统的。于是乎，时值20世纪80年代，陕北高原一跃成为全国艺术界注目的一个焦点，影视界冠之以黄土地艺术，美术摄影界冠之以焦土文化，歌坛以不拘一格不可一世的姿态，在"西北风"的呼啸中寻找到倾泻现代人思想感情的音符，迟钝的浮躁的文学界也在这块土地上苦苦寻根，寻找思想，寻找形式，寻求远祖的神秘庇护。

是不是可以这样说，陕北本土艺术的全部奥秘和它为世所瞩目，奥秘正在于王培棻无意中说出的这句话上：圣人布道此处偏遗漏！

三

1987年全国民间歌舞电视大奖赛中，安塞腰鼓以其强烈的表现欲望和剑拔弩张式的力量，为时人所瞩目，荣获大奖。一位美国观众惊叹，想不到在温良敦厚的中国民间传统舞蹈中，还有这类似美国西部艺术的一路。这位美国人还没有到过安塞，没有看过哪里七八十岁的老农和七八岁的女孩，穿着家常衣服，站在黄土地上的自发表演，要不他会更为惊讶的。每一次表演都是艺术的演变，千百年来演变了千百次，而从黄土地搬迁到北京舞台，这又令安塞腰鼓的本来面目削弱了许多，然而这舞台上的腰鼓仍能令人慑服，可见其艺术内涵的深厚。安塞腰鼓的缘起，一说源于宗教的祭祀活动，若如此，它该是我们这个民族最古老的文化的一部分了。一说源于军事上的用途，若如此，它该大约在秦代，在秦蒙括与扶苏戍边这里的时候。几年前陕北某地出土汉画像砖，砖上彩绘，正是腰鼓手边舞蹈边击鼓的身姿。总之，它的艺术风格一反那种传统的歌舞升平的舞蹈，更接近于现代人的思想感情和现代人的节奏，或者说，更接近那种古代人表现感情的方式。今而古，古而今，靠安塞腰鼓为纽带，跨越两千年时间进程，在现代文明方式冲击下深感困惑的这人类一群，从民族本土文化的源流处找到了守护神，听到了关于"回归本土"的呼唤。

四

陕北民间剪纸，这些年日益为时人所重。先后有几位农村老太婆，到中央美院讲学，到西方的万国博览会上表演。更有许多的中国的外国的学者，来陕北考察，索本求源。有一幅著名的陕北剪纸，叫"抓髻娃娃"，根据中央美院勒之林教授的考证，很可能是最早的黄帝部落使用的关于生殖崇拜的图腾符号，后来，"抓髻娃娃"便演变为中华民族的守护神。类似此等大奥秘，相信还有许多隐藏在陕北剪纸中。在文字不发达情况下，剪纸在这广大地面的一字不识的农村妇女手中，其实变成了一种延续过去和与未来对话，与世界对话的文字。仅靠几本残缺不全的县志，今人根本无法理解和知道那些久已泯灭的东西，于是剪纸艺术以其神秘的色彩，依靠老太婆的手中剪刀，为我们展示出条条迷津。

我曾经请教过一位研究工作者，一只尾巴上有一孔麻钱的老虎与一只尾巴上有一轮太阳的老虎，有什么区别。方家告诉我，前者为雌，后者为雄。麻钱上的方孔象征着女性生殖器，不独在剪纸艺术中，似乎在文学语言中、习俗用语中，亦有此例。中国宫殿中，称此类有孔的照壁为"女墙"，刘禹锡诗云：秦淮河边旧时月，夜深还过女墙来。那尾巴上带太阳的老虎，自然就是雄性了，太阳生火，火为阳，虽稍带牵强之意，但这也是想得过去的替代符号。诸如此等，民间剪纸中屡屡可见，权威的解释者，那些农村老太婆正在一个个撒手长去，愿这些秘密不致随她们一起死去，从而令后来的研究者对着这麻钱小孔百思不得其解。记得安阳殷墟中几片龟甲土，对着上边的几个似字非字的东西，幸亏沫若先生的生而知之和令人信疑参半的破解，才令我们有识大概。陕北民间剪纸艺术家中，我记起一个人来。这人叫张林召，如今已经作古，用一句带一丝凄凉滋味的话说，她的墓上已长出萋萋荒草。张林召一生三次易嫁，三次死了丈夫，农村中将这叫"克夫命"，有嫁鸡鸡死嫁狗狗亡之说。张林召的有些剪纸，与西方现代派绘画艺术大师毕加索的绘画手法十分相近，打破传统的三维空间，表现到四维空间。我曾经将两个人的作品放在一起比较，一边比较一边惊异。惊异之外还有一丝感慨，感慨一位生前备受人类荣宠而死后家资巨万，一位生前卑微贫困遭人歧视而死后依然寂寞如初。说毕加索在寻找艺术表现手法的途中，借鉴了张林召，是不敢说的，因为缺少这方面的记载，且张林召晚生了二三十年。说张林召受毕加索作品的影响，也是不敢说的，因为张是个足不出户的农村妇女，别说毕加索，恐怕连世上有个法兰西或许还不知道。唯一的解释是，在人类发展到这一时代的时候，他们在艺术创造的某一刻，同样受到一种隐秘的灵性的启示，于是艺术思维达到同步前进。艺术大师自然是受他的艺术积累和表现欲望的差遣，而农家妇女靠什么呢？据说有一位收藏家问过张林召，张林召只说，自己灵机一动，觉得那样剪好，就那样剪了。这话当然说得十分准确，是艺术家的辞令。假若是我，我一定不这样直接问，我要问那些天她都想什么事，那些天她都见什么人，那些天天上下什么雨地上刮什么风，我要寻找到形成她这"灵机一动"的艺术氛围。说到底，我要寻找上天将这世纪性突破的角色放在张林召身上的缘由所在。然而，张林召已经作古，面对着她的剪纸，我只能像面对着出土的甲骨文一样，只有无凭的猜测的能耐了。

五

那一年我陪中央电视台《中国人》摄制组，去安塞一条山沟，为一位农民剪纸艺术家拍几个镜头。老太婆叫白凤兰，那年七十三岁了，皮肤白皙，举止安详，一试镜头，磊磊大方、安之若素的样子，连摄影师也感觉惊奇。拍摄途中，我们知道了这位艺术大师生活的贫困。她与丈夫靠窑前的一小块菜地里的蔬菜和窑背上一块坡地的五谷为生，半饱而已。我们那次将大把的钱丢在了招待所房间、餐厅和租用的汽车上，仅给这位当事人以一袋面粉的拍摄费，细细想来，遗憾不已。当时，老者说，有的剪纸能手每月有十元钱补助，而她没有，不知什么原因。随行的县文化馆馆长答，有些剪纸能手是县政协委员，所以有点补助，云云。我们劝老者也去跑一跑，老者说，去县城要八角钱车票，她没有这八角钱，即便有，这八角钱能不能换五元钱，还是个未知数。记得我当时答应拍摄完了就给县领导说，可是几个年月过去了，还没有说，真是罪孽。那一次拍摄完毕时，意外地见到了白凤兰画的一幅画。画的内容，记得我曾经在《陕北论》中谈及，这里不再赘述。归根结底，那是一幅崇尚生殖崇拜和赞美生命的图画，也许正是这样的心态，激励这些卑微的人们在这里劳作、生存并且一生与艺术为伴。陕北的农民画笔法粗糙、原始，以笔者管见，并不独立成系，仅与剪纸互为姊妹艺术而已。条件好时，以笔代剪，条件差时，以剪代笔，不拘形式，唯以表现自我，诉诸感情为其要旨。

六

陕北当然不是一个孤立的文化区域，其文化影响东跨黄河波及山西吕梁地区，北面波及内蒙古鄂尔多斯高原，西面波及宁夏固原甘肃庆阳，南面波及关中。反言之，上述地区的文化影响，也深深地弹压和进逼过来，在这里形成一个漩涡。以信天游为例，这种民间艺术形式在内蒙古称爬山调，在山西称顺天游，异名而同种形式而已。我认识的一位流浪的民间歌手，曾在上述地区流浪，并颇有影响，后来为了户口和工作的缘故，定居陕北榆林，成为民间艺术团的独唱艺术家，并且得到陕北艺术界的认可。电视连续剧《悬崖百合》主题歌，就是他的演唱。

饥者歌其食，劳者歌其事，自然是民歌的基本特征。然而陕北民歌，上述两点之外，又以情歌数量之巨，艺术造诣之高，令人叹为观止。寂寞困苦的黄土地上，蒙受着物质贫困和精神贫困双重折磨的这人类一群，苦中作乐，辞以自慰，女人成了男人永久的话题，男人成了女人永久的话题。一个县长说过，在陕北，"串门子"是文化生活的一部分。这话当然有失大雅，且以偏概全，但笔者不能不遗憾地承认它在某些地域却是事实。正统的道德观念的浅薄，生活的寂寞与前景的无望，都促使这一类事情发生。一位来自乡上的干部告诉我，他问起一位与之相好的农村妇女，图他的什么，这位妇女答，图他身上的洋胰子味。这话当然是一种幽默的说法。实际的理由是，与下乡干部交往，可以抬高这位妇女在本村的身价。这种观念与礼教甚严的关中地区相比，简直令人咋舌，然而在这里见惯不怪。著名的陕北民歌《赶牲灵》相信就是一位乡村女子渴望闭塞的生活起些波澜，从而寄情于往来无定的脚户们的一种心态。当然，守身如玉，不敢越雷池半步者居多。那些做了的缄口不说，那些不做的却常常嘴上过瘾，于是便有一个个的情歌或者酸曲，创造并传唱开来。"隔窗子听见脚步响，一舌头舔破两层窗""荞麦饸饹羊腥汤，死死活活相跟上"之类，多么真诚而痴情啊！陕北民歌历经时间的筛选与改造，于是流传至今，形成数千首美不胜收的艺术精品，并且在民主革命时期，为革命文化人所稍加改造，便服务于革命宣传了。前些天，我曾有幸为一家电视台改编《王贵与李香香》剧本，通读全诗，发现十之五六，都是业已定形的传统陕北民歌歌词，李季的贡献，只是提供了一个革命加爱情的美丽故事而已。然而在当时，能看得见和看得起民间的东西，诗人还是值得称道的。

七

陕北人种，履历表上一律填写的是汉族，然而溯本求源，相信其中有许多讲究。南匈奴的本营，就在今陕北高原的吴堡、横山一带，后来与北匈奴分裂。北匈奴集体迁徙到遥远的多瑙河畔，南匈奴遂同化于汉人。此其一。随后有大夏王赫连勃勃的南下而牧马，蒙古铁木真的铁骑纵横天下，或有兵卒，掠当地妇女以为妻室，或有伤兵，流落村庄招赘为夫，都是可能发生的事情。据说匈奴曾掠内地汉家女子，囿于陕北，筑"吴儿堡"数座，以繁殖人口，此吴儿堡地名，今高原上尚有多处。此其二。其三，陕北北部，县县不同俗，且语言、饮食习惯、民情风俗多有差异，令人怀疑居民是泯灭于言史长河中的一些弱小民族的后裔。例如延川，据说是稽胡的后裔；又如吴旗，人民相貌与别处绝有差异，只是无从查考罢了。这些人种的交融，自然带着各自的文化印痕，给陕北大文化以巨大的填补和冲击，但是水过地皮湿，强大的根深蒂固的轩辕时期开始的汉文化，乃占主导地位。

<h1 style="text-align:center">八</h1>

陕北最普及的乐器也许是唢呐。唢呐音质高亢、明亮，富有穿透力。在景物单调的黄土地上，在寂寞而无望的人生苦役中，唯这种响遏行云的声音，能表现出人类的不为命运屈服的抗议之声。那一年四十个瓦窑堡大汉，站在嘉岭山下的体育场里，闪闪发亮的四十杆铜唢呐喇叭口朝天，一齐吹奏，声音惊天动地，似有震裂耳膜之虞。陕北人之与唢呐，相依为命，据我的一位朋友有些玄乎的说法，陕北人的一生，三次与唢呐有缘，一是出生时请唢呐来吹，一是死亡时吹唢呐为之送行，一是婚嫁时借唢呐以助喜庆气氛。生时吹自己懵懂不知，死时吹自己充耳不闻，独有这婚嫁时自己能听得逼真。黄土地上唢呐不绝于耳，唯这一次为我而吹，想到这一层，其间也许便会有作为主角的惶惑与不安吧。我家阳台下边的街

道上，每每有唢呐手列队而过，那是在为亡人送行。在这样的声音中走向死亡，其间便平添了一种宗教般的麻木色彩和知生知死的豁达风格，且有一种崇高感。这当然是我的猜度，因为我要经过这一次唢呐洗礼，还得待些时日。通俗地讲，我以为这一生中的三次吹奏，其实是三次自我表现，告诉严酷的大自然和世界，我已生，我已死，我将婚嫁并且添丁加口，我以高亢的声节扩张我的渺小，宣告我的曾经存在。唢呐的用途当然有多种，如果仅仅这三次人生吹奏，那不免吹奏得累了点，严肃了点。有些地域的陕北人有行乞的习惯，于是这唢呐便成了行乞之物。走到施主家门口，对着门缝，大气吹奏，你作祝福之意理解可，你作威胁之意理解亦可。总之，施舍没有到手之前，唢呐声绝不停息。这种情况有时还会出现在货摊上，老板哭笑不得，唯有忍痛打发一点什么，方可再平心静气地进行他的营生。

九

陕北的本土艺术，上述之外，尚有许多，或建筑风格，或毛绣织锦，或石窟佛缘，或面人泥马，不一而足，非这篇短文所能囊括。末了，只想再提提陕北秧歌，因为这是非提不可的事情。据方家的考证，"秧歌"一词，最初恐怕是"央告"的意思。须知当年的这里，固然有歌可唱，但是无秧可插。陕北话鼻音较重，两个字音调几乎相同。或有南方文人，收集整理时，不解其精神实质，以"秧歌"二字代之；或因人事，或因天时，天灾人祸临头时无力改变，于是虔诚地央告苍天，手舞足蹈，击鼓鸣镲，以期引起上苍注意，消灾降福，化祸为安。秧歌的用途，大约有两种，一是用于逢年过节喜庆时候渲染气势和表达情绪。我想这种用场，大约是秧歌后来生活化了的俗用。另外一种，是用作祈雨和庙会，即"央告"

之意。陕北十年九旱，天久日不雨，于是农人相约，一人撑头，齐跪于龙王庙前，边扭边唱，央告神明。陕北地面，几乎村村有庙，山神庙、土地庙、龙王庙、城隍庙，等等，集体来打搅这些神明的时辰，便是闹秧歌。关于秧歌，需要大书一笔的是，民主革命时期，随着解放的步伐，陕北大秧歌风行全国，起了鼓动革命的作用。而大秧歌作为一个特定时期的标志，永载人们的记忆之中。

我常常想我的陕北，宛如一条船，一架天车，一乘帝王之辇，它缓慢而笨拙地行进着，从远古走向未来。怀着儿子之于母亲般的虔诚心情，我在它的斑驳面容中细细查找，试图找到它秘而不宣的一切。我怀着焦渴的心情，久久期待着，期待着某一个早晨或黄昏，天开一眼，它神秘地微笑着，向你显灵，慷慨地展示它的全部。至于如今，我只能说，我对它究竟了解了多少，连我自己也没有把握。

1990年8月30日 于古高奴

《最后一个匈奴》书名诠释

散文家刘成章出访罗马尼亚。他在罗作家协会主席的家中作客。当他——这位从陕北高原走出来的艺术家，以艰难的遣词，并借助手势，介绍他的高原故乡时，他大约谈道，在他的身上，有着匈奴民族的血液。公元2世纪时，雄踞在中国北方辽阔大漠上的匈奴部落，突然神秘地失踪了，南匈奴留了下来，为汉民族所同化，北匈奴则向中亚西亚迁徙。迁徙者穿过中亚西亚腹心地带，曾经在黑海、里海有过一段定居，恶劣的气候迫使他们继续前行。终于在公元5世纪的时候，他们中的一支，来到欧洲的多瑙河畔，定居下来，按照史学家们的说法，形成现在的匈牙利。

翻译的话音未落，突然，一个女人尖叫着，从内室跑出来，紧紧地拥抱刘成章先生，并且伸出她的脸颊，让刘吻她。

这是作协主席的妻子，她是匈牙利人。越过时间和空间，两千年前走失的兄弟姊妹在这一刻相逢。生性腼腆的刘成章，面对这突如其来的一切，简直有些呆了。当他听完翻译的解释后，好久才明白，他的眼眶湿润了，血往头上涌，他不知道此刻怎样表达自己这刻骨铭心的感情。

"我可以吻她吗？"他用眼睛询问主席。"可以吻的，这是我们的一种礼节！"——于是，成章先生在女士的脸颊上鹗骨部分，轻轻地吻了一下。当然这不仅仅是一吻，这是两千年积淀的感情的一次撞击。

也许上面这个真实的故事，足以向你诠释《最后一个匈奴》这个书名的缘由。书中的一号人物，是刘成章的父亲作为模特儿，书中的二号人物，亦是以刘成章的履历为基础重造的。我想特别说明的是，当《最后一个匈奴》已经封笔，付梓出版时，上面的那个罗曼蒂克故事才发生，然而，在书中，我竟逼真地凭借想象，写出了这一幕，不过当然不是作协主席的妻子，而是匈牙利兄弟马戏团一位身穿比基尼的空中飞人小姐。想象的力量竟具有如此准确的合理性，这真是一件怪事！

我现在想深入地谈一谈，选定《最后一个匈奴》作为书名的原因了。

历史有它自己的行动轨迹，宛如一条河流，形成了河床，形成了九曲十八弯一样。就一个民族，就一块地域而言，文化背景是确定和限定历史行动轨迹的最重要制约因素。尊敬的蔡葵先生把这叫"框位"，就是说诸种因素制约着历史，使它只能这样而不能那样走向。

雄心勃勃的"匈奴"作者，意欲写一部20世纪的高原史诗，意欲寻找20世纪高原历史的行动轨迹，他当然注意到陕北的大文化现象，非但注意，他要研究，要归纳，要透过层层迷雾，找到它本质的东西，只有如此，才能破译许多大奥秘。当然，诸等奥秘中，最大的奥秘是：20世纪30年代中叶，历史何以把民族再造、民族重建的任务放在陕北，放在这块轩辕本土上，也就是说，这块高原突然在那一刻光芒四射，横空出世，以巨大的牺牲和耐力，承担起民族重负。这里面当然有巧合的因素，但是，巧合之外，它还有没有更深一层的玄机？

光绪皇帝的老师王培棻考察陕北三边后，回去写了个《七笔勾》的奏折。奏折中有一句话，叫"圣人布道此处偏遗漏"。这句话是一把钥匙，一把打开这块神秘之域大文化现象的钥匙。

孔圣人在布道时将陕北高原遗漏了。这个遗漏当然不是为牧者的恩赐，不是他预感的隆起的子午岭在某一天将成为民族脊梁，而是，由于在两千年的封建统治中，这块土地一直没有能从根本上得到控制。三分之一的时间为汉民族统治者，三分之一的时间为少数民族统治者，三分之一的时间处于民族战争的拉锯状态。

儒学家说的不朽功绩在于，它产生了一种向心力和凝聚力，使我们这个民族没有像另外三个文明古国那样，泯灭在历史的路途。儒家学说的副作用在于，它的封闭性思维和奴化教育扼杀了中华民族初民时期那种生机勃勃的创造精神，使人们成为精神上的侏儒。以致在现代时代，我们显得多么被动。也许，这就是伟大的"五四"运动，以"打倒孔家店"为其标帜的原因。

但是，我们有陕北高原，历史网开一面，为我们留下了这块不安生的土地，女人们端着簸箕，站在硷畔上唱着热烈的情歌，男人们剽悍，豪迈，雄心勃勃目空天下，并且随时准备用自身去创造传说。我曾经细心地研究了这种人类类型，我觉得陕北男人的性格，是堂吉诃德与斯巴达克斯性格的奇妙结合。我大约可以举出许多人名为我的这种说法提供佐证。

陕北的本土文化，顽强地从这块荒僻之地生长出来。给这种文化以最重要影响的，是各民族文化的融汇，而在融汇中，我们在本文开头谈到的匈奴文化的影响，显然是最为重要的一次。

这也许就是作者要选定《最后一个匈奴》作为书名的缘由所在。

民族大迁徙中，一个掉队的匈奴士兵在高高的山顶，与吃着牛踩场的吴儿堡姑娘野合了。从此,在陕北高原上,一支生机勃勃、混血的家族诞生了。婴儿的第一声啼哭便带着高原的粗犷和草原的辽阔。

农耕文化和游牧文化奇妙地结合,显示了这块高原文化因素的主要特征。

这个《最后一个匈奴》的开头,令我想起《静静的顿河》的开头。而这个开头,与小说结尾时那个匈牙利女性的对接,这历经两千年岁月的沧桑感和悲壮感,令我不寒而栗。

野合途中,匈奴士兵拴在杜梨树上的马跑了,这是一件重要的事情。他那时候大约想到了,也大约并没有想到,他将永远脱离了马背上的民族,永远被羁留在高原上了。

两个风流罪人的后裔们,有着农耕文化血统的,他们脚趾的小拇指通常分裂为不规则的两瓣,有着游牧文化血统的,他们的小拇指是浑圆的一块。

他们的性格当然也是大相径庭的。评论家肖云儒在北京《最后一个匈奴》座谈会上,突出奇语,他说,把"匈"和"奴"二字拆开来说,恰好代表了两种陕北人的性格或在一个陕北人身上的两种性格。

"匈"者,其气势汹汹也,凶悍异常也;"奴",奴隶,奴性,土地的奴隶之谓也。

我想,话说到这里,这支人类之群的类型性格的形成,这块土地的种种大文化现象的深厚根源,我们终于追到它的要害关节上了。这是不是已经进入种族发生学和文化人类学领域了,我不知道!

至此,我相信,《最后一个匈奴》这个有点突兀味道的书名,大约我也算解释清楚了。

我如何个死法，祭奠美丽瞬间

　　我如何个死法，最简单的办法是从阳台上跳下去。我居住在四楼。四楼到地面，很有一段距离的，因此，只要跳下去，是能够保证实现目的的。但是这里有一个麻烦，阳台前面，横了许多电线，因此既要跳楼，又要不触及电线，几乎是不可能的事。我可不愿被电击，也不愿意让电线短路，惹得这半条街的电视机、电冰箱被烧坏。

　　最主要的，我不愿想起那玉体横陈街头时的惨状。儿子还小，他抱不动我，妻子生来胆小，连一只老鼠也害怕，看见龇牙咧嘴、不成人形的我，她一定会从心里暗暗埋怨的。而这又给人们增加了许多的口舌，给报纸增加了一条花边新闻。这些与我的淡泊处世、世我两遗的人生态度是相违的。因此，跳楼一项，明显地不可取。

　　我曾经见过一个伟大的死者，是一个县城的乞丐。他依靠县城的几家餐馆和一群卫兵似的立在街头的垃圾桶而活着。他居住在一孔土窑里。后来有许多日子，人们发现他不见了。原来，他觉得自己大限不远了，就用一生的积蓄买了些破砖头，一点一点地、颇有风度地将窑口封住了。窑口封住的那一天，也就是他大行的那一天。

　　这个事情曾长期地被传为美谈。剔除了其间的人生凄苦与人间凄凉，就这件事本身来说，委实是一件罗曼蒂克的事情。我想，如果我们大家有意去死的话，都不妨效仿之。我当然会是效仿者之一，或者是"直追先贤"。

但问题是我没有一孔自己的窑洞，我的这个居室是房产局的。因此，房产局是不会让我安安静静地去死的，隔三岔五，它会来收房租，它也绝不允许将自己辛辛苦苦盖起来的楼房充当你的坟墓。再则，左邻右舍也不会答应的，房间里恶臭涌出，尽管这里你已非你，在我之后哪怕洪水滔天！但是，邻舍们都是些好人，生性善良的我，不愿意这样做。更重要的一点是，这间居室非我一个人所有，我还有老婆孩子，"家室之累"，这句成语看来没有白造。

"人是怎么死的？"这个命题左拉用它作了不少的文章，托尔斯泰似乎也有一篇这样的小说。但是较之他们，我新近有一个大发现。这个发现不是人是怎么死的，而是说，人的这个或曰"受之父母"的贵体或曰"臭皮囊"的东西，它是怎么死的，这些部件中哪一部分先死。这个发现是父亲告诉我的。是在去年的这个时候。

自然，人一直在死，譬如，你在早晨不经意地用梳子梳落的那根头发。你在前一刻还百般爱抚它，搽些头油，吹成卷，等等等等，因为它是你的一部分，突然，它被扯断了，你的血不再滋润它，它与最肮脏的秽物一起躺在垃圾桶里了。譬如，你的牙齿。我在牙齿方面是个最有发言权的人，因为牙常掉，用医生的话来说，就是"年纪轻轻的，长了口老人牙"！我的第一颗牙掉在阿尔泰草原上，是一次掉马留给我的纪念。它大约已经成为一块砂砾，在草原的某一处闪闪发光，当游人以手加额，盛赞这一块辽阔美景时，其实它成为被盛赞的许多分子之一。我在写一部大部头作品时，掉了三颗牙，它们的每一次离我而去，都使我的面容此一刻衰老了许多。附带说一句，在掉了三颗牙的同时，我还掉了十三斤肉，这十三斤都是什么，它们都到哪里去了呢？怎么说声没有了，磅秤上就没有了。包饺子，十三斤也足够包一阵子的。因此，至今我还纳闷这件事。

父亲住了几个月院。这天夜里，又是蜷作一团，一宿没睡。早晨，母亲端个痰盂，为父亲接尿。途中，她突然变脸失色，她扭过头来，悄声对我说：你父亲不行了，活不过中午了，你看那东西。母亲的手抬埋过无数的死人，她的经验，加上老辈子传下来的经验，告诉她，人老是从生殖器先老的。父亲果然没有活过中午，而至于生殖器，它变成怎样的呢？原来，它完完全全地缩回身子里去了。仿佛变成一个女器，只两个睾丸，像两个李核似的，软软地耷拉在那里。

用这种家常事情打搅读者，真是一种罪过。好在知趣的作者现在打算谈点愉快的事情了，他明白贫乏的生活能刺激梦想，他明白庄严的话题最好再给它蒙上一层玫瑰色，因此，他现在想谈一谈他为自己设计的一种罗曼蒂克的死亡方法。这种方法是由于一位叫玛格丽特·杜拉斯的法国女作家的一段话引起的："有一天，我已经老了，很老很老了，我在巴黎街头遇见了你。你说，你爱年轻时候的我，但是，你更爱我现在备受岁月摧残的斑驳面容！"

我有过许多读者，而其间不乏女读者。在贫乏的生活和孤独的守望中，我常会得到一封用娟秀的笔迹和火热的激情写来的信。这些信每每令我热泪盈眶，意识到我没有被遗忘，世界每隔一段就打发一个人来问候我一下。对于那些来自远处的信件，我同样以一个青年人才有的言辞和热情去回应它，因为它没有危险；对于那些近些的，或者乘火车一天就可以到达我居处的来信者，我在阅读的同时，有一种危险正在迫近的感觉，我只能缄默地、无比痛苦地将它压在书桌的底层，或者夹在一本书的缝隙。

是的，有一天，当我老了，步履蹒跚的我，将拉着一根拐杖，辞别了家人，去拜访我的这些无比亲爱的读者们，我将以一位老年人的口吻，向她们讲述在过去的年代里，她们带给我的温暖、激情和一度的想入非非。我将直言不讳地告诉她们，我爱她们，我在过去的日子里曾为她们祝福。"永恒的女性引领我们前进！"这句话将会一直挂在我的唇边。最后，我将来到东海，我在那里坐化成仙，我希望在那一刻有海市蜃楼。哦，好美丽的海市蜃楼！

1993年4月10日

有一张二十年前的旧照，是我参加中苏边界别尔克乌争议地区斗争的留念。照片上除了这位忧郁的、黝黑的、瘦弱的大兵之外，背景上还有一束淡黑色的、马尾巴一样的东西垂下来。二十年来，我一直纳闷这是什么物什。我最初想它可能是马尾巴，后来想也许是一根白桦树的枝条，最后，又想它可能是一束燕麦。最近，为了往书里放，摄影师将照片翻拍下来，放大了。这时，我才发现，原来这是一根姑娘的辫子。这是一位哈萨克族姑娘，给军民联防指挥部担水。当记忆像闪电一样突然划破混沌往事时，我想，这位面色黝黑、眼睛明亮、扎着两根长辫子的姑娘也许那时爱过我。那一天，临撤离别尔克乌时，作战参谋为我们拍照，她一定站在远处深情地看着，但是，当快门按动的那一刻，姑娘可能意识到了自己的失态，于是，背转身，迅速走出画面。结果她并未能全部走出，辫子留下来了。命运给这个大兵的苍凉青春，留下了这么一份宝贵的温馨，遗憾的是，这个大兵在整整二十年后，才得以发觉。粗心的男人呐！

十五年前，在一次创作会上，我和一位女北京知青商定，要写一部关于陕北的书。会议是在西安事变时蒋介石与周恩来会谈的高公馆召开的。会议已经开始，八方诸侯落座。注视着周围陈旧的陈设和平凡的面孔，我想应当有一束圣洁的阳光照进来才对，这样才与我心中对文学的最高梦想合拍。我的呼唤突然应验。门"吱呀"一声开了一条缝，一束斜斜的阳光射进来，照在我的脸上。接着，踩着阳光，一个精灵一般的女子站在会议面前。她的白皙的脸上有一种马的表情，布满了许多谜和诱惑。她穿着一身牛仔，脚下蹬一双板鞋，"门"字形的头发，像一张门帘。她迅速成为会议的中心。她的美令人不敢对视，从开会的地方到食宿的胜利饭店，有几站的距离。三天里，她将这一段距离给了我。我们谈的中心正是上面提到的那部小说。创意是她最初提出来的。我像一个被蛇的目光慑定的麻雀一样，唯一能做的事是亦步亦趋，按照她所导引的道路前进。这个高公馆协议后来没有实现，她远走香港了。她说，当1997年香港回归时，她要以一个香港大亨的身份昂首进入北京。于是这部名曰《最后一个匈奴》的书，便由我独立完成了。每当想起她时便进入这部书的构思，每当构思这部书时就想起她；这样，顺理成章地，她成为书中一位女主角。书出来了，我想这书应当寄给她，我从她的一起插队的同学那里得到她的地址，并且知道了，她果然实现了自己的人生理想，已经成为香港一个富可敌国的大富婆了。她收到了书，她委托她内地的几位同学来看我。当问到我需要什么帮助时，我说，我也是富有的，因为有这本书，如果说需要什么帮助的话，请她将这本书译成英文出版。这样，让封面上出现她的光荣的名字。到那时，我将去香港，参加书的首发仪式，并且去看她。我多么想见她，但是我得找一个托词才对。

去年年底，我同时接到两封信。前者是从张家口寄来的，写信的人叫"华"；后者是从胜利油田寄来的，写信的人叫"丹"。华来信对我在《人民文学》上发表的一篇文章的"媚俗"倾向提出了批评，她说她十分喜爱我的作品，她在给大学生们上课时，固执地认为这是一个前程不可限量的人物，所以，我发表这样的作品令她伤心。丹说她从旧书摊上购得了两本书，一本是卢梭的《忏悔录》，一本是我的《新千字散文》，她说《新千字散文》使她认识了一位作家。老实说，那一年的春节期间，我的心情始终是温馨甜蜜的，因为这两封信。上苍嫌这位行旅者太孤苦了，所以时不时地打发使者来问讯他，而这次，是两位天使同时降临。我理所当然地回了信，向这两位素昧平生的读者寄去我的感谢。这样，我们通起信来。华有着不幸的婚姻，现在是独身。她的每一页信纸，都罩着一种凄凉的图景，从而使我明白了，李清照、薛涛的哀婉之音，为什么竟哀恸古今。我们之间用信纸进行着一种深层次的交谈，我在给她的信中说，生平只有过两个人，与我进行过这种超人式的谈话，其中一个已经故去（路遥），另一个还活在人间（张贤亮）。她在最近一次给我的信中说，她的孩子今年就要上中学了，她决定就此与文学分手，开始专心培养自己的孩子。她还说，分手的同时，她正在将她的文章出一个集子，这是她的第一本书，也是最后一本书了。她还说，这本书出来以后，她就要为自己物色一个过得去的男人，开始后半辈子清贫、淡漠，但是安宁的生活了。像所有的信一样，这封信中所深藏的那种女性式悲哀令我不寒而栗。我在回信中说，生活不管怎么说还是可以容忍的，光看着自己的孩子成长这个图景，就足以使我们热爱生活。我还说，不要说"第一本书"或者"最后一本书"这样的话，生活虽然不轻易地微笑，但是它总会微笑的，以你的深刻，你的文学生涯的发展还在后边。还有，她信中的"清贫"这两个字深深地刺疼了我，使我在这一瞬间想起"东风无力百花残"这句诗。因此，我在信中说，如果不久后，你收到一笔钱，不要惊异，希望你用它来包装一下自己。余下的话我没有说，如果要说的话，那就是希望她物色得可以一点。这就是关于华的故事。至于丹，我想说，这是一个充满热情、活力的女孩，她的每一封信都使我觉得自己年轻了许多。丹在信中说，我们都不是孩子了，希望我有空的话，到她那里走一趟。我明白她话里的意思并且也允诺了她，但是在允诺的同时我也明白，此生此世，我大约是没有勇气去潇洒走一回的。我多么苍老呀！

　　还有几个"美丽瞬间"，和上面的几个片段一样美丽，一样圣洁，一样凄清。但是留着以后写吧，因为有人敲门。我数了一下烟头，写上面一段文字，抽掉了十支红塔山。那么，这十支香烟，便是我的以烟作香，对往事的祭奠。

1993年8月26日

唱给农耕文明的挽歌

2009年11月，在长篇小说《大平原》的北京研讨会上，著名批评家李建军先生说，《大平原》是老高行将步入晚年的时候，用文学的形式，为自己寻找一条回家之路。我同意李建军先生的这句话。《大平原》也是我的重要作品之一。

我的家族中许多传奇性的人物，他们活着的时候，都曾经将他们的故事讲给我听。如今他们已经纷纷谢世，在三尺地表之下永缄其口。每年清明节我为他们上坟的时候，都觉得因为没有将故事写出来，而难以面对。我的伯父，小说中那个著名关中刀客形象，在行将就木之时，对我说，你难道会像我们一样，将那些家族秘密带入坟墓吗？这就是我写《大平原》的原因。

我说过我这大半生，有三个精神的栖息地，一个是从军的阿勒泰草原，一个是成长的陕北高原，一个是出生地，我的桑梓之地渭河平原。我为阿勒泰草原写出了震动文坛的中篇小说《遥远的白房子》，该作现在还被公认为新时期文学以来最好的小说之一。我为陕北高原写出了高原史诗《最后一个匈奴》。如今很好，我兑现承诺了，我完成了《大平原》。

我有一个罗曼蒂克的想法，在一篇《请将我一分为三》的文章中，我说，如果我死后，请将我的骨灰一分为三，一份撒入渭河，一份撒入延河，一份撒入额尔齐斯河。《大平原》在2011年的茅盾文学奖评选中止步于第五轮，即在一百七十多部作品中名列第二十三名。几乎所有的评委都认为《大平原》是参选作品中最好的小说，我本人也是这样坚定地认为。但是最好的并不一定就是获奖者，而我本人也平心静气地接受了这一事实。在第二年，也就是2012年的全国"五个一工程"奖评奖中，《大平原》荣获长篇小说第一名。"五个一工程"奖应当是最高的国家奖。小说的深厚的历史感和现代感，它的宏大叙事风格，得到了评委们的赞誉。

普希金说，现在这个世界上，已经没有什么事情能震荡我的心灵了。我写过一篇文章，叫作《我把读者的认可当作对我的最高褒奖》。此一刻，我将这话再说一遍。《大平原》这部小说，小而言之，它是一部渭河平原的百年沧桑史，被文学圈内人称赞是中国式的《百年孤独》。它通过一个家族三代人的不平常际遇，反映了一个时代变迁史，刻画了一群栩栩如生的人物。大而言之，《大平原》则是唱给中华农耕文明的一支赞歌和挽歌。

夕阳凄凉地照耀着这块冲积平原，村口那棵百年老槐被用起重机吊起来，放在平板车上，平板车缓缓地驶出人们的视野。在世界工业化、都市化的进程中，村庄将不可避免地被夷平，成为城市的一部分。而那棵曾经的老槐树，它将被移栽到城里街心花园，成为一棵风景树。在《大平原》中，我以宗教般的虔诚介绍了我的家族人物，我的爷爷奶奶，我的大伯，我的父亲，我的母亲顾兰子。在写作过程中，我的案头上始终燃着香，在香烟缠绕中，他们冉冉走出。我的祖母是乡间美人，当她躺进棺材木里的时候，在最后一眼的告别中，儿孙们才发现了这一点，他们遗憾自己太粗心了，在她生前竟然没有能认真地看一眼她，并将自己的所看告诉她。

我的祖父是一位乡间哲学家，当他躺进棺材木里的时候，突然又睁开眼，对这个世界说，我的名字为什么叫"高发生"，我现在明白了——世界上所有的事情都没有道理，它的发生就是它的道理。说完，他重新闭上眼，抬手示意将棺木盖儿为他盖上。

贯穿整部小说的一个人物，是我的母亲顾兰子。记得在北京研讨会上，小说研究者们说，她虽然出场晚了点，但是是小说中的一号人物。花园口决口，豫东大地成为一片泽国，六岁的小女孩顾兰子，被担在担子里，开始她的逃难生涯。蝗虫一般的逃难队伍，在那年冬天，黄河结冰以后，从风陵渡地面，逃到陕西，然后逃到国民党行政院为他们设置的逃难目的地——黄龙设治局。然后在那里有一半人死于霍乱。国民党干过许多没名堂的事情，炸开花园口，让豫东几十个县成为泽国，让豫东数百万百姓沦为鱼鳖，三十多万人死亡，就是其中之一。

《大平原》一书出版以后，黄龙县政府请我到那里去，他们要在高家当年逃荒居住的那三孔窑洞，为我建一个文学纪念馆。这个名曰"白土窑"的村子，已经在新农村改造中整体搬迁，搬到大的一个村子里。这个村子，将要被夷为平地，重新成为农耕地。而顾兰子居住的"安家塔"，已经变成玉米田了。我对镇长说，给我建文学馆这事就算了吧，只将那三孔窑洞留下，门口竖一个简单介绍的牌子就行。有一个窗口，放我的电影、电视剧，向游客赠送《大平原》这本书。我还说，希望能将"白土窑"这个村子保留下来，变成一个"黄河花园口决口河南省扶沟县、鄢陵县难民逃荒纪念馆"，然后，在公路旁竖一座雕塑群，再现当年挑担子、推小车的河南花园口难民的情景。

那三孔窑洞，在窑畔底下有三棵老梨树。据说这三棵树，就是爷爷当年栽的。我专门从那树上摘了些梨，拿回西安给我的母亲，让已年过八十岁的顾兰子吃。梨难吃极了，一咬满口渣，当地人说，这叫"牛眼梨"，现在品种改良，它早已经被淘汰了。

畔上还有一个碾盘。畔顶上不远处，涝池旁，还有一棵高大的柳树。顾兰子说，这碾盘她记得，那大柳树她也记得，她生下的儿子，也就是我，为什么这么聪明，就是因为她怀我时，到这棵神树下讨水喝的缘故。黄龙人说，我是在黄龙出生的，这里是我的家乡。我说，我好像是在关中平原，在高村出生的，生在天傍黑，人们喝汤的时候。回到西安后，我问母亲。顾兰子说，两种说法都对。怀你，是在黄龙山，怀孕三月头上，回到高村。

我原一直有一个想法，想陪母亲回黄龙山一趟。可是三次都要出发了，顾兰子却突然心脏病发作，住进医院。后来她说，你们就饶了我吧，对于你们来说，那些仅仅只是故事，可是对于我来说，那里是我的伤心之地，我都这一把年纪了，求求你们，就不要勾起我的伤心事了。我只好作罢。

在陈晓琳先生的主持下，《大平原》在台湾出版。以前风云时代已先期出版了《最后一个匈奴》《统万城》，不胜荣幸，他们又出版《大平原》。前面两本书都出得棒极了。捧着沉甸甸的书，我流下了眼泪。到了我这个年龄，世界上已经没有能叫我激动的事情，但是捧着这散着墨香包含着编辑家心血的书，我仍然激动不已，难以自持。哎，文学，一个叫我们敬畏，叫我们恐惧，叫我们迷惑的东西。西班牙文学家乌纳穆诺说，圣殿之所以辉煌庄严，因为那里是人类共同哭泣的地方。捧着从台北寄来的书，我就是这种感觉。

我还将有一些书要在台湾出版。我真幸运，遇到了这么好的编辑家，遇到了这么好的读者。2010年的中秋，我跟随大陆一个名流访问团曾到过台湾。我的感觉是，台湾所有的人，所有的建筑，所有的气氛环境，都叫我觉得亲切极了，稔熟极了。在南投县的那个陕西村，乌面将军庙前，那一群看戏的妇女，褐色的圆脸庞，大屁股，碌碡腰，多像我家乡高村的村姑。而那些男人们，更像我的隔山兄弟。"隔山兄弟"是一种民间的叫法，意思是指同父异母或同母异父的兄弟。我看着这些台湾的男人们，那种从骨子里生出的亲切感，与那种礼仪上的陌生感，都让我突然想起"隔山兄弟"这句话。

我希望两岸永远不要有战争。战争绝对不是好东西，不论伤到谁，都叫我心疼。那是中华民族整体利益的损失。我也相信人类越来越智慧了。如果教堂里的钟声响了，不要问丧钟为谁而鸣。丧钟在为亡者而鸣的同时，也就是在为你、为我而鸣。我们中的每一个人死了，这是人类总体利益的损失。作为一个文化人，我希望政治家们要有这个思维，要有这个高度和这种大悲悯情怀。

石峁遗址上一棵御风而立的榆树

根据石峁遗址考古发现，专家们大致推断，遗址的年代距今约四千年，即新石器时代晚期与夏朝早期。石峁遗址成为探寻中华文明起源的窗口。

这是国内已知规模最大的龙山时期城址。石峁遗址是中国考古界"石破天惊"的大发现。有学者认为石峁是"黄帝部族居邑"，也有学者认为石峁文化是陕北"黄帝裔支部落文化"，还有学者认为石峁文化与河套的海生不浪文化、阿善文化一脉相承。大家各执一词。看来，要真正了解石峁的文化内涵还有很长的路要走。

这座城址由皇城台、内城、外城三座完整并相对独立的石头城址组成。

内城偏西的中心部位是皇城台。皇城台是石峁遗址的核心区域，考古队正在此处挖掘。皇城台已具备了早期"宫城"性质，是目前东亚地区保存最好、规模最大的早期宫城建筑，气势恢宏、巍峨壮观，极具"纪念碑"性质。如果公孙轩辕那时还在世，他应该就住在这城里。可是我们知道，轩辕那时候过世已经接近千年了，这样我们知道了，这城里住着的该是他的继任者——那个时期的黄帝部落的首领。

毗邻的山头也都在挖掘。天苍苍，野茫茫，红色的小三角旗，一个接一个，将这块地面围成一个大圆圈。专家说，冰山才揭开一角，相信随着考古工作的进展，不断地会有大惊喜出现的。

　　那时的石峁，是中国北方地区一个超大型的中心聚落，这个"石城"的寿命超过三百年。它是北方文明中心，与山西陶寺遗址、浙江良渚遗址、四川三星堆遗址，一起被称为中华文明起源的四大未解之谜。特别是石峁遗址，不仅拥有约四百二十五万平方米的巨大规模，还处在黄帝和炎帝神话传说的中心区域，对该遗址的研究一直是考古界的热门话题。

　　因为我在中国先秦古文献中，找不到与石峁遗址相关的任何记载，许多最新的考古发现，反而成了未解之谜。

　　斗转星移，沧海桑田，那棵兀立在石峁遗址皇城台侧畔的榆树，它是那被沉沉幕缦遮掩的历史深处的一位传谕者吗？我不知道。我瞅着它，它瞅着我，它的叶片闪闪烁烁，我的探询的目光亦是闪闪烁烁。

　　当然往事依依，而它的更大的可能性，是在后来的年代里被风吹来的，被鸟儿叼来的。有一首鄂尔多斯民歌叫《六十棵榆树》，那歌说，我们来自遥远的地方，我们在一眼泉边安家。

　　六十只乌鸦衔来六十颗榆钱，这里长出六十棵榆树。从此我们把这里叫作六十棵榆树，把这里当作我们亲爱的故乡。

　　石峁遗址入选"2012 年度中国十大考古新发现"。石峁遗址的考古工作还在如火如荼地进行中。目前，我们仅仅揭开了它的第一页，期待于进一步的考古发现给我们带来更大的惊喜。

碑载文化的另一种表达

——《汉画像石拓片精品集》序

我们的古人很了不起。他们先学会了说话。鲁迅先生说，中国人的说话，大约是从"杭育杭育"的劳动号子开始的。会说话了，人们就不满足于过去的那种"结绳记事"了，而是要用文字表达。最初的文字是甲骨文，象形文字，有点像小孩子的玩耍，画个太阳，画个月亮，画个半跪的人，画个招展的旗，等等。这样便一代一代地终于打造成了文字。幸亏有了那些用于占卜、用于记事的甲骨文被发现，中国人的那个童年时期，中国方块汉字的那个童年期，才被认识和发现。

肇始于西汉，隆兴于东汉的画像石艺术，当是文字在它的行走和进步、演变和规范化中另一路表现形式。文取石为纸，以刀作笔，突破商周青铜器上以几何图案为主的表现形式，而是杂取眼前司空见惯的各种人、兽、物，将它们天才地变形。刀砍斧劈，以大写形、大变形、大夸张的写法，将它们落实到石头上和石板上。在当时，世俗的用途是服务于墓葬，服务于祭祀；在今日，则成为弥足珍贵的文化记忆，艺术记忆，民族记忆。这个记忆成为碑载文化的重要组成部分。

举一个小例子来说，当轩辕黄帝陵、黄帝庙需要有一个塑像时，人们翻阅典籍，从汉画像石的《三皇五帝图》中找到了轩辕黄帝的造型。就是它了，专家们欣喜过罢，便以这张图为图样，开始雕刻。如今，海内外华夏子孙，每年清明节公祭、九九重阳节民祭，礼乐响起，香烟缭绕。那顶礼膜拜的，正是从《三皇五帝图》中描下的轩辕躬耕像呀！

类似这种弥足珍贵的汉画像石、砖图样，在这本书中比比皆是。例如那幅著名的《孔子问礼于老子图》，在这本书中好像出现了三四次。

道教的鼻祖老子与儒教的鼻祖孔子，他们生前曾有过一次伟大的见面。地点在东周王朝的都城洛阳城。"年轻人，有几件重要的事情，我得委托你来做。我搜集了三千多首中华民族初期的民歌，你把它装在你的牛车上，拉回曲阜老家去，将它编撰成一部《诗经》，给我们民族留下一份历史记忆，文化不动产！另外，这是《周易》。夏王朝的《连山易》，商王朝的《归藏易》，都已消失在丰镐二京迁都洛邑的路途中了，但是《周易》还在，你把它拿回去，编一本《易经》吧。另外，再编一本《书经》，再编一本《礼经》，再编一本《乐经》，再编一本《女儿经》。"

这就是当时老子对孔子说的话。说完，他就辞了东周王朝典藏吏这个职务，骑着青牛西出函谷关了。而孔子则在他六十三岁以后，回到曲阜老家，领着他的学生完成了老子的嘱托。试想，如果没有"六经"，中华民族上一个两千五百年的历史，会模糊和混沌许多。那"六经"是中华文化的根基所在呀！

这本书中还有一个汉画像石图案，是太阳神驾驭着四马高车在天空行走的场景。那四马高车叫"天辇"，帝王专用名词。仔细审视这幅画，那奇特瑰丽的想象，那流畅夸张的线条，甚至整幅作品所表现出的那种几分邪恶、几分诡异的情绪，曾引起我深深的诧异。我想起为王尔德作品《莎乐美》、波德莱尔作品《恶之花》作插图的比亚兹莱，他被誉为20世纪西方美术的先驱者。大约是鬼使神差吧，我把这本书中的《太阳神驾驭着帝王之辇》画面用笔墨描下来，用作了我新近出版的一部长篇小说《大刈镰》的插图，那效果，棒极了。

这本书中还有许多有意思的造型，如果深究起来，每幅都可以写一段长长的文字。那些龙图腾、凤图腾、老虎图腾、麒麟图腾，它们也许是尚待破译的文化密码。篇幅的原因，容我就不在这里聒噪了。

这本书的编撰者姚志光先生，是临潼人，我的乡党。西安城中，无论哪个艺术门类的大家，他都可以踏破门进去。以前我只知道他喜欢收集些字画，收集些古董。例如我家里那两头石狮子，就是他送的。他将石狮子放下，说："让狮子的大口对着门外，咬别人，千万不要对着门内，咬咱自己人。"这话说得我大笑。

他敬畏文化。严格地来讲，他其实是一个粗人。但是，他对文化的那种敬畏、痴迷、执着，非常人所能做到。我常想，咱临潼人咋就这么有文化呢？后来我明白了，秦始皇焚书坑儒的地方，就在骊山背后那个坑儒谷里。三万儒生，两千多年阴魂不散，说不定有一条灵魂，就附在这老姚身上了呀！

2018年8月 于西安

辑四　英雄独步

大 游 牧 者

　　游牧是在干旱草原地区通过骑马移动放牧的方式利用水草资源，以获取生活资料，并保持草场可持续利用的生活方式。现代考古发掘逐渐证明，游牧诞生的时间不会早于公元前1000年。有史可查的最早的游牧民族是公元前8世纪中叶，分布于阿尔泰山以西的西徐亚人，被称为斯基泰人。

　　游牧民族指的是以游牧为主要生产生活方式的民族，但是游牧民族也并不是居无定所，从中外史籍来看，游牧民族是有隐秘的定居点的。在游牧生产活动中，牧民并不如人们所想的那样无拘无束、自由自在。他们生活忙碌、艰苦，并经常遭遇一些难以预测的风险。

　　公元纪年开始前的五百年到一百年中，这辽阔中亚地面是迁徙者、游牧者、征战者横行无忌的年代。这些马上蛮族以帕米尔高原、天山、阿尔泰山为依托，风一样在这块世界的大猎场上来来去去。我们能够较为确切地知道的原住民大约是斯泰基人，《史记》《汉书》中称之为"塞"或"塞种"。那是一个混淆不清的年代。人类学家将那个时代叫中亚古族大漂移时期。

　　匈奴人在那个时期突然强盛起来，一个草原王诞生了，他就是冒顿大帝，一个被称为天之骄子、王中之王的人，一个深深镌刻于中国史书中的牧羊人。他曾经将汉高祖引诱到雁北草原的白登山，然后四面合围，刘邦的三万大军被歼灭，只带了两千人的亲兵，龟缩在白登山上。也许第二天早晨，冒顿的猎猎狼旗一挥，骑士们攻上山去，大汉王朝就没有了，中国的二十四史就得重写。夜来，刘邦采纳了陈平的计策，贿赂了冒顿的妻子。这样阏夫人网开一面，放刘邦从她的裙裾下逃走。

冒顿还率他的草原大军，攻破六盘山下的萧关，顺马莲河古道抵达咸阳渭河桥头。已经能看见长安城的角楼了。属下问他，不能再往前走了吧？匈奴人的疆界在哪里？冒顿于是说了一句流传两千多年的话，这话说：匈奴人的牛羊吃草到哪里，哪里就是我们的疆界。

这是世界编年史上的第一个草原帝国，那时的匈奴号称"百蛮之国"，意思是说这个国家是由一百个蛮国或蛮族滚动而成的。笔者灯下翻书，匈奴人去年有三万牙帐，意思是说有三万个家庭，第二年雨水充足，人丁兴旺，又得到雪山草原的庇护，上苍的恩赐，于是有了十万牙帐。开始我不明白，纵然人口繁殖得再快，也不可能这样迅速翻倍增长呀！后来看《蒙古秘史》，成吉思汗与宰相的答问，当成吉思汗问他的宰相，怎么界定我们成吉思汗蒙古人时，宰相说：凡是世世代代居住在毡房和帐篷里的游牧人，都是咱们蒙古人。这样，成吉思汗每攻取一个地方，这里便成为蒙古人的一个部落。这就是蒙古人一夜间崛起于北方大漠的全部秘密。也就是在此前蠕蠕人的草原上的黑铁匠、突厥人突然崛起以及匈奴人突然崛起于漠北的全部奥秘。我在凤凰卫视《世纪大讲堂》的演讲中，当听众提问时，曾讲过这个话题。

北京大学的学生们问我，匈奴人、突厥人、蒙古人，它们有直接或间接的传承关系吗？我回答说有的。我以陈序经教授《匈奴史稿》中的说法举例。我说，他们以草原狼作为图腾，以萨满教作为原始宗教，他们的生活习俗、服饰、军事建制以及攻城略地的方式，他们的相貌、体型，等等，都何其相似乃尔。说到这里的时候，我引用了上面宰相的那段话，我说，每一个草原帝国突然崛起于北方，于大漠深处，他们的民族，他们所建立的国家，其实都是一个混杂着各游牧部落的游牧民族共同体。

当北匈奴王郅支大单于在北迁的途中，被大汉王朝西域都护府的副校尉陈汤斩杀于伊塞克湖畔的时候，世人以为，这个横行无忌的古游牧民族的西迁一支，就像草原上的潜流河一样，就此消失于地表之上。谁知在两百年后，他们穿越了里海、黑海荒凉的碱滩，高加索险峻的群山，波罗的海云彩飘浮的天空，突然从喀尔巴阡山上冲入东欧平原，随后就是伟大的世界征服者，被惊呼为"上帝之鞭"的阿提拉的出现。有记载说，阿提拉的麾下有三十万草原上各游牧民族组成的庞大队伍。而在阿提拉的马蹄踏遍欧罗巴大地时，他每攻陷一个地方，比如今天的德国、今天的法国、今天的英国时，就以这里的人们组成的战队，作为下一次进攻的先头军。阿提拉大帝死于公元453年。而在前一年，也就是公元452年，这位大游牧者已经完成了他对欧罗巴大陆全境的占领。最后，三十万大军将罗马帝国的首都罗马城团团围住。围城大约有半月时间，另一种说法是半年时间。如果阿提拉的独耳狼旗一挥，世界历史也许就将重写了。罗马皇帝瓦伦提尼安三世已经化装成平民逃出城去。罗马城城务现在由红衣大主教利奥一世主持。利奥一世一个星夜，化装出城，来到阿提拉的帐篷内与阿提拉签了一个城下之盟，这样阿提拉才结束了他的围城。

城下之盟主要有两项内容，一是将罗马帝国每年赋税的一半，上缴给建都布达佩斯的阿提拉匈人帝国，二是将罗马皇帝的妹妹敬诺利亚公主婚配给阿提拉。这样阿提拉同意了，撤兵了。他在罗马城外的军帐中举行了一个有唢呐吹奏、秧歌伴舞的婚礼，当然也少不得大家都酩酊大醉，然后第二日太阳冒红时，马的屁股后面驮着美丽的罗马公主，打马上路，拔营回程。

一年后，在布达佩斯，阿提拉大帝神秘死亡。那时候敬诺利亚公主已经怀有身孕。宰相，一个欧洲当地人，陪着公主掉头向东，回到东罗马首都君士坦丁堡。十月怀胎，公主生下一个男孩，取名叫"凯撒"，也就是拉丁文"不正常状态下出生的人"的意思。这个男孩长大后，也做了罗马皇帝。罗马帝国历史上有三个名叫"凯撒"的皇帝，他不是最有名的那个。

阿提拉既死，他的那个由草原上各游牧民族所组成的三十万庞大军队，一夜间如鸟兽散。记载说，他的二十几个儿子率领军队，退缩回俄罗斯草原上，旋即被缓过来的罗马帝国军队，一路追打，逐个歼灭。

阿提拉最小的儿子名叫腾吉齐克，他被俘虏和斩首，他的头颅被割下来，悬挂在君士坦丁堡的大游乐场的过道，一任风干。那些绅士贵妇去赴一场大型狂欢，从过道经过时，伸出戴手套的手，指着头颅说，这是一位从亚洲高原过来的牧羊人，他的父亲是阿提拉，他的曾祖是郅支，他的远祖是冒顿。

那些失败者后来都退回到俄罗斯草原去了。接着他们融入那块土地。俄罗斯境内有许多民族，大约两百个吧！他们成为他们中的一部分。当然他们的原住民是东斯拉夫人，但是，在这两千年中，风一样的来去中，会有许多的成分加入。包括后来成吉思汗大军，攻破莫斯科城，建立金帐汗国，包括后来的中亚枭雄跛子帖木儿对俄罗斯的侵袭，大败金帐汗国于高加索地区。这些，都使这块地面，因了东方鞑靼人的到来，人种结构发生了许多改变。

难怪康熙帝问属下，这些自称俄罗斯使者的人，是些什么人？属下回答：他们来自北方一个草原帝国，匈奴人曾统治过那个地方，他们很有可能就是遥远年代的迁徙到欧罗巴大陆的北匈奴人。而又难怪，我的行旅走到白俄罗斯首都明斯克时，在那条穿城而过的第聂伯河的支流上，一位白俄罗斯作家对我说：你们叫我们白俄罗斯，这不准确，那边叫俄罗斯我们叫白罗斯，乌克兰叫乌罗斯，虽然都是东斯拉夫人种，但是，我们更纯正一些，而他们已经融入许多来自东方的鞑靼人的成分了。

　　法国小说家格鲁塞在《草原帝国》一书中说：阿提拉、成吉思汗、帖木儿……他们的名字出现在所有回忆录里。西方纪年学者们的、中国或波斯的编年史家们的记载里，把他们的形象大众化了。他们，伟大的野蛮人，出现于完全文明化了的时代，而在几年之间突然地把罗马世界、伊朗世界或中国世界变成一堆废墟。他们的来临，他们的动作和他们的失踪，似乎都是难以解释的，以至于实际的历史，将这些人看作是上帝降下来的灾难，对各种古老文明的一种惩罚。

　　但是，人类从来不曾是大地之子以外的东西。大地说明了他们，环境决定了他们。只要认识到他们的生存方式，则他们的动作和他们的行为便会即刻一目了然的。草原制定了这种体格矮小和粗短的人，他们是不可驯服的，因为他们继续存在于那样的自然条件下。高原上的烈风、严寒酷暑把他们的面孔塑成有细长眼睛的、颅骨突出的、汗毛稀少的，把他们的多节的身体坚硬化了。随水草而居的畜牧生活的需要决定了他们的游牧制度，游牧经济的条件是他们和定居人民发生了关系，这种定居关系有时候是懦怯性的借贷，有时则是屠杀性的掠夺。

　　如果将出人意料地切断了我们历史的那三四个亚洲大游牧者，

当作一件意外的事情，那是出于我们的无知。他们中有三个人实现了这种惊人的宏图，成为世界的征服者，但是还有多少阿提拉和成吉思汗，并没有成功。

是的，在这块被称为欧亚大草原的大斗猎场上，那三个大游牧者，只是侥幸的偶然的成功者。相信，还有更多的游牧人，还没有走出他的那片草原，就无名无姓地倒毙在了路旁。而还有更多的游牧人，怀揣着征服世界的梦想，准备在明天早晨登程上路。

中亚枭雄跛子帖木儿先是数次拔营移动军队，带着金帐人在河对岸跟着移动。如是三天后，下令留在营地里的随军妇女和后勤人员都换上士兵服装，以便迷惑疲惫不堪被拖得疲于奔命的对手。然后自己率领主力军，在暗夜里偷偷移动到下一个渡口，顺利渡过了捷列克河。

1395年4月22日，脱脱迷失终于决定今天有你没我，有我没你，来一场决一死战。他的部队靠着捷列克河的河岸展开，意大利投石炮支起，形成了一条长达五公里的防线。帖木儿对此是求之不得，也立刻将麾下的七个军团按照常规操作布阵。在最初阶段，当帖木儿大军还没有完全渡过捷列克河时，脱脱迷失军队还占有一定的优势，但是随着渡河完成，帖木儿将他的兵团一字儿排开，并挖掘好战壕和工事，埋伏好弓弩手，战局就开始改变了。

在最初以及后来的相持阶段，脱脱迷失的可汗卫队、金帐突厥，曾经对帖木儿军左翼构成了大范围侧击。溃败逃跑的帖木儿军，将敌人引入帖木儿临时搭起的大帐，帖木儿本人也被迫陷入近身肉搏。最后靠着中路闻讯赶来的五十名骑兵救驾，方化险为夷。

更为血腥的战斗在中路上演。为脱脱迷失作战的步兵成功挡住了河中骑兵的几轮攻击，并出动俄罗斯贵族亲卫队进行反攻。但这些人又接着被河中步兵的壕沟阵地所阻挡，遭遇到从两翼合围而来的帖木儿骑兵夹击。俄罗斯人的骑兵败退后，河中骑兵再次扑向对手的步兵盾墙。后来，意大利雇佣兵和俄罗斯步兵一起慢慢将战线推向了帖木儿军阵地。使用重型战斧和戟的披甲战士，开始破坏木板工事，为身后的同伴杀出一条血路。河中步兵一面用长矛和佩刀抵御，一面依靠迂回的骑兵，让对方暂时停下。相持中，谁的意志稍微薄弱一点，谁就会崩溃。在惨烈的各条战线上，金帐军队的右翼却突然掉了链子。原来两位突厥指挥官因为久攻不克而发生激烈争吵，使得部分人愤然退出。此时的帖木儿右翼已经获得优势，他们迅速调转矛头向着金帐中路军猛攻。脱脱迷失已经没有多余的部队可供调遣了，自己也遭到越来越多的追兵攻击。眼见得胜利无望，于是带着少数随从逃离战场。

战役的最后时期，帖木儿调兵增援被压制的左翼，从而完成了对脱脱迷失部队的最后一击。在确认自己完全获胜之后，帖木儿迅速地整顿了全军秩序，开调精锐骑兵开始追击，希望能够抓住脱脱迷失，但后者一头钻入附近的沼泽，向着伏尔加河流域逃去。

追至金帐汗国首都萨莱后，帖木儿一鼓作气，踏破该城，一把火将萨莱烧掉。出于打击金帐汗国威权和重创北方贸易路线的考虑，帖木儿下令屠城，并将整座城市几乎完全摧毁。中亚之王的恐怖名声，也在伏尔加河开始蔓延，连远在北方的莫斯科都紧闭城门，准备防御帖木儿大军的到来。

站在捷列克河北岸高丘上，这脱脱迷失当年架设意大利投石炮的地方，这帖木儿当年强渡捷列克河的地方，我感到那厮杀声犹在昨日。

我不明白帖木儿的七万大军是如何渡河的。时逢四月，河流的春潮泛滥期已经到来，河面会比现在要宽上几倍，而河流会是很湍急的。我不明白他们怎么渡河。如果有船只，那也是寥寥几艘，根本不够用。

记得我曾经在另外一本书里，写过阿提拉大帝率领着他的三十万草原兄弟，横渡莱茵河的故事。三十万骑兵，一个猛冲跳入河中，河流被人和马瞬间填满。那些骑术好的士兵们，他们会在泅渡中一直骑在马的身上，当然前提是这匹马的游泳技术也要好。而更多的骑兵，他们脱离了马背，掉进水里，然后用手抓住马的尾巴，马龙一样地在前面游动着，骑手在后面抓着马尾巴，就这样一直游到对岸。

帖木儿大军横渡捷列克河，大约也会是这样子。大战过后的捷列克河谷，人的尸体、马的尸体，像草垛一样，堆满了河谷。还有一部分尸体漂入河中，堵塞了河流。河流被血染得通红，一条浸血的长带子，穿过草原，一直流向远处的里海。

帖木儿的出生地是号称"世界的十字路口"的撒马尔罕。过去的说法是，他是一个普通牧民的孩子，现在人们则认为他的父辈或祖辈应当是氏族酋长，或部落首领的角色。当然是低层的。他的族籍，他自称是成吉思汗黄金家族的后裔，但是专家给出的定语是：突厥化了的蒙古人。他和成吉思汗家族没有任何血脉关系，只是他曾经有一个妃子，是蒙古贵族、皇室后裔，再就是他在起事之前服役的东察合台汗国，是当年那四大汗国的延续和变化后的称谓。

至于他为什么是个跛子，是小时候得了小儿麻痹，一只脚跛了呢，还是少年时不小心坠马，断了一条腿，痊愈后就成了跛子？还有一种说法，说他是早年服役于东察合台汗国军队，打仗受伤的。这第三种说法是帖木儿本人自我介绍时说的。那些成就大事的人，张嘴就是谎言，所以他的话也不能当真。

有人说了，他不可能是早年小儿麻痹，这样当兵时体检是过不了关的。诸位，一个跛子骑在马上，借助马的四条腿奔驰，只要他不下马，你是不知道他是个跛子的。即使下马，牵着马在草原上走几步，那又如何？长年累月地以马背为家的人，他们的膝盖会严重地弯曲，成为内罗圈，而坐在马鞍上的屁股，或者叫后臀，两疙瘩肉会严重地后坐，从而大马靴一穿，走起路来，也是一瘸一瘸的。比如我吧，当我从草原回到内地以后，每每有人问我：你的腿是怎的了？

帖木儿是帖木儿帝国的奠基人。1370年，伤兵跛子帖木儿在他的家乡撒马尔罕起事。他杀死当时西察合台汗国的统治者忽辛，扶持傀儡统治者，自己则成为河中地的最高统治者。他宣称自己是察合台汗国的继承人，定都巴里黑，后迁都撒马尔罕，从而建立帖木儿帝国。

立国后，东攻东察合台汗国，继而，夺取波斯和阿富汗，攻占两河流域。1388年征服花剌子模。1389年到1395年，进攻金帐汗国（旧称钦察汗国），在著名的捷列克河战役中，灭脱脱迷失大军，并毁其首都萨莱城。1398年，顺阿姆河而上，进入北印度，入侵德里苏丹国，屠杀战俘十万人，战后撤出。1400年，帖木儿率兵进攻叙利亚，整个叙利亚领土被占领，名城大马士革被焚毁。

1402年春，帖木儿动用十四万大军，进攻正处于上升阶段的奥斯曼帝国。7月20日，在安卡拉战役中大败奥斯曼帝国，虏其苏丹（国王）。

上面说的只是一些大的战役，至于那些小的战役更是不计其数。例如距离撒马尔罕约八百公里的老梅尔古城，也是毁于他的铁骑之下，而最后一代土库曼斯坦苏丹被他杀死。老梅尔古城我们知道，这是中亚最早的城市，丝绸之路名城，建城至今已有两千八百年。

晚年的帖木儿大汗筹划和发动了他的最后一次军事冒险，开始了他对大明王朝朱棣的军事远征，他事先做了周密的战争准备，将河西走廊地面的军事布防、山形水势、汲水点等等，都派细作画了地图，对二十万大军的粮草供应、后勤补给，也做了安排。大明军队当时是一百三十万，而帖木儿帝国的军队是五十万。他推测了一下，觉得强悍的帝国军队，有把握打败大明，于是给朱棣下了战书。

1404年11月，帖木儿从撒马尔罕出发，挥军东征明朝。1405年2月18日，帖木儿病亡于哈萨克斯坦讹答剌，从而令这场东征无疾而终。

讹答剌位于今哈萨克斯坦奇姆肯特市南帖木儿车站东面，锡尔河注入咸海的入海口附近。帖木儿死去的那一刻，他的儿子已经带领先头部队，抵达今天的乌鲁木齐附近。那地方当时叫别失八里，历史上它是大唐王朝的北庭都护府所在地，现在则叫吉木萨尔。

先头部队正在犹豫不决，不知道取哪条行军路线为好，是绕道弓背形的蒙古高原直插北京城呢，还是走河西走廊，走关中道过黄河，沿这条河谷平川地带，步步为营直取北京。这时传来帖木儿驾崩的消息。这样，人类避免了一场过早的世界大战。

帖木儿时年六十九岁。那天驻营期间，他喝了太多的酒。大汗平日喝的大约是些低度酒，那日阿拉伯世界给他送些高度酒，大汗把握不住，于是喝醉了。喝醉后高烧不退，帐中随行医师束手无策。他在回光返照之际，嘟囔了一句：永远不要放下自己手中的——剑！说罢，头一歪，死去。

帖木儿死去后，对大明王朝的战争已经无法进兵，于是先头部队撤回。而接着帖木儿帝国内部，四个儿子，诸多孙子，开始权力之争。这个建都于中亚河中地，给中亚史以及世界史留下深深痕迹的草原帝国，逐渐衰落。

后来，帖木儿的六世孙巴布尔，曾经重返南亚次大陆，在火烧了的德里的旁边，建了一座新德里城，并建立了一个显赫的王朝——莫卧儿帝国。莫卧儿被认为是"蒙古"二字的音译，该帝国统治北印度相当一段时间，著名的旅游胜地泰姬陵，就是一位莫卧儿皇帝的妃子的陵墓。

正当莫卧儿帝国强盛地沿印度河、恒河向海岸线发展，意欲攻取印度全境的时候，世界已经发生了变化，一个时代已经结束，而另一个名曰"海洋时代"的时代已经开始。号称"日不落帝国"的英国，从恒河入海处孟加拉湾、印度河入海处阿拉伯湾登岸，建立了一个准国家——东印度公司。东印度公司的雇佣军向上游推进，遏制和打击了莫卧儿帝国的国力。

帖木儿陵墓位于他的故乡撒马尔罕。其墓造在一所清真寺的圣龛后面，凿开圣龛作为墓门。

而笔者在前面曾经说过一件事，二战前夕斯大林曾经命令凿开帖木儿石棺，以判真伪。后来陵墓掘开，石棺盖上写着这样一行字：假如再给我二十年时间，世界将在我面前发抖！众人看了，都倒吸一口凉气，很能感受到这中亚王的雄霸之气。这时苏德战争爆发，斯大林遂令重新填埋，并对惊扰陵园表示歉意。

> 花岗石腐烂，纪念碑倾圮了，
> 流传他的英名要靠农夫悲凉的小调！

这是英国大诗人拜伦勋爵的诗句。

法显高僧的陆去海还

在这次"欧亚大穿越丝路万里行"的行走中，我给车里装了满满的一箱书。这些书有法显的《佛国记》、玄奘的《大唐西域记》、徐松的《西域水道记》、瑞典探险家斯文·赫定的《罗布泊探秘》、法国小说家勒内·格鲁塞的《草原帝国》、英国人类学家阿诺德·汤因比的《历史研究》和《人类与大地母亲》、王嵘的《西域探险史》、杨镰的《最后的罗布人》等等，这些书跟着我颠簸一路。

在颠簸的路途上，在汽车里，翻阅它们的机会其实很少。我更多的时间是坐在汽车后面的座位上，脚下放三个水壶，一个是装很多开水能够保温的大壶，早上起来我做的第一件事情是在房间烧好开水，将这壶灌满。第二个壶就是烧水壶，灌满水插上电，可以将水烧开。这个壶也尤其重要，没有它，就只能喝一路生水了。这个壶也给我带来许多麻烦，亚洲国家、欧洲国家，它们的插座大都不一样，有的是两相，有的是三相。记得在法兰克福，插头不能用，坐了一天车，又渴又累的我，喝不上水，于是到街上买了把壶，吃了一块比萨。回到住处，烧水时我笑了：这壶也是中国制造。那第三个盛水工具，就是我手中的这个时刻抱着的茶杯了。我坐在车里，半眯着眼睛，把这辆行走的车当作我在西安城中的"高看一眼"工作室，把手中的茶杯当作正在呷的功夫茶，这样不停地心理暗示。等到车停了，要吃饭，我于是眼睛睁开，从车里走出。别的车上的那些年轻的导演们、主持人们，一个个下来，人困马乏、歪七扭八的样子，见了我这样精神抖擞，大家说，这个六十多岁的老者，成了个老怪物了。

所以行程中的这些书，我基本上没有翻阅，只是偶尔到一个特殊的地方，才翻阅翻阅它们。比如在撒马尔罕，我从车上拿下《大唐西域记》这本书，翻一翻玄奘高僧对这一块地方的描述，看看一千四百年前，这个世界的十字路口是个什么样子。

回程中，在英国伦敦希思罗机场安检时，规定一人只能带一个行李箱，这样我将许多的东西，衣物、鞋、没有喝完的茶叶、笔墨纸砚，都给了导游，独有这些书，我将它们摊在候机室里，一本一本地挑，不忍心扔下它们。它们陪我走了那么遥远的路程，是我的精神支撑，它们是我此次行程的一部分，甚至是我生命的一部分。回到西安后，如果写书，它们还是我最重要的参考书。想到这里，我将这些书又一本不落地装入行李箱。

其中至关重要的一本书，就是法显的《佛国记》，一本被书的校注者章巽教授惊呼为"这真是一部伟大的作品"的书。

《佛国记》真是一部伟大的著述，而著述者堪称一个大写的人。在从草堂寺地面（鄠邑区辖）出发，开始这次大穿越时，我就说过，父母给了我们两只脚，为的是有一天用它来丈量天下。我以我的行走，向道路致敬，向千百年来在道路上行走过的每一个人致敬。我所致敬者就包括高僧法显。

他是山西人，汾河岸边有个龚家庄，他好像是那个地方的人。

他出生的时候，家门口过队伍，我们掐指一算，那该是五胡十六国之伊始。匈奴左部帅刘渊在山西离石起事，掀起长达二百八十六年之久的中国历史上最为黑暗的一个时期。队伍大约是从离石而平城（临汾），由平城而平阳（太原），最后再由平阳而洛阳。

三岁时，这个在战乱中出生的幼弱生命，被父母送到村旁的一个小寺院去寄养。再后来，他父母双亡，这个小沙弥回家掩埋了父母，以后便终生以寺院为家了。他来到了长安，入住大石室寺。

这个大石室寺，就是前面提到的草堂寺。就是法显与他的四个同学于公元399年结伴而行，开始他"广游五印，西行求法第一人"的不朽业绩的那个寺院。亦是公元401年，号称西域第一高僧的鸠摩罗什，万苦千辛、百般磨难，终得抵达长安的那个寺院。后秦皇帝姚兴在长安城南门城墙上拜鸠摩罗什为国师，并将这个皇家寺院重新修缮扩建，大约是以麦秸或谷草苫顶，所以这寺院易名草堂寺。

法显的行走，那时期大约年纪已经很大了。我们的推测应当是六十岁左右，往小说，五十八岁，往大说，六十二岁，大约就是这个年龄段。有的《高僧传》中说，他的寿龄八十六岁，有的《高僧传》中则说，他的寿龄八十二岁。

我们知道，他从草堂寺出发，穿越河西走廊，穿越葱岭，求经习法于天竺诸国，足迹遍及印度河流域与恒河流域，并在那烂陀寺修行。尔后，又于加尔各答搭大商船抵达斯里兰卡，滞留两年后，再乘大商船回国。这次陆去海还的行程，历经漫漫十五年之久。而自青岛登陆以后，人生的最后十年中，他一直在南朝四百八十寺中游历。最后的十年，加上广游五印、西行求法的十五年，加起来近二十五年。如像《高僧传》所说，他圆寂时是八十六岁，那么他从长安城出发时，当是六十二岁。如果按另一个版本所说，他圆寂时是八十二岁，那么他出发时，是五十八岁。不论是五十八岁还是六十二岁，在那个遥远的古代，该是高龄了。

行脚僧在那个秋天，踏上他宿命的远方。凶险的远方充满了不可知，但是道路在召唤着他、蛊惑着他，他唯一能做的，就是顺应心灵的指引，完成自己垂暮之年的最后一搏。

大雁排空而过，雁鸣阵阵。高僧用了大半年的时间走到兰州城，乘着皮筏子渡过波涛汹涌的黄河，又用了大半年的时间，走到西宁城。这种行走太缓慢了，掐指算来，一天就走二十到三十华里。我们能想见，已届高龄的法显老和尚，拄着个拐杖，捧着个讨饭钵，佝偻着脊背行走的样子。这一年的行程，放在现在的高速公路，开着车，大半天就到了。

兰州城那时候叫金城，而西宁那时期叫西平。法显告诉我们，他来到金城，在那里完成他漫漫西行路的第一年"夏坐"，又来到西平城，在那里完成了他第二年"夏坐"。我们知道在法显高僧自述的《佛国记》这本书中，他对这十五年行程中的每一次"夏坐"的地点，都做到翔实的记录，例如他在张掖城的"夏坐"，他在敦煌城的"夏坐"，他在于阗城的"夏坐"，他在释迦牟尼成佛处那个大石室伽蓝的"夏坐"，他在释迦牟尼圆寂处菩提树旁、阿育王石柱旁那个伽蓝的"夏坐"，他在海上航行时在大商船上的"夏坐"，等等，法显都详细描述，就此，我们作为后人，才能够清晰地看见那高僧行走的路线和所经历的种种。

西宁那时候是傉檀国的都城。它是当时的五胡十六国之一，名叫南凉国，秃发傉檀是南凉国的末代国主。我们在法显的行脚中，看到了这位老朋友。他是鲜卑人，秃发是他的姓，傉檀是他的名。原先，其兄秃发乌孤是吕光帐下大将。吕光押着鸠摩罗什走到凉州时，传闻前秦皇帝淝水兵败。前秦灭亡，于是吕光在凉州自立为王，建国后梁，而乌孤则脱离吕光，建南凉国。乌孤及其弟秃发利鹿孤先后称王，为时较短。秃发傉檀继位后，自称凉王，在位约十三年，后来为建都陕北统万城的匈奴王赫连勃勃所败，西平城被毁。那该是法显结束"夏坐"，离开西平城二十多年后的事情了。

现今的学者们发现"秃发"二字，其实是"拓跋"二字的谐音。当年的文化人以笔记史，因为地域偏远，沟通不便，所以将建于大同的那个北魏拓跋，记录成"拓跋"，而远离中原的西宁这地方，则把同一个姓氏，记录成"秃发"，从而给后世的考究，添了许多的眼花缭乱。

在西宁城完成"夏坐"之后，法显一行翻越祁连山，沿着湟水，抵河西四镇之张掖郡。张掖大乱，道路不通，于是在张掖完成第三次"夏坐"，尔后顺河西走廊，且行且驻，走到了敦煌。

自敦煌往西南方向行走，便进入五百里盐碛。流沙漫漫、热风阵阵，"唯以死人枯骨为标帜耳"这句话，就是法显在这地方说的。哪有道路呀，前人倒毙在戈壁荒原上的风干了的尸骸，就是我们借以识别道路，以便下一步下脚的标识呀！

那著名的白龙堆雅丹，当是这五百里盐碛的一部分，这种奇形怪状的风蚀雅丹地貌，平日静卧在惨淡的日光下，如同猛兽，而一旦新疆的闹海风一起，则天昏地暗、飞沙走石、怪声连连，如同鬼域。法显从这里穿越过去。而在此之前，张骞穿越过，傅介子穿越过，班超穿越过，在他之后，玄奘穿越过，马可·波罗穿越过，斯文·赫定穿越过，卑微者如我，也在二十年前，在新疆地质三大队的引领下穿越过。

与白龙堆雅丹遥遥相对的，便是龙城雅丹，而两座雅丹包裹着的，便是著名的罗布泊。

在法显路经这里的时候，它还叫蒲昌海。那时塔里木河还没有断流，因此蒲昌海水天一碧，鱼跃鸥飞，罗布人驾着独木舟穿行其间，河口地面，千年胡杨林郁郁葱葱，一直延展到塔河中断地面。

蒲昌海的西南岸就是楼兰古城，法显来到这座西域名城的时候，楼兰已经易名鄯善，它的易名，缘于楼兰国在西汉昭帝年间发生的一场变故，即傅介子千里刺杀楼兰王。如果有时间，我们也许会专门辟出一章，讲述那个惊心动魄的丝绸之路故事。

法显经过的那个伊循城，就是现今的米兰市，兵团一个团场的所在地。这座小城市，是当年傅介子刺杀匈奴人扶持的王子当归，而那汉王室的质子、小王子继位以后，留下四十名士兵在这里屯田的地方。两座城池互为犄角之势，以保古楼兰的安全。

接着，我们的法显，在当时塔里木盆地最大的佛国于阗国，完成了他行走中又一次"夏坐"，并且在夏坐中，结识了他的一个徒弟——匈奴人刘萨诃。

法显高僧扶杖而行的这一条道路，正是丝绸之路研究专家为我们画出的那条丝绸之路南道，即从塔里木盆地南部边缘所踩出的一条道路。这条道路自敦煌，而白龙堆雅丹，而罗布泊，而楼兰，而鄯善（今若羌），而乌夷（焉耆），而于阗（今和田），而叶城，而喀什噶尔，而塔什库尔干，然后出境。

法显在《佛国记》这本叙述简约、用字吝啬的书中，难能可贵地记录了他在和田城里，看到的这个塔里木盆地最大佛国的恢宏景象。家家门前起佛塔，户户家中供菩萨，在和田城那大乘寺，三千僧众共聚一堂、共吃斋饭的情景。法显说："威仪齐肃，次第而坐，一切寂然，器钵无声。净人益食，不得相唤，但以手指麾。"

在和田城，为了观瞻那五年一度的行像大会，法显一行在完成"夏坐"以后，又延捱了一些日子。借他一千六百年前的眼睛，我们看到大象拉着四轮宝车，车上载着佛祖像、菩萨像，庄严举行入城式的场面。可以说，塔里木盆地那一时期浓郁的敬佛礼佛气氛，甚至超越了佛教的发源地古印度本土。

高僧是从今天的塔什库尔干，翻越大雪山，进入昔日的北天竺，今天的巴基斯坦境内的。他遇见了山顶的一条河流，这条河叫新头河。开始水量很小，激流在高山峻谷间跳荡，一路向东。现在我们知道了，新头河就是印度河。

后世二百年的玄奘，是从葱岭正北方向约两千公里远的阿姆河谷，兴都库什山南端翻越大雪山的，而玄奘的回程，则走的是这条法显踩出的自丝绸之路南道，回到东土大唐的道路。

当法显在新头河的源头，一个小小的山顶村庄询问当地人，佛教是什么时候传入这块地面时，当地人惊讶地说："古老相传，代代相袭，这是古来有之的事情，就像树木、像庄稼，是大地本身生长出来的东西呀！"

这样法显知道了，佛教从它诞生的第一天起，便大教东流，顺着葱岭的条条垭口传向东方。而这里，这条道路，是它东流的一个大的通道。

壁立千仞，寒风阵阵，老和尚法显，坐在新头河的源头，泪流满面。他说，我已经走了这么遥远的路程了，这真不敢想象。五百年前的张骞、甘英，他们也不曾到过这里呀！七八百年前的亚历山大王夸口说他要去寻找世界的尽头，而他，也没有能走到这里呀！

发完这些感慨之后，我们的法显，沿着新头河，继续向下而行。

历史残简中我们搜索出匈奴和尚刘萨诃的故事。广游五印、西行求法第一人的法显和尚。在张掖城夏坐时，他带了两个一起夏坐的修持者，在于阗城夏坐时，又相约了两个追随者。这样一行变成了九人。夏坐又叫雨安坐，是一种修持行为，大致时间从每年3月16日开始，到6月15日结束。这段时间大约是印度国的雨季。

有关刘萨诃的故事，本书《刘萨诃》一文已作记述，这里不再赘述。

释迦牟尼涅槃应为公元前486年，相传释迦牟尼在世八十年，以此推算，佛祖诞生年应为公元前566年。

也就是说，他应当比老子小几岁，而比孔子大几岁。我们知道，老子大约比孔子大十三岁，那么释迦牟尼的年龄，则在他们之间。

我们知道，在孔子去世十年之后，西方的先知苏格拉底诞生。西方人将那些知生、知死、知天命、知宇宙万物运行规则的大人物叫先知，东方文化则将这些人物叫先贤，或者叫圣贤。

那真是人类史的一个永远值得纪念的伟大时代，各文明板块都进入到了它的成熟期和收获期。这些智慧人物的出现，为各文明板块的初生期以总结，并为它接下来的发展奠定坚实的基础。

两晋年间，中国民间曾流传一本奇书，书的名字叫《老子化胡经》。老子在这里说的就是老子李耳，道教的开山祖师，而"胡"在这里说的是释迦牟尼。该书讲的是老子西出函谷关，著《道德经》五千言，而后来到终南山之楼观台，而后骑青牛西行，而后北上昆仑山，教导释迦牟尼如何创建佛教的故事。道教祖庭楼观台，专门有一块碑，记载了这个故事。

这本书是一种民间读物，未入正典。它一出现便受到了佛门的强烈抵制。释祖是唯一的，是至高无上的，怎么敢有人去指点他和教化他。在佛门的经典传说中，这样说："释迦牟尼一出世，即能行走和说话。他向东南西北各走七步，然后再回到垓心，上指天、下指地，说道：'十方世界，佛光照耀，天上天下，唯我独尊！'"

但是佛门中人很快发现，这本杂书还是有一些有用之处的，在道教和儒教这两个本土宗教，已经将中国民间统治到针插不进、水泼不进的这种情形下，一个舶来品，外来宗教，想要进入并传播和发扬光大，必须有个由头才对。所以佛教最初一段时间，在一些地方，它是以道教的一支的面目出现的。而确实，它们有许多共同之处。

这样，法显和尚和他的小小的团队，便开始了他在北天竺、西天竺的行走。在翻越小雪山的时候，那个自长安城草堂寺出发，一起行走的慧景，在暴风雪中倒在了山间。"我是不得活了，你们快走吧，不要大家都死！"慧景说完，口吐白沫，倒地气绝。法显哭了一场，不敢久停，复自力前，终得过岭。

翻过大雪山，与法显同行者，只剩两人。一个就是我们谈到的那个匈奴人刘萨诃，刘萨诃法号叫慧达，他执着法显的手说："师父，冥冥之中我看到了瑞象起于三危山下、党河岸边的敦煌郡，那里正酝酿敦煌莫高窟的督造，需要我去料理这事。我的功德事业在那里，我不能陪伴你老人家继续前行了。我得掉头回去！"

法显说，好不容易翻过小雪山、大雪山，你现在要掉头回去，又得重翻一次，况且又是一个人行路，凶吉难测呀！

刘萨诃说："吾意已决，我得走了。修菩提行，起广大心，佛祖在上，佛祖的光芒会一直罩护着卑微的我的！"说罢，毅然掉头离去，重新攀援而上那高高的葱岭。

这样和法显一起相依为命的，就只有那个道整了。从长安城草堂寺抵达这里，多么遥远的路程，道整一直忠心耿耿地追随着他。

在《佛国记》这本书里，法显详尽地记载了他们先顺印度河而下，至入海口，又返回来，顺恒河流域而下，再抵达入海口孟加拉湾，眼见得那三十几个古印度邦国的情况。在释迦牟尼那些重要游化地，他们都做了考察、记述，像一个游方僧、朝圣者那样，献上他的顶礼。

在释迦牟尼成佛的那个菩提伽耶城，法显来到了释祖成佛的那个大石窟里，泪流满面。他在《佛国记》中详尽地记录了那些佛教神话传说："计有苦行六年处、攀树枝处、弥家女奉乳糜处、石窟地动、佛在多罗树下退魔成道、诸天神作七宝台供养、文鳞七日绕佛、梵天来请佛、四大天王奉钵、贾客献面蜜、度伽耶千人处，等等。"

我们记得二百年后的玄奘法师来到这里时，对这些佛教故事又作了更详尽的阐述。

《佛国记》中关于阿育王破八塔为八万四千塔的叙述、关于那五河河口的叙述、关于释迦牟尼圆寂处的描写都弥足珍贵，从而令我们站在一千六百年后的时间的此岸，眼见心到，如同身受。

道整同学在经历了这些行走之后，后来落脚在一家寺院，没有再随法显继续后面的路程。那地方叫巴连弗邑，在中天竺。

法显和道整在巴连弗邑一座经院，抄经译经三年。这些抄在多罗树叶上的经书，法显将把它们打进行囊，带回东方祖国，以作传经弘法之用。临离开寺院的那一天，道整突然不走了。他说，师兄，你一个人独行吧！三年的抄经，我已经喜欢上了这个地方！我们弘扬佛法，不就是为了挣脱心灵的束缚羁绊，得到大自在大快乐吗？现在我已经得到了。我将在这座寺院里做一个小小的添油的沙弥，夜夜蜷曲在佛祖的脚下安眠！

法显长叹了一声，理念不同，他要度天下人。他在《佛国记》中说："法显本心，欲令戒律流通汉地，于是独还！"

菩萨为何低眉，那是不忍看这世间的众生之苦；金刚缘何怒目，那是憎恶这人间万般之恶。

现在行程中，只剩下年迈的法显老和尚一人了。正像流行歌儿唱的那样——我注定此生将独行。

这样法显继续在东天竺、南天竺地面游历。他大约到过那烂陀寺，只是那烂陀寺那时候还没有像后来那么有名。我们知道那烂陀寺后来的供养者是印度诸王，而最大的供养人就是戒日王。

戒日王是与唐太宗同时代的古印度一个邦国之王，王治正是在五河口（五河交汇，从而进入恒河中游地区）的曲女城。我们的玄奘法师曾在那里设法会舌辩天下，戒日王做法会的主持，玄奘在他的《大唐西域记》中对这位印度王赞誉有加。

法显大约在印度本土游历了八年，他的旅程竟是陆去海还，这真是一种异想天开的举动。现在流行一个名词叫"一带一路"，就是说陆上丝绸之路、海上丝绸之路。想不到，整整一千六百多年前，一个年迈的中国僧人，他就将"一带一路"完整地走了一遍。佛家的著述家们赞美说：释法显首辟险途，释玄奘中开王路！那么是不是可以这样说，这个"首辟险途"，既指陆路，也指海路。

事情既属偶然，大约也属必然。法显大和尚拄着个拐杖，一走三趔趄，顺着咆哮的恒河，一直走到入海口，那个叫加尔各答的城市。海面上估计停泊着许多的商船，而码头上则聚满了前往世界各地的人。有一拨人是去中国的，这样法显在加尔各答的港口徘徊了三个月后，付了旅资，跟着二百商人挤上了一条大商船。

这艘大商船没有去中国，而是遇上风暴，停在了这个狮子国。这样法显大和尚就又在狮子国延挨了两年。

狮子国有一棵高大的菩提树。这棵树现在还活着，斑驳，古老，青筋暴起，树冠遮天蔽日，如同伞盖。相传，阿育王大兴佛法，在释祖所有经历过的圣迹处，都立下阿育王石柱，建立祭祀性质的精舍，并且破八塔为八万四千塔，将这古印度八个王用以存放供奉佛骨舍利的八座塔破开，然后在世界的十方，修八万四千塔，弘扬佛法、供奉舍利。

阿育王的妹妹也是一位虔诚的佛教徒，为了帮助哥哥弘法，她将一颗佛骨舍利子捧起，装入少女胸前挂着的香囊中，又从佛祖成佛的地方，圣地菩提伽耶，从佛祖当年成佛处的那棵菩提树下，挖起一株这棵菩提树所派生出来的小树苗，然后将这小树苗装进一个花篮里，这样，乘坐一个小船，用了十五天时间，自加尔各答港口、恒河河口，抵达狮子国。

狮子国的王室在他们的王城为安放供奉这枚佛祖真身舍利，修建了辉煌的神庙。而阿育王妹妹本人，则亲手将这株菩提树苗栽种在神庙的大殿之侧。

在我们的法显老和尚来这神庙拜祭时，来这菩提树下打坐时，这神庙、这菩提树，已经自阿育王妹妹那时算起，逾六百年之久了。神庙庄严、恢宏，珠光宝气，菩提树则枝叶婆娑，巨大的华盖遮住了半个殿院。

法显在狮子国延捱两年，又求得几部他在中国时没有见过的经典，看来这些经典还未传到东土。在巡游的日子，还听到有些寺院有琅琅诵经之声，其音华丽，其义美妙，令老和尚听得如痴如醉。他想求这些经书，或者借来这些经书自己抄录。那狮子国的僧人笑了，说这些经文是一代代师师相传、口口相传，哪里有什么成书的手抄经卷。法显听了，并不气馁，于是便在这殿中长住些日子，逮那些僧人的诵经之音，自己记录。

法显还在那些经院访得一些经像。后来的日子里，当法显九死一生，陆去海还，离开狮子国，仍乘着二百人大商船，经苏门答腊历时八个月，登陆中国青岛海岸时，他手里捧着的，就是一张讨来的经像。

离开狮子国的前一天，已届七十五岁（大约）高龄的法显大和尚，在那棵有名的菩提树下打坐，恍惚间一阵假寐，睡梦中看见东方故国他的家乡的情景。待从梦中醒来，睁开眼睛时，看见大殿里香客潮涌不断，似有大商船来岛。法显扶住树身，站起来，移步到大殿里去看，见一名海上客将一颗无价宝珠供奉到佛前，而那包着宝珠的帕子，是一块白绢，那白绢上的图案分明可鉴，这是来自中国的物什。

法显在《佛国记》中写道："法显去汉地多年，所与交接，悉异域人，山川草木，举目无旧。又同行分披，或留或亡。顾影唯己，心常怀悲。忽于此王像边见商人以晋地一白绢扇供养，不觉凄然，泪下满目。"

思乡之心一起，便不可遏制。老和尚这一刻才像做了一场大梦一样，猛然惊醒。掐指算来，已离开东土快十五年了。"光至今还活着，就是一个奇迹！"他摸着自己的胡须说。说罢，收拾行李，仍随一个二百人大商船，返程。

法显在他的《佛国记》中记述了这海上漂泊的种种凶险。他们的船只刚行走两日，便遇上了台风。浪急风高，天昏地暗，他们在风暴中挣扎着行进了十三天，风暴停了，潮水把大船冲到了一个无名岛上。

船碰到礁石，漏水，于是他们在这岛上，将船漏处补一补、塞一塞，继续航行。后来九十天头上，海平面上出现了一些岛屿，众人欢呼，上得岸来，休整了几日，给船上备些粮食、菜蔬、淡水，大船启程继续航行。后世的人们根据法显的记述推测，他们中途停驻的这个岛，应当是苏门答腊或者爪哇岛。

如是行程一月有余后，夜来又遇黑风暴雨。天昏地暗，浊浪滔天，大船眼看就要被掀翻，满船的商贾们鬼哭狼嚎，纷纷将船上的重物扔下海去，让船减轻一些重负。忙乱之间，大家见那个老和尚端坐在船头上打坐，八风不动，怀里抱着他十五年来求得的经卷、宝像，正在默念着观世音菩萨保佑。

众人呐喊说，和尚将你怀里那沉重的包袱扔到海里去吧！法显听了，将包袱死死地抱紧，低头不语。众人来抢包袱，抢不动。又有人发声说："此行中如此不顺，厄运连连，皆因咱这船上多了这个和尚，咱们大家齐心，将这和尚连同他怀中的那个包袱，一起扔到大海里去吧！"

法显这时候停止了默诵，开言道：你们若是扔下这佛门经像，那就等于扔下了我。我的意见，你们先杀了我，再扔这经像吧，不要留下活口，要么，等大船到了目的地，那汉地的国王敬信佛法，重比丘僧，非将你们治罪不可！

船上这些商人听了，方才作罢。一千六百年前的那年月，虽然距人类的大航海时代还有漫长的一段岁月，但海上的丝绸之路应当已经通了，每每商船定期来往各个口岸。商人重利，冒着生命危险，九死一生，做着这航运生意。从法显的记述来看，那时的海运已经有相当的规模了。

历史把太多的光荣、太多的第一给了这位佛门高僧大德，让他沿陆上丝绸之路行走，成为广游五印、西行求法第一人，又让他鬼使神差，坐一艘商贾大船海还，成为行走海上丝绸之路的佛门第一人。

那时的行船，不敢往深海里走，人们只是靠着海岸线行走。行走间，船靠着一类名叫"海师"的专业人员，手拿罗盘，白天靠太阳，晚上靠月亮、星辰判断航向。

本来，这艘商船的目的地是广州，由于遇上台风，又由于连日阴雨，海师无法借助日月星辰判断航向，所以，台风过后，五十余天，按航程计算，该到广州了，可就是不见海岸。这样又行进，看见大陆了，商船泊岸。大船停在海边，用一只小船登岸，见到两个猎人，一问，这里是汉地，是山东的青州地面了。青州太守闻属下禀报，有一艘海外来的大商船，停泊在大崂山地面，船头上有一位高僧，端坐那里，手捧经像，庄严无比。太守遂亲自赶来，迎候法显下船。而那商船，在卸下法显以后继续前行，它将从长江口进入中国内地，在建康城（今南京）码头卸货。

太守骑马带路，高僧法显手捧经像走在前面，众人在后面发着喊声，簇拥着这经像，直奔青州城。法显尔后又从青州至彭城，在彭城新寺安歇。所谓彭城，即今天的徐州，而青州，是指今天的青岛。

《高僧传》说，法显高僧寿龄八十又二，又说，法显高僧春秋八十有六。无论是前说，还是后说，在那个人们平均年龄只有三十多岁的战乱饥荒年代，法显都应当是高龄了。

五印归来的最后十年，法显一身袈裟，一直在南国四百八十寺中游历。东晋以降，南国地面接下来是宋、齐、梁、陈这些短暂王朝，皇家笃信佛教，倾国家之财力修建寺院，对于佛门中的高僧，更是五体投地崇敬有加。例如梁武帝欲拜达摩祖师为师，达摩情急之间，一苇渡江而去的故事，就发生在那时。

但是取得如此大功德的法显和尚，从不自傲，亦不依附于皇家，而是闲云野鹤，来去如萍寄。这一点，鸠摩罗什高僧没有做到，玄奘高僧也没有做到。他们被皇家拜为国师，虽尽显尊贵和荣耀，但是却也平添了无尽的烦恼。

法显求法带回来的那些经书，大约更多的是小乘佛教经典。中国境内的佛教，粗略地划分为汉传佛教、南传佛教和藏传佛教。一般说来，这藏传佛教，是经尼泊尔翻越大雪山传入我国西藏，然后落地；而汉传佛教，则是顺古丝绸之路一路传来，落根中原；南传佛教呢，以海上传承而来的可能性更大一些。

以经像来看，由于经历了由古印度翻越葱岭，再经西域传入内地，昔日胡貌梵相、深目高鼻的佛祖形象、菩萨形象、四大天王形象、罗汉形象，等等，已逐渐变成面目平和的东方面孔。而那些从海上丝绸之路传入中国的经像，由于少了这漫长的递进演化过程，还保留了佛教初期、印度本土的那种风格。

中国第一个也是最有名的一个画僧，名叫贯休，唐末五代时候的人。他的《十六罗汉图》，罗汉们相貌奇伟、气象森森、胡貌梵相、深目高鼻，众人见了，深感怪异，问他怎么能神思妙想，画出这般模样来，贯休和尚故作神秘，说他夜来做了一个梦，梦中见到这些鬼魅模样，于是将他们援笔画出。

贯休的《十六罗汉图》深刻地影响到后来的佛教题材绘画。远的不说，近代的弘一法师的《罗汉图》，笔笔来自贯休，只是删繁就简，将工笔细描、浓墨重彩，变成焦墨皴染、朱丹勾线而已。

贯休和尚修行的那个寺院，我一直疑心，说不定法显请回来的经像的某一帧就放在这寺院，而恰好被贯休有缘一睹。我甚至疑心，贯休看到的、作为画样模仿的，正是法显和尚自青州登岸时，手中捧着的那一帧。

法显晚年，曾数度想回长安，回到草堂寺，但是时有北魏与东晋的战争，道路隔绝，故而都没能成行。他从青州登岸的那一刻，驻居草堂寺的鸠摩罗什高僧还在世，如果那时候不要耽搁，径去长安，说不定两人还能见上一面。据说当年法显前脚刚走，鸠摩罗什后脚就到长安，两人失之交臂。这样说来，两位高僧是终生无缘一面。那棵菩提树，法显老和尚在狮子国见到的菩提树，阿育王的妹妹漂洋过海栽种在那岛国的菩提树，它现在还活着，像一位两千三百多年高龄的老者一样沧桑、古老、庄严，享受着一代又一代人的顶礼膜拜。狮子国，我们现在叫它斯里兰卡。

2018年，中国农历的腊八节，释迦牟尼成佛日，广东六祖寺的一群信众从斯里兰卡那棵大树旁边，挖来一棵它所派生出来的中等大小的菩提树，然后漂洋过海，顺着法显高僧当年走过的海路，将树运到广东肇庆的六祖寺，栽植在寺院中。

广东肇庆的四会山，是六祖惠能藏身十七年的地方。藏身前，他是个凡僧，大藏十七年后，走出四会山时，他已经是一个创宗立派的得道高僧了。

那天六祖寺院内，四千个信众席地而坐，同吃一锅腊八粥，那棵来自斯里兰卡的菩提树栽种仪式结束以后，四千信众，每人认养一棵小的菩提树苗。寺院的方丈说，这是全球百万菩提树的栽种仪式的第一棵，下一次栽种仪式，大约在阿富汗巴米扬大佛那里举行。

笔者应邀作为主宾，参加了菩提树栽种仪式，并在四千信众腊八粥开宴前，作了二十分钟即席演讲。

我站在四千人大宴之侧的一个戏台上，凤凰卫视一位前主持人为我主持，我说道："今天是释迦牟尼成佛日。释迦牟尼一出生，即能行走和说话。他向东南西北各走七步，而后回到垓心，上指天，下指地，说道：十方世界，佛光普照，天上天下，唯我独尊！"

停顿了一下，我又说："今天早晨，这个神圣的日子，当我站在六祖寺山门前，看见亲爱的朋友们从山门鱼贯而入之时，我突然流下了热泪，我想起释迦牟尼寂灭时的情景！"

我说："他要走了！走了三次，不忍心丢下众人，于是又回来。最后他说：'我要走了！我不得不走了！人们呐，你们好自为之吧，我会在天上看着你们的！'佛祖说完，离去，菩提树下，于是哭声一片，人们在那一刻感到自己成了无所依傍的孤儿！"

法显高僧圆寂于彭城新寺。彭城即今天的徐州，我问徐州的朋友，他们说这座名曰"新寺"的佛家名刹，如今仍有香火。法显享龄八十有二，或者又说度八十六春秋，这个已无从考证。法显在游历南朝四百八十寺期间，亲笔撰写的《佛国记》（又名《法显传》），成为一部世所公认的重要的文化读物、地理读物，且具有世界性意义。

圣人每临大水，必有三声叹喟

我的行囊中带着的书籍中有一本叫《西域水道记》。这是一本清朝人写的地理书，是在《河图》《禹贡》和北魏时期郦道元的《水经注》之后，对西域地面山形水势、河流湖泊进行实地踏勘、就实录写的书。

看来不光是我带着这本书，林则徐发配新疆时，他的行囊中也带着这本书。一位清朝官员（倭仁）在赴新疆与沙俄谈判时，也带着这书。而19世纪末、20世纪初的中亚探险热中，那些怀着各种目的游走于中亚大地的外国探险家们，《西域水道记》更是他们行囊中的必要之物。例如斯坦因，当他一路寻到敦煌城，寻到党河岸边、三危山下的莫高窟时，手中拿的地图册，就是《西域水道记》。

《西域水道记》的作者叫徐松。祖籍浙江上虞，因父亲在京城做官，于是少年时落籍于今天北京的大兴区。十年寒窗之后考取功名，出任湖南学政。后被同僚诬陷、参奏，由湖南直接遣戍伊犁。抵达伊犁将军府的流放命官徐松，眼见得仕途已经被堵死，于是长叹一声说："才不为世用，乃著经世书！"说罢，决心学北魏时期的郦道元，握一柄罗盘，拿几卷残纸，游走天山南北，以西域地面的湖泊为关注点，以湖泊的来水去水河流为经纬创作了一部大地之书。

这个人真是太伟大了，他在开始写作《西域水道记》时，先应伊犁将军松筠的邀请，写了一部这块偌大地面的方志，方志送到北京以后，是道光元年，新继位的皇帝给这本书赐名叫《新疆识略》。这是新疆作为一个省级行政区的专有地名，首次被政府启用，而在此之前，人们习惯以西域之名来称呼这块中亚高地。

接着他又写出《新疆赋》，分为《新疆南路赋》和《新疆北路赋》。新疆按照当时行政规划，分为四路。嘉峪关、玉门、敦煌至安西州为安西南路，哈密、镇西府、迪化州为安西北路，乌苏至伊犁、塔城为天山北路，哈喇沙尔、库车、叶尔羌、和田为天山南路。简约称之，幅员所至，称新疆南路、新疆北路。

这项工程很大程度上都是命题作文，这位戴罪之身的文化官员理应做的事情，徐松在《新疆赋》的序言中说：以嘉庆壬申之年（1812），西出嘉峪关，由巴里坤达伊犁，历四千八百九十里。越乙亥（1815），于役四疆，度木素尔岭，由阿克苏、叶尔羌、达喀什噶尔，历三千二百里。其明年，还伊犁。所经者英吉沙尔、叶尔羌、阿克苏、库车、哈喇沙尔、吐鲁番、乌鲁木齐，历七千一百六十八里。既览其山川城邑，考其建官设屯，旁及和阗、乌什塔尔、巴哈台诸城之舆图，回部哈萨克、布鲁特种人之流派，又征之有司，伏观典籍。

下来，在完成上述著作后，徐松先生便开始写作他的关于西域的第三本书——《西域水道记》。遇山则骑马而过，遇水则乘船漂流，这样以他难能可贵的亲历精神，将那个时候的山形水势，历史沿革，夹杂一些边防设制，笔录成书。

他将这辽阔的西域地面，这些水域一一勘过，然后将它们划分为十一个水系。博斯腾湖的来水地是开都河，去水地是孔雀河。塔里木河有六个源头，这六个源头分别是叶尔羌河、喀什噶尔河、阿克苏河、和田河、渭干河和开都河，六源之外另有六十多条细碎支流。塔里木河汇入罗布泊以后，在地下潜行一千五百华里，从积石山一个叫星宿海的地方重出，成为黄河源。巴尔喀什湖的来水地是伊犁河，伊犁河发源于天山，有两源。贝加尔湖的来水地是色楞格河。古称热海、今称伊塞克湖的来水地是楚河。咸海的来水地是阿姆河（乌浒水）和锡尔河（药杀水）。

斋桑淖尔（斋桑泊）的来水地是额尔齐斯河，而斯河行进到俄罗斯境后，与鄂毕河汇合，然后穿越西伯利亚，注入北海（北冰洋）。徐松先生在伊犁将军府供职的时间是八年，用八年时间，完成这样浩大的勘测工程，其劳动量是巨大的，简直是不可想象的。十一条大的水系，从它的源头的涓涓细流开始踏勘，到后来河流上可以行船时，于是乘船顺流而下。直到抵达水流聚而成洼的湖泊淖尔处，那该有多大的劳动量呀！而西域地面，地域又是如此的辽阔，山峰又是如此的陡峭，那陆上行走，更是一步一难、一步一险呀！但是我们的徐松，就这样奇迹般地将它完成了，从而给我们的文化不动产中，增加了一本散发着西域地面奇花异草香味、波声涛响风格的书。

尤其是书中描绘的那大部分的湖泊，今天已经不在中国版图上了。例如，咸海归属乌兹别克斯坦，伊塞克湖（热海）归属吉尔吉斯斯坦，巴尔喀什湖归属哈萨克斯坦。没有签证，中国人是到不了这些湖泊边的，而我们的"才不为世用，乃著经世书"的徐松先生，圣人每临大水，必有三声喟叹的徐松先生，则是以湖的主人，大清帝国朝廷命官的角色，泛舟湖上的。

匈奴人当年唱着凄凉的古歌："失我焉支山，令我妇女无颜色。失我祁连山，使我六畜不蕃息。"逐着远山衔日，一路西迁。祁连山的位置在哪里？我们知道，那是一座绵延一千多公里的大型山脉；那么焉支山在哪里呢？专家们有个说法，焉支山是祁连山北面的一座小山，而甘肃祁连山下的住户，也这样说。过去对这个说法，我一直有些疑义，既然焉支山是祁连山的一部分，那古歌将它两分交称是不合适的。结果，你看，徐松先生在《西域水道记》中说了，匈奴古歌中所说的焉支山，是指塔里木盆地中，库尔勒旁边那个有名的焉耆山。他说那里有高大的山岭，有铁门关，有湖泊和洼地。焉耆山是天山的一条支脉，由于天山山脉太漫长了，所以习惯做法，记录者往往用当地地名标出它确切的位置。记得笔者此行在库尔勒小住的时候，曾经在焉耆绿洲的葡萄架下，吃过烤肉和抓饭，接受过蓝色哈达的祝福。对于纠缠了中国人两千多年（或三千多年）之久的黄河重源说，徐松在《西域水道记》中说：罗布淖尔为西域巨泽，其地在西域近东偏北，合受西偏众山水，共六大支，绵地五千里，流经四千五百，其余沙碛限隔，潜伏不见者无算。以山势揆之，回环迁折，无不趋归淖尔。淖尔东西二百余里，南北百余里，冬夏不盈不缩。

又说：淖尔水伏流东南千五百余里，涌出于巴颜喀拉山之麓，其地曰阿勒坦噶达素齐老（蒙古语，"阿勒坦"为黄金，"噶达素"为北极星，"齐老"为石）。极三十五度五分，西二十度三十五分。崖土黄赤，飞流喷薄，色成黄金，是为阿勒泰郭勒。乾隆四十七年（1782），侍弥阿尔达穷河源，奏言："额敦塔拉数处溪流，其出从北面，及中间流出者，水皆绿色，从西南流出者，水作黄色。臣沿溪行四十余里，水伏入土，随其痕迹，又行二十余里，复见黄流涌出。又行三十里，至噶达素齐老地方，乃通藏大道也。西面一山，山根有二泉流出，其色黄，询之蒙、番等，其水名阿勒坦郭勒，此盖河源也。"

徐松写到这里，颇有些自负地说，河出昆仑之虚，是初源，潜流地下，南出大积石，是重源。黄河重源说这个地理学悬念，经我实地勘察，经我博征旁引，至此，该算是说清楚了吧！

还有对额尔齐斯河的描写，从它的发源地到它的归宿地，其间那些稍大一点的纳入干河的细流，都笔录于册，纤毫毕现。例如笔者当年站立过的那额尔齐斯河河口，在清政府与沙皇1883年条约中成为界河的一条小河，竟然也在书的字缝里出现，从而叫我惊异。他告诉我们，额尔齐斯河发源于阿尔泰山，一条喇拉额尔齐斯河，一条华额尔齐斯河，二河合流，成额尔齐斯河。额尔齐斯河流经遥远的路程，最后注入北冰洋。我的推测，徐松先生的脚力大约并不能走到那么远，额尔齐斯河的鄂毕河阶段则很有可能，他是对着军事地图来叙述描写的。

在叙述额尔齐斯河时，徐先生对孕育生成这条河流的阿尔泰山，又名金山，即今人所见的旅游胜地喀纳斯湖头顶上的那座山冈——友谊峰，亦有描写，并记述了当年成吉思汗西征花剌子模归来后，在喀纳斯湖冬窝子里过冬的事情。

而在记述贝加尔湖这一章时，作者笔头稍微松了一松，记载了清朝皇帝与沙俄签署中俄《尼布楚条约》的那一件事。这是清朝与俄国签订的第一份边界条约，条约中，双方以贝加尔湖为界，贝加尔湖以北为俄境，贝加尔湖以南属中国。双方签条约，立界桩，维持过一段时期。我们知道，沙皇俄国的野心愈益膨胀，双头鹰一个头窥视西方，另一个头窥视东方，他们以火车与犁为先导，后来继续吞并贝加尔湖以南以及伏尔加河以东的广袤草原。

康熙年间，北京紫禁城外来了三个洋人，自称是俄罗斯国的使者，受女王之命，前来与中国皇帝商谈划界立桩的事情。这三个使者"面白微红，高鼻梁子，类西洋人，红毡帽，油毡，有发有髭"。而他们所呈的文书，字体自左而右，类似道家符箓。三个使者见了康熙帝，不跪，这惹怒了当值的，于是一阵乱棒，将这三人打出殿外。谁知十多年后这三个人又来了，底下人对康熙耳语说，据说那个俄罗斯是个北方大国，幅员辽阔，人民强悍，咱们还是不惹它为好。这样恩准了，免了这三个人下跪。

又过了六年之后，内大臣索额图与俄使臣费要多罗等会议于尼布楚之地签约，立界桩于额尔齐斯河。界桩以满文、汉文及俄罗斯、喇篇纳、蒙古文字书写。界桩两侧，中国、俄罗斯各设卡伦（哨所）。徐松的故事，还没有完。八年的西域之旅之后，徐松返回京城。他的《西域水道记》一经刊行，立即风靡京华，他因此而成为一个得到朝廷与民间都认可的大学者。徐松说："我注定漂泊的命运，我属于旷野！"他申请去了陕北的榆林。

在担任榆林知府期间，他还干了一件大事。陕北高原宋时有个夏州城，为西夏李元昊之父李德明、李德明之父李继迁当年自立为王时的啸聚之地，这座宋时的夏州城又传说就是当年赫连勃勃的统万城。如今这城，已为毛乌素沙漠南侵的黄沙所埋。这一日，榆林知府徐松骑了个毛驴，先到下属之怀远城，邀了怀远城知县前往大漠中踏勘，从而使湮灭千年的赫连统万城重新回到人们的视野之中。

徐松生于1781年，卒于1848年，他去世的时候，正是笔者现在伏案写这书的年龄。一个文化学者，失意官僚，在遭受命运打击、仕途无望的情况下转而著书立说，以大地为师，在旅途劳顿中，在案牍写作中，泼蘸和张扬自己的才华，宽释自己的孤愤和寂寥，于是乃有旷世奇书《西域水道记》的问世，他捍卫了文化人的尊严，他为后世的文化人树立了一个标杆。

马可·波罗的丝绸之路穿越

此刻，我在西安的家中，作坐地游，记录我的这一次大穿越经历。一切的所经所历都历历在目，恍如昨日。

我的案头上摆着两本书。这两本书像一个标高、一个范本，告诉我这种纪实性质的作品，应该怎样将你的行程脚踏实地地记录，删繁就简地归纳。

这两本书一本叫《大唐西域记》，中国一个和尚写的，距现在一千四百年了。一本叫《马可·波罗游记》，意大利的商人马可·波罗写的，距现在七百年了。

这个中国和尚法号叫玄奘，隋炀帝为他剃度，为他取的法号。他的本名叫陈祎，河南洛阳偃师人。这位高僧，用了漫长的十九年时间，完成了一次丝绸之路大穿越。他的行走路线，一半的部分，与我们的这次"欧亚大穿越丝路万里行"路径大体一致。是在中亚的著名城市撒马尔罕分路的，他不是向北，而是向南，顺阿姆河河谷而上，穿越阿富汗苍凉高原，拜谒巴米扬大佛，尔后翻山进入克什米尔，再顺印度河，抵达阿拉伯湾入海口，然后折身回来，顺恒河抵达孟加拉湾入海口，走通五印大地。

这是丝绸之路南亚次大陆路线。我们记得，两千三百年前的亚历山大大帝，曾试图打通这条路线，并且部分地成功了。而六百年前，中亚枭雄跛子帖木儿，也试图打通这条线路，并且也取得了部分的成功。我们纵观帖木儿的所有用兵，除了攻城略地的目的之外，另一个重要的目的，就是打通以撒马尔罕为中枢的通向四面八方的贸易通道。

十九年后玄奘归来，在长安城南三十公里外，终南山山顶一个叫翠微寺的皇家寺院里写出《大唐西域记》。他是口述，为他掌笔的是一个名叫辩机的才华横溢的年轻和尚。这位外号叫"玉和尚"的辩机，后来因为与大唐一位公主私通，并且私奔而被抓回来腰斩。

《大唐西域记》中记载了作者亲践者一百一十国、传闻者二十八国的物产风土之别、习俗山川之异，集成一帙十二卷。

翠微寺原本是翠微宫，是唐初皇家四大名宫之一，后来专为安置一身荣光、西域归来的唐玄奘，而削宫为寺。《全唐诗》有骊山游人《题故翠微宫》诗云：翠微寺本翠微宫，楼阁亭台几十重。天子不来僧又去，樵夫时倒一株松。

一代雄主李世民就是驾崩于翠微寺的。是时，这个终南山口的名寺中，有四个历史人物凑在一起。一个是行将就木的唐太宗李世民，一个是跪在病榻前准备接受遗诏的太子李治，一个是手捧药罐、从长安城的感业寺赶来的武才人（后来的武则天），一个是唐玄奘，大德手持新译出的《心经》，口中念念有词，正在为君王超度。

《大唐西域记》是一本重要的书，它是佛教经典，历史、地理经典，它还类似中国的《史记》，成为印度人追寻其中世纪之前历史的一本指南。印度国由于历史上屡屡遭受外敌，他们的历史一次次被割断，它中世纪之前的历史更是为黑暗所遮掩，混沌不清。凭借这本书的记载，他们在释迦牟尼寂灭的地方，找到阿育王纪念石柱，那石柱的顶端有一头狮子，长着四个头，面对十方世界。1950年印度立国时，按图索骥，来到这里，用四面狮像做了印度国的国徽。

大地就是一本书。大地藏着许多的秘密。我们人类的行走实际上就是用脚一页一页在阅读这本大书。

玄奘在穿越罗布淖尔荒原的时候，曾经在著名的白龙堆雅丹歇息。饥渴难耐，他昏倒在一座雅丹的下面。他胯下那匹红马，挣脱缰绳，鼻子嗅着地，一路寻找，终于在一株红柳下找到一眼山泉。枣红马再返身回来，用嘴叼住和尚的衣服，将他拖到这泉子边。

清醒过来的玄奘，喝了一肚子水，又脱下褴褛的袈裟，在水中摆了摆，拧干，摊在沙丘上晾晒。第二天他要出发去楼兰了，行前，又在皮囊里灌满了水，搭在马背上，上路。

传说罗布淖尔荒原有六十眼泉，它们大部分已经被沙埋了，只有猎人、当地土著以及那些普氏野马、野骆驼、野羚羊，才偶尔会找到它们。

《马可·波罗游记》是公元13世纪意大利商人马可·波罗记述他经行地中海、欧亚大陆和游历中国的长篇游记。马可·波罗是第一个游历中国及亚洲各国的意大利旅行家。他依据其在中国十七年的见闻，讲述了令西方世界震惊的一个美丽神话。这部游记有"世界一大奇书"之称，是人类史上西方人感知东方的第一部作品，它为整个欧洲打开了神秘的东方之门。

《马可·波罗游记》共分四卷。第一卷记载了马可·波罗诸人东游沿途见闻，直至上都止。第二卷记载了蒙古大汗忽必烈及其宫殿、都城、朝廷、政府、节庆、游猎等等，自大都南行至杭州、福州、泉州、东地沿岸及诸海诸洲等事。第三卷记载日本、越南、东印度、南印度、印度洋沿岸及诸岛屿和非洲东部。第四卷记载亚洲之成吉思汗后裔鞑靼诸王的战争和亚洲北部。每卷分章，每章叙述一地的情况或一段史实，共有二百二十九章。书中记述的国家城市的地名多达一百多个。而这些地方的情况综合起来，有山川地形、物产、气候、商贾贸易、居民、宗教信仰、风俗习惯等等，国家的琐闻轶事、朝章国故，也时见其中。

1271年，马可·波罗十七岁时，父亲和叔叔拿着教皇给中国皇帝忽必烈的复信和礼品，率领马可·波罗与十几位旅伴一起向东方出发了。他们从威尼斯进入地中海，然后横渡里海，经过两河流域，来到中东古城巴格达，改走陆路。这是一条充满艰难险阻的路，是让最有雄心的旅行家也望而却步的路。他们从霍尔木兹出发向东，越过荒凉恐怖的伊朗沙漠（今卢特沙漠），跨过险峻寒冷的帕米尔高原，一路上跋山涉水，克服了疾病、饥渴，躲过了强盗、猛兽的侵袭，终于来到了中国新疆。

一到这里，马可·波罗的眼睛便被吸引住了。一处又一处的塔里木盆地绿洲展现在面前。美丽繁华的喀什噶尔、三条和田河环绕着的和田城，还有花香扑鼻的绿洲和果园，等等。他们继续向东，穿过塔克拉玛干大沙漠，来到古城敦煌，瞻仰了举世闻名的莫高窟佛像雕塑和壁画。接着，他们经玉门关见到了传说中的"万里长城"，最后穿过河西走廊，终于到了大都——元朝的都城。这时已是1275年的夏天了，距他们离开祖国已经四个寒暑了。换言之，马可·波罗的这次丝绸之路欧亚大穿越，用了整整四年的时间。

白龙堆雅丹横亘在自楼兰而敦煌的东去之路上。这条道历史上叫它敦煌道。那唐玄奘当年在此歇息，差点丧命于此的白龙堆的某一个雅丹，七百年后从此经过的马可·波罗，一定也在这里歇息过，并补足饮用水。而又一个悠悠七百年过去以后，四个骑骆驼的英国爱丁堡大学女学生再次从这里经过。她们在泉边支起帐篷，架起电台，通过卫星传送，将这天行程的录像传给英国唐宁街首相府，首相府再传递给BBC。

1292年春天，马可·波罗和父亲、叔叔受忽必烈大汗委托，护送一位蒙古公主到波斯成婚。他们趁机向大汗提出回国的请求。大汗答应他们，在完成使命之后，可以转道回国。1295年末，他们三人终于回到了阔别二十四载的亲人身边。他们从中国回来的消息迅速传遍了整个威尼斯，他们的见闻引起了人们的极大兴趣。他们从东方带回的无数奇珍异宝，一夜之间使他们成为威尼斯的巨富。

1298年，马可·波罗参加了威尼斯与热那亚的战争，9月7日不幸被俘，在狱中，他遇到了作家鲁斯蒂谦，于是便有了马可·波罗口述、鲁斯蒂谦笔录的《马可·波罗游记》。

这本书在最初成书之后，在相当长的一段时间里，是以手抄本的形式流传。它为什么没能及时付印，我们现在也不知道。我们所能知道的是，在以手抄本流行的过程中，阅读者中不乏有笔力深厚的高人，有博闻强记、见多识广的海上客，于是这部东方的"天方夜谭"一般的一本书，在无数次的抄写中，在以各种手抄本的流行中，又有新的内容加入，使它变得更加丰富，更加魅力四射。

由中国蚕吐出的这条缠绕了大半个地球的古老道路，给浪漫的欧洲人以丰富的想象，关于这条重重高山、重重河流阻隔的充满凶险的道路，关于道路的另一头那个神秘的中国，那个名叫忽必烈的中国皇帝，中国那富得流油的土地，那无穷无尽的财富，那大都城华丽的宫殿，那南方诸多商业城市的繁华，等等。《马可·波罗游记》展现出一幅足以激起任何人好奇心的东方画卷。

毋庸置疑，比这本书出世晚两个世纪的大航海家哥伦布，他的驾航出海发现新大陆，无疑受到了《马可·波罗游记》的影响。哥伦布说：马可·波罗的书引起了我对神秘东方的向往。在我的航海中，有多少次都按《马可·波罗游记》里所说的去做了。

在后来开始的人类大航海时代，英国人驾着船只，荷兰人驾着船只，葡萄牙人、西班牙人驾着船只，驶向海洋，驶向东方，驶向未知的世界，这部风靡欧洲的《马可·波罗游记》，是给他们以想象空间、以无限诱惑的原因之一。

而再往后，19世纪末20世纪初的中亚探险热，楼兰古城的被发现，敦煌莫高窟藏经洞的被发现，黑城的被发现，这些或是旅行者或是探险者或是盗宝者的诸色人等，他们来到中亚，亦与这本书当年形成的那种东方热有关。

日历翻到20世纪末，有四个英国姑娘在一天早晨骑着马、骑着骆驼踏上这丝绸之路。

她们是英国爱丁堡大学的应届毕业生。她们的毕业论文题目是《马可·波罗与丝绸之路》。四位姑娘有一个叫亚历山德拉·托尔斯泰，她提出一个口号说：我们要用脚来写这篇论文。

亚历山德拉·托尔斯泰是俄国大文豪列夫·托尔斯泰的曾孙女，是托翁第三个儿子的孙女。大家知道，托尔斯泰晚年，一个人孤独地死在离家出走的路上，死在火车道旁的一个简陋的车站里。托翁死后，十月革命爆发，托翁的弟弟便领着这个家族的一大家子人，先是流亡到芬兰，继而移民英国。亚历山德拉该是第四代了。

列夫·托尔斯泰写过一个很短的小说，叫作《一个人需要多少土地》。小说写的是在俄罗斯外省，有一个贪婪的地主，他用一生的时间来掠夺土地。等到他老了的时候，他拥有的土地，早晨从家里出发，骑上马，走到晚上太阳落山，还走不出他的地盘。然而他要死了，墓穴已经挖好，家人们正在张罗着为他准备后事。医生已经双手一摊，表示无能为力了，牧师正在赶来为他超度。这位地主突然说，扶我起来，让我去看一看我那墓穴，我最后的安身之所。

家人们于是扶着他来到那墓穴边。墓穴已经挖好，长方形的，三沙绳长，翻出来的新土还腾着热气。老地主望着他的墓穴，长叹一声说：我终于明白了一个人生道理，一个人其实只需要三沙绳的土地，即可以将自己舒舒服服放进去的那么一丁点土地就足够了——这是列夫·托尔斯泰小说中的故事。

爱丁堡大学的大礼堂灯火辉煌。这是1997年的圣诞节平安夜，三千多名爱丁堡大学的学子正在联欢。这时亚历山德拉身穿俄罗斯开领衫站起，随她一起的还有她的另外三个同学。亚历山德拉宣布，她的毕业论文的题目是《马可·波罗与丝绸之路》，她已经决定要用脚来写这篇论文，像七百多年前的威尼斯商人马可·波罗一样，行走大地，穿越大半个欧洲，穿越整个中亚，走到丝绸之路的起点、今天的西安。

她那年二十三岁，未婚。她还把另外三个同学介绍给大家，她们决心组织一个小小的探险队，摒弃所有的现代交通工具，以路为伴，以旷野为伴，完成这次穿越。她另外的同学，一个叫路瑟，那一年好像也是二十三岁，经济学硕士；还有一位姑娘叫维多，小她俩一岁，从事心理学研究。

四个爱丁堡大学的女大学生，要穿越丝绸之路的消息一经媒体披露，便引起朝野震动。当时的英国首相是布莱尔，他也关注到了这事。他对媒体发表讲话，要全力促成这事。首先，他联系了四家英国财团赞助，其中有一家还是中草药公司。另外，又与媒体联系，在BBC专门开一档节目，每天固定时间播送。姑娘们需要将自己这一天的行走录制成视频，晚上歇息时用卫星传导传送回来，然后电视台做半个小时的专题播放。

酝酿和准备了一年多以后，她们成行了。具体哪一天离开爱丁堡她们的母校，时间还待考，只知道她们走到土库曼斯坦口岸的准确时间，是1999年3月19日。在此之前，她们可能有一段路也乘过船，有一段路也骑过马，但是进入中亚以后，从土库曼斯坦到中国的八千多公里长途，必须骑马、骑骆驼和步行，而且不许住有屋顶的房子。

因为中亚之前那一段路程，即穿越黑海取道霍尔木兹海峡那一段马可·波罗当年走的路程，那一段时间正在打仗。

她们在土库曼斯坦口岸买了六匹马，两匹马上驮着行李，四匹马上骑着四个姑娘，就这样穿越卡拉库姆沙漠和科兹勒沙漠。她们的手中，则拿着《马可·波罗游记》作为指南。夜来的时候，将帐篷支在一汪水边，或一座沙丘下，开始生火做饭。而晚间入睡前的最后一件事情，是打开卫星定位系统，向唐宁街传去这一天的录像片段。

姑娘们每天早上爬起来，瞅着太阳，一直向东。每天跋涉八小时，走了整整十一天，到达乌兹别克斯坦边境。出境时，她们被土库曼斯坦的一名外交官拦住了，护照没有问题的，但那六匹马不准出境。外交官说，这六匹马是他们的国家财富，人可以过境，但马必须留下。马被截留了，但是并没有给退钱，姑娘们也不敢再说些什么。于是过境后，在乌兹别克草原又买了六匹马。

越过乌兹别克斯坦，她们进入塔吉克斯坦。第七天的时候，她们遇上了一个热情有余的塔吉克小伙。小伙子不但给她们带路、喂马，围着她们四个团团转，甚至在她们游泳洗澡的时候，也寸步不离。小伙子穿着传统的塔吉克服装，戴一顶有黑边有流苏的白色毡帽，会说些简单的英语，称自己是酋长。

起初的时候，大家都喜欢他，毕竟是在这寂寞的旅途。可是三天之后，她们发现有些不对头了。小伙子完全控制了她们，吃什么喝什么，在什么地方食宿，都得由小伙子说了算。小伙子还在她们四个中间制造矛盾，让她们互相吃起醋来。再后来，晚上露宿的时候，小伙子便不老实，吻这个一下，再亲那个一下，吻着吻着，就撕开她们的睡袋，嘴里说着：你们英国女人不是最开放吗？

亚历山德拉突然醒悟，她们遇上了一个坏人。她们拿出地图查了一番，发现这一周的时间，这小伙子一直领着她围着一座山转圆圈，于是她们吓坏了，请这小伙子离开。小伙子于是摊牌了，说他正在把她们引向他的村寨，他要把这四个姑娘和她们的马都买下来，让她们四个给他当老婆。他是酋长，"以后你们就是酋长的老婆了"。

姑娘们吓坏了，一边悄悄用卫星电话向大使馆报警，一边先稳住这个陌生的草原客。一会儿工夫，一架直升机轰鸣着飞了过来，地面上也有警车鸣着警笛开来，他们接到报警来解救四个姑娘。那个小伙子一见，吓坏了，骑上马，一溜烟地跑回了草原深处。

这中亚的穿越，用了一百零二天。一百零二天之后，她们来到中国边境。入境时是1999年7月1日，入境口岸是中国尕特口岸。中国边防口岸表现了极大的热情，他们迅速为这四个勇敢的丝绸之路穿越者办好各种手续，还为她们采购了七峰骆驼，并且为她们雇来了一个哈萨克族驮工。进入中国境内以后，沿着丝绸之路南道前行，穿越塔克拉玛干大沙漠，这个大沙漠号称死亡之海，意思是走进去出不来的沙漠，就连当地人也望而却步，四位傻姑娘，硬是完成了对它的穿越。自进入中亚以后，她们手握着一卷《马可·波罗游记》，严格地按照马可·波罗书中所描述的线路，践行着她们用脚来写这篇论文、用行走来向马可·波罗的行走致敬、向丝绸之路致敬、向东方致敬的承诺。

哪里是这次行程的终点？是古城长安，这历史上世界的东方首都长安。西安城很大，走到哪一处，才算长跑运动员撞线一样，算是圆满地完成了这次穿越?

亚历山德拉拿出一张照片来,那是西安西郊一组让人眼亮的群雕。一群花岗岩雕成的大骆驼,向着河西走廊、向着罗布泊、向着中亚大地、向着遥远的罗马古城,作昂首嘶鸣状。这里是四位姑娘向唐宁街的布莱尔首相、向赞助商、向怀着极大兴趣关注着她们的行程的民众,承诺的终点。

八个月的时间,二百四十多天,数不尽的艰难困苦,她们终于到达目的地了。她们要办的第一件事情就是赶快给英国首相布莱尔和他的夫人凯瑞发传真,报告她们抵达的消息。她们拍了一段视频,视频的画面以这一组骆驼雕像为背景。

布莱尔收到传真之后,立即向世界宣布:为了纪念这四个女孩穿越丝绸之路的壮举,他和妻子凯瑞将要再生一个孩子。这是一百五十年来,第一次首相在任期生孩子,上一次是1848年。这两件事被精明的布莱尔顺手炒爆,显示出英国人的智慧和幽默。布莱尔是年四十六岁。

就在英国女孩抵达西安的当天,英国几乎所有的报刊都在头条报道了这两条喜讯:他们英雄的四女孩骑骆驼走完了古丝绸之路;他们年富力强的领导人又要喜添贵子了。喜讯打破了政治偏见,就连反对党也纷纷发表讲话表示祝贺。

这些女孩的家人早在女孩抵达之前,就人人手中握一张骆驼雕像的照片,在西安城中找到了雕像,然后坐在那里等候。姑娘们到了,亲人们围上前去,拥抱着哭成一片。姑娘们下榻的地方是丈八宾馆,英国驻华大使专程从北京赶来,设宴为姑娘们接风洗尘。

英国女孩在西安待了两天,就随大使一起飞往北京,而后取道北京飞回英国。女孩们离开时,最恋恋不舍的是那和她们朝夕相处了七十多天的那七峰大骆驼。亚历山德拉骑着的那一匹名叫

"将军"，它也见不得主人要离它而去，垂下头去，默默地流泪。最小的那一峰骆驼，名叫"歌手"，一路上，每天早晨起来上路，每天晚上宿营前，它都要放开喉咙，痛痛快快地一阵大吼。"将军""歌手"这些骆驼的名字是路途上姑娘们为它们取的。

关于这七峰骆驼，还有一点下文。那位和我一起进罗布泊的作家张敏，出资三万，从姑娘们的手中买下了这七峰骆驼。他认为奇货可居，有前面万里丝绸之路这一番热热闹闹的铺垫，这七峰骆驼倒手，一定能卖个好价钱。结果张作家失算了。虽然来看骆驼的人很多，但是真心要买的人并不多。张作家雇了两个农民，将骆驼养在西安西郊的破园子里。光骆驼的每日草料，加上园子租用费、驼工工资，每天得花去二百元。这样二十多天后，张作家实在受不了了，于是在一家报纸上发表了《张敏挥泪斩骆驼》的文章，扬言他要在1999年圣诞节这一天，宰杀七峰骆驼，而后在西安钟楼底下设个骆驼宴，请西安市六百万市民，每人来尝一口新鲜。此消息一出，整个西安城一片哗然，市民们纷纷打电话到报社抗议。有的报纸甚至辟了专栏讨论骆驼该不该杀这事。七峰骆驼杀又杀不得，养又养不起，张作家这次真是傻眼了。好在后来有一个叫渭水园的休闲山庄来救急，他们出资三万，把骆驼买走了。

七峰骆驼入驻渭水园，不久就有一峰骆驼产子。而现在又有二十年过去了，它们应该已经繁殖成一个数量众多的骆驼群了吧。

骆驼们歇息的那个地方渭水园，靠近渭河南岸，地名叫草滩。那里，历史上就是长安城的外宾居住区，胡商的聚居之地，外交使节的安身之所，所以，骆驼们在此，小日子过得很惬意。

赫连勃勃长什么样子

匈奴民族退出历史舞台前的天鹅最后一唱，建立大夏国帝都统万城的赫连勃勃，作为一代枭雄形象，大恶之花形象，似乎已经在中国史书上定格。我在写作《统万城》的时候，书中插了十二幅图，我在为赫连勃勃造型时，参考了一些当地文史资料，将他描绘成一个头戴盔帽、身披锁子甲、阔脸庞、圆睁豹眼、胡须杂生的草原来客形象。说到胡子，这里啰嗦两句。"胡人"是农耕民族对那些草原来客的泛称或统称。"瞧呀！长城线外来了一群骑在马上的，面目不清，长着串脸胡的人！他们从哪里来？不知道！他们姓甚名谁？不知道！"于是大家懒得动脑子，于是大家将所有的游牧人叫作"胡人"！

赫连勃勃其实是一个美男子，自诩为出塞美人王昭君的直系后裔。其身家出世是匈奴人与鲜卑人婚配所生的匈奴铁弗部的后裔，他的父亲是朔方王刘卫辰。在我的想象中，他身材高大，达到八尺往上（史书上说八尺二寸），身板笔直，天庭饱满。他的肤色应当很白，像羊奶的奶白色。他的眼睛不是张飞式的金刚怒目的豹眼，而是吕布式的丹凤眼，双眼皮甚至三眼皮。那脸上有一种很柔的光，柔若妩媚女性，且散发着富贵气。长腮帮，应当在最初见后秦皇帝姚兴时，腮边、脸唇上有些淡淡的胡须。

我之所以这样推断，从而舍弃自己写《统万城》书时的想法，是因为参考了两个见过赫连勃勃的人的话语以及面见时，赫连勃勃惊人的面貌和谈吐举止带给他们的影响。换言之，这是他们同时代人眼中的赫连形象。这两个人可都是国君，一言九鼎的人哪！

一个是后秦皇帝姚兴。公元401年的这一天，长安城发生了两件大事，有两位高人，一位自西方而来，名叫鸠摩罗什，历九九八十一难，耗时近二十年，自龟兹国抵达长安城。一位自北方而来，是朔方王的儿子，满门被灭于榆林地面代来城，于是取道自大河套地面，亡命投奔姚兴的赫连勃勃。

姚兴在南城门楼子上设宴（那时长安城的南门是明德门），先见鸠摩罗什高僧。这位西域第一高僧仪态万方、玉树临风，令姚惊叹不已，遂拜他为国师，安置在皇家寺院草堂寺。

再见赫连勃勃，他大约又用了"仪态非凡、一表人才"这两个字眼，用完后觉得兴犹未尽，又说了"惊为天人耶！吾不如耶！"这几个字，遂拜赫连勃勃为安远将军，镇守大河套。姚兴的弟弟提醒姚兴说："这人有大志，绝非蓬间之雀，恐怕将来夺你天下者，会是这人！"谁知姚兴听了，恼道："我为这人而着迷，我愿意与他共享天下！"

是什么样的人格魅力，令姚兴的眼目被遮住了呢？我们只知道的是，赫连勃勃确实是一位极美的美男子。而类似这种美男子的特征，我们今天在很多陕北男人身上都能看到：高大，俊美，脸上线条分明，贵族感。我在写这段文字时，想到许多的陕北朋友。

另一个为赫连勃勃仪容风姿所倾倒的是南朝刘宋开国皇帝刘裕刘寄奴。刘裕作为东晋大将，在灭掉后秦姚兴的继任者姚泓，占据长安城以后，曾想率领大军，顺势再灭了草原帝国大夏，后来他来到统万城，见到赫连勃勃后，想法变了。见到如此俊美非凡、风华绝代的男子，他不忍心与他发生战争。刘裕大约也脱口而出，说了"惊为天人，吾不如耶"这句话。而勃勃也竭力逢迎，指着正在修筑的统万城的南门说，这门将来叫朝宋门，臣勃勃愿意日日清晨，太阳初升之际，面南而拜，永不反宋。而后来刘裕离开时，赫连勃勃单腿跪下，充当垫脚石，令刘裕将军踏着他的脊背上马。这样，刘裕彻底打消了灭掉大夏国的念头，回去结束东晋，建他的宋国去了。

史书是不可信的。史书上说，暴戾的赫连勃勃，在修筑统万城时死了十万民伕。这些民伕死后便被顺便打进城墙里了。现在，考古者已经挖掘统万城遗址许多年了，还没有在城墙里见到一块人的骨头。有一点零散的马的骨头、牛的骨头、羊的骨头，经测定，那是人们在洗熟食用后的废弃物。

赫连勃勃后来兵发两路，占领长安城。而后，在白鹿原（当时叫灞上）称帝。有一个京兆隐士，为这登基大典大唱颂诗。这颂诗大约有些肉麻，叫勃勃恼了。赫连勃勃叫人将这京兆隐士捆了，装进一个麻袋里，再扎紧口儿，扔到滚滚灞河里去了。他在解释他杀死这位京兆隐士的原因时说，文人的口，你不敢信。如今我是胜利者，那么，他们把天下最好听的话说给我听。如果我是失败者的话，他们会把天下所有的脏水都泼给我。

这京兆隐士叫韦祖恩，是长安老户。史书上言之凿凿，说到这事。而如今在灞上，有五个以赫连为姓的村庄。三个在蓝田，两个在长安。我问村人，你们是统万城被破以后，逃亡到这里的吗？他们说不是，人主灞上称帝以后，长安城毕竟是大地方，他们不愿意跟他回去，于是就在这里安顿下身子。算起来，这已经是一千六百年前的事情了。

赫连勃勃将长安城定为陪都,叫南京、南台。将他的统万城叫北京、北台。在登基仪式结束后,令儿子赫连昌守城,他就自个儿回陕北去了。

他是骑一匹黑走马离开的。那个骑一匹黑走马的草原来客形象,就这样永远地定格在历史空间里了。他告别的时候潇洒地一挥手,说了八个字,这八个字是"琴书卒岁,归老北方",意思是说:抚着琴翻着书我打发着岁月,在北方故乡的怀抱里一天天老去!

2019年11月4日 于西安

中亚枭雄跛子帖木儿

帖木儿，帖木儿帝国创建者，绰号"帖木儿兰格"（"跛足帖木儿"）。帖木儿早年臣属于东察合台汗国。1362年，与内兄、赫拉特领主迷里忽辛起兵反抗东察合台贵族，通过扶持傀儡的方式分治河中地。1370年夺得西察合台汗国政权，自称"大埃米尔"，定都巴里黑，建立帖木儿帝国。后迁都撒马尔罕，改称"苏丹"。

1388年至1390年间，征服花剌子模、阿富汗，降伏东察合台汗国。在此期间，屡次西征，征服波斯全境。1391年及1395年，分别在昆都尔察河谷、捷列克河战役大败金帐汗脱脱迷失，北上扫荡金帐汗国。1398年东征印度德里苏丹国，摧毁德里、旁遮普、克什米尔地区。

1399年起出征叙利亚，大败马穆鲁克王朝。1402年在安卡拉战役大败奥斯曼帝国。经过一系列的征服，形成东起北印度，西达小亚细亚，南濒阿拉伯海和波斯湾，北抵里海、咸海的大帝国。1404年11月，率二十万军队准备攻打中国明朝，1405年2月病逝于讹答剌，享年六十九岁。其后裔巴布尔创建了印度莫卧儿帝国。

在这欧亚大穿越的行程中，我一直想找一个机会，用最平静、最客观的叙述，向中亚枭雄跛子帖木儿致敬。找一个最近的距离，找一个最佳的视角，把这个被民间高度神化了的人物，还原成为可以触摸的普通人。

现在这个地点找到了。在穿越高加索山脉的时候，人们说我们正在跨过的这条河，名叫捷列克河，是北高加索的主要河流。它的源头是大高加索山脉的深处，它的去向是远处的里海。这一处陡峭的河岸，湍急的水流，绵延铺展开的丘陵草原，正是当年帖木儿大帝与金帐汗国大汗脱脱迷失盘肠大战的古战场。这地方现在的名字叫达吉斯坦。不要看我们眼前所见者，平静，安谧，水流清澈见底，两岸绿草如茵，那六百多年前，这里却是大兵团顺捷列克河两岸一字儿摆开，厮杀声响彻长长的河谷，血流漂橹，被砍落的人头满地乱滚的情形呀！

正是这捷列克河战役一仗，跛子帖木儿奠定了他以河中地（地理学上叫它图兰低地）为核心，以世界的十字路口撒马尔罕为都城的庞大帝国的基业，在灭掉金帐汗国之后，又逐渐地侵食和灭亡伊儿汗国、窝阔台汗国、察合台汗国，将成吉思汗为他的四个儿子所设的四大汗国纳入帖木儿帝国的版图。

金帐汗国控制着的是最典型的北部草原路线。作家邓九刚写的长篇小说《驼道》，讲述的也正是这一丝绸之路成吉思汗三千里草原黄金道所发生的故事。由于驼铃叮咚，商旅奔走，所以中国人把这条道路叫"驼道"，它是有别于自伊朗高原、奥斯曼帝国而进入地中海的另一条商道。从我的这次行走经验来看，这条道路过于漫长、空旷，草原狼出没，强盗断路，实属凶险之路。

商队从黄河大河套——鄂尔多斯地区出发，就可以沿着七河地区进入南西伯利亚，再通过高加索以北的各条支线，抵达热那亚共和国控制的克里米亚港口——卡法，或是亚速海上的亚速城，如果转向北方就可以走俄罗斯城市，抵达立陶宛控制的波罗的海东岸。当然也可以经乌克兰大草原西进，抵达波兰控制下的利沃夫城。至于金帐汗国的都城萨莱，就是这个贸易网络的中心。

而立国河中地的帖木儿汗国，控制的是典型的中部贸易路线。商队无论是从七河流域出发，还是选择更狭窄的费尔干纳，都要以河中地区作为十字路口，再通过撒马尔罕这样的绿洲大城后，可以选择向南去往印度河流域，或者向西进入花剌子模与呼罗珊。

所以这帖木儿汗国与金帐汗国的捷列克河之战，是地缘政治的产物，同时也是商贸往来的产物，是为争夺丝绸之路草原道枢纽地控制权而战。

这情形正如立国于大河套地区的西夏王朝，以黑城为屯兵之城，完成对河西走廊四郡，对阳关、玉门关的占领一样，西夏的目的，也是为了争夺这财源滚滚的欧亚贸易通道。而实际的情形也确实是这样的。由于陆上丝绸之路的堵塞，由于中国的政治经济中心东移，于是海上丝绸之路兴起，而昔日繁荣昌盛的陆上丝绸之路，逐渐寂寥。

公元1391年，约七万人的帖木儿骑兵从撒马尔罕出发，首先向西进入伊朗地区，在控制了位于波斯和两河流域（幼发拉底河和底格里斯河）的外围地盘后，开始向北翻越高加索山脉。公元1395年，大军进驻到捷列克河流域，来到南岸，向北岸的金帐汗国脱脱迷失大汗叫阵。

战争已经不可避免。金帐军队被迫在河的北岸列阵，全力堵住捷列克河上的主要渡口。他们的兵力相当，帖木儿汗国是倾一国之兵，金帐汗国也是倾一国之兵。因此，谁战胜谁都是情理之中的事情，变局只在于双方统帅的排兵布阵以及临局应变能力。

大教东流，落地生根

总理先生，首尔市市长先生：

我是中方代表，中国当代作家高建群。我为这次文化交流活动致辞的题目是：《大教东流，落地生根——佛陀文化对于东方文明板块的重要影响》。

两千五百多年前，释迦牟尼圆寂于古印度的一条河流旁边，两棵菩提树之间，他最后说的话是："我要走了，我不得不走了，我不能再陪伴你们了。人们啊，你们好自为之吧。"听到这些话，在场的人们哭声一片，感到在这一刻，自己成了世界的孤儿、弃儿。

一千六百多年前，鸠摩罗什圆寂于中国长安的户县（今西安市鄠邑区）草堂寺。他最后说的话是："可以毫不夸口地说，天下的经书，三中有二是我鸠摩罗什翻译的。如果我的译经符合原经教义的话，火化时舌头不焦，非但不焦，且有莲花从口中喷出。"

一千四百多年前，唐玄奘，也就是《西游记》中人们所说的唐僧，圆寂于中国陕西的铜川市玉华宫肃成院。他最后说的话是："我早就厌恶我这个有毒的身子了，我在这个世界上该做的事情也已经做完了，该是告别的时刻了。既然这个世界不能久驻，那么就让我匆匆归去吧。我将归到弥勒佛身边，将来弥勒佛下凡时，再随他往生。"

产生于两千五百多年前的佛教文化，它对中华文明板块，继而对东方文明板块的影响，怎么估价都不算过分。

佛教大约从诞生的第一天开始，就翻越帕米尔高原，进入中亚，进入塔里木盆地，继而沿河西走廊，进入中国大陆纵深。它是靠一个一个的佛窟的开凿、一代一代的僧人的行走，完成这种大教东流的。

不久前，我参加国际卫视丝路联盟，来到中亚的名城——撒马尔罕。这里是佛教传入东方重要的山口，同时也是世界三大宗教的交汇之地。在撒马尔罕老城，我席地而坐，将脚下行走的老布鞋摊在地上，将我的新作《我的菩提树》摊在地上，向历史致敬，向道路致敬，向张骞致敬，向从这里翻越帕米尔高原进入五印大地的伟大僧人玄奘致敬。

现在讲"一带一路"这个概念。佛教传入中国，主要的就是由陆路丝绸之路进入。另一路，则是沿着海上丝绸之路进入。沿着海路进入的著名高僧，就是被称为广游五印、首开险途的东晋时期高僧——法显和尚。

法显和尚在五印大地求法九年之后，从加尔各答乘轮船先到斯里兰卡。斯里兰卡那时称"狮子国"。他在斯里兰卡停驻两年后，又乘海船，途经印度尼西亚、马来西亚，八个月后从中国的青岛登陆。西域第一高僧鸠摩罗什，后来入驻户县草堂寺，西方评价说：鸠摩罗什是东方文明的底盘。

玄奘，也就是我们所说的唐僧，当年还年轻时，在长安的大唐西市，遇见一位印度和尚，和尚告诉他：你要求得真经，你得到佛陀文化的发源地印度去，那里有一个那烂陀寺。那烂陀寺有一位高僧叫戒贤法师，他已经一百岁了，你拜他为师吧，看能不能取得一些真经。

玄奘后来都取了什么经呢？浩如烟海，不计其数。我这里只说他在《大唐西域记》中说过的一段话。这段话原来是文言文，北京大学教授、梵文专家季羡林将他译成白话文。文字如下："三千小千世界构成一个中千世界。三千中千世界构成一个大千世界。三千大千世界为一佛之化摄也！"

这话是什么意思呢？当今一位美国的学者将这话输进电脑，求答案。电脑给出的答案是，三千小千世界指的是我们生活的地球。三千中千世界指的是银河系。三千大千世界指的是茫茫宇宙。

这个答案叫人吃惊。啊呀！佛陀文化在遥远的两千五百年以前，就站在宇宙之巅观照世界了，联想到现在的量子力学、量子纠缠理论，现在的暗物质理论，佛陀文化的深不可测叫人惊异。

我们正处在一个处处冒烟、处处起火的时代。世界是一个整体，大家都在一条船上。假如有海难发生，谁也不能幸免。那么怎样从当前的世界困境中走出呢？英国人类学家阿诺德·汤因比在他的《人类与大地母亲》一书中，历数了世界各文明板块的发生、发展、强盛、盛极而衰、消亡的五个过程后，最后在书的结尾说：

> 也许，经过五千年历史进程考验的，至今仍郁郁葱葱的中华文明，会是世界的福音。但是这个文明必须时时警惕，避免回到他们曾经的轮回中去。

最后，我要对写经作家李顺子女士的作品展，给予高度评价。韩国人对于文化的敬畏，对文化人的尊重，对于国学传统的继承和发扬，也许值得所有的国家和民族来学习。

朋友们，让我们向人类的古老的智慧学习，让这些古老的智慧荫及后人，荫及每一个国家。我的祝词完了，谢谢总理先生，谢谢市长先生，谢谢各位高贵的朋友。

此文系韩国首尔文化交流演讲稿

我是佛陀门下一个小小的义工

佛教最初传入中国的地方之一，龟兹城外克孜尔千佛洞的嶙峋岩壁上，刻着这么一段话——一位一贫如洗的女子，路经一座寺院，她没有什么可以布施，于是她从山脚下采来一篮野花，为佛祖献上。那么这位贫女，就是可尊敬的施主，佛祖有理由庇护她、帮助她和赞美她。

而在敦煌莫高窟第三二九窟迎门的墙壁上，有这么一幅画。一位婀娜的女子，面容姣好，长裙拽地，两臂平举，手中握着一个花篮。

当敦煌文艺出版社的海平社长将这幅壁画的临摹本送给我时，我觉得，这举着花篮的女子正是对前面那段话的诠释。

敦煌三二九窟的这幅壁画，人们给它取名叫《唐代供养菩萨》。我想这供养菩萨，大约并不是严格意义上的菩萨，而是对供养人的一种赞美，宛如我们赞美某人是"活菩萨"一样。按照惯例，供养人的模样通常会被画在洞窟的墙上，而这洞窟，通常是由这户或居家敦煌，或居家阳关，或居家嘉峪关的人家代代供养的。

我自己有时候觉得，我自己就像这个贫女一样，而我的创作，我的书，我的画，或者再确切一点说，眼下这本书，正是我倾我所有，献给佛陀的布施——一篮野花。

记得，前年的世界读书日，我在陕西省图书馆演讲，当台下的读者问道，当今的高僧大德中，先生最推崇哪一位时，我打了个叩绊，说道：亲爱的朋友，我最推崇台下的你们。佛门中人，佛教活动成为一种职业，一个衣食饭碗，而你们，则纯是出于一种虔诚、一种信仰、一种人心向善。所以，你们是最叫我老高崇敬的！

我还强调说：西方有一句谚语，叫作"真正的信徒，永远在教堂之外"！

前面啰嗦了那么一堆话，那么现在，回到《立地成佛》这本书中来。

那个序一，即《你我都是有来历的人》，是整整五年前写的。为什么能记得这么准确呢？因为那里面说了我是五十五岁，而现在，此一刻，我刚刚度过了自己的六十岁生日。

这叫人唏嘘不已。这就是说，这本书的书稿，装裱后的我那四十几幅画，又在一个尘封的角落里，静静地躺了五年。

五年间我经过了许多的事情。上面谈到的那个为鸠摩罗什高僧作传的事情，已经圆满地完成。不过，我是作了两个大传，然后把两个传合在一起，成为一部长篇。书的名字叫《统万城》。

它是大智之花鸠摩罗什的传记，同时，它也是大恶之花赫连勃勃的传记，他们是同时代的，即魏晋南北朝、五胡十六国时代的人。我通过对这两个历史人物的描写，再现了中华文明发展时期两个重要的节点和拐点，即汉传佛教在中国的确立，与匈奴民族退出人类历史舞台。

这书已经出版，简体中文版、繁体中文版、英文版在世界范围内发行。据编辑介绍说，英文版刚刚获得加拿大"大雅风"文学奖。而同名电影、电视剧正在筹拍之中。

这五年中，我还做了一项功德，即担任了终南山翠微寺的住持。我住家，所以这个职务，只是一个名誉性质而已。就像这五年中，我还担任了某大学的文学院院长一样，我也把它看作荣誉职务，是文化人为社会的担当。

翠微寺是唐王朝的皇家寺院。它的首任住持是高僧玄奘，即话本小说《西游记》，或电视剧《西游记》中那个心慈面软的得道高僧。

玄奘取经回到长安后，李世民接见他。李世民想请他出来做官，于是说，高僧啊，朝中有那么多的职位，你喜悦哪个，朕就封你哪个。玄奘谢过，推辞说，僧家就像那水中行驶的一条船一样，别看它行得挺好，一旦拖上岸来，它就干裂了，腐朽了。君王，译经是僧家的本分，你给我找个地方，配上七八个会抄写、刻印的人，由僧家口述，开始译经吧。

李世民于是在终南山沣峪口的山顶，唐王朝的行宫翠微宫的旁边，为高僧玄奘起了一座寺院，名叫翠微寺。玄奘于是在寺院里开始译经。他译出的第一部佛家经典叫《心经》，或者叫《唐玄奘奉诏译般若波罗蜜多心经》。这是唐玄奘西天取经归来后，译出的第一部佛家经典。

唐太宗李世民就驾崩在翠微宫。据说君王大行时，床榻前有三个历史人物侍奉在侧，一个太子李治，他跪倒在病榻前，一个是才人武则天，她手中正捧着一个药罐，一个是玄奘高僧，他手捧《心经》，念念有词，正为君王超度。

翠微寺后来荒废（玄奘奉诏去玉华宫玉华寺，并在那里圆寂），只留下皇峪寺这个地名。这些年，随着崇佛之风日盛，又起寺院。那日在翠微寺遗址那棵高大的胡桃树下，众人公推我为新建的翠微寺住持，并取法号"答应和尚"，即"有问必答，有求必应"之意，我则以下偈语应允：

我本西来一佛陀，

流落尘间年许多。

剃去三千烦恼丝，

不辞长做终南客。

人生如戏，我无论如何也想不到，西安城正南三十公里外那座夜来灯火辉煌的山冈，它的最高处，会是我的最后归宿。

最后吧，再落脚到关于这本书的事。

五年中它一直尘封在一个角落。最近，高新区几位朋友，从电脑上把书稿传去看了看，然后配上我的画，一条一条，在微博和微信上发出，想不到反响颇大，于是他们又张罗着把它出成一本书的事。

其实这五年中，凤凰卫视王纪言台长来过西安，为现场直播佛家殿堂法门寺落成典礼，我们谈到了这本书。后来，他又电话请我到杭州去，与星云大师一晤，由他安排，我的身子骨懒，没有去。

另外，邓康延年前也回西安省亲，饭局上也说到这本书。他也怂恿把这书在文字上变通一下，出了算了，搁在那里，既是佛门的损失，也是社会的损失。

现在，我觉得是不是应当以"义工、义举"的名义，以"弘扬佛法"的名义，将这本书变成铅字了，作为内部读物，或征求意见稿也行，想要正式出，也行吧！

因为当初凤凰卫视传过来的书稿，其实其中大部分都不是星云、净空的演讲稿，而是《凤凰周刊》组织了一个枪手班子，广征博引，将一些佛家经典编撰而成书。或者换言之说，凤凰《世纪大讲堂》演讲稿只是个宣传上的由头而已。

还因为，为了能把这本书救活，在这次付梓之前，我又伤筋动骨，将它重写了一遍，里面加入了许多我对佛教的理解，并且又重新画了三十六张罗汉图充填其间。并且，还强使自己坐在桌前，写下这篇长长的序言二。

以佛陀的名义，以弘扬佛法的名义，我们来完成这件事。正如我的序的标题中所说的那样，我是佛陀门下一个小小的义工。

同时这本书，也算是翠微寺为佛教界做的一桩功德。

这本书将以赠送的形式行走社会。我将分文不取，纯属公益事业。我想很郑重地将这话说在这里。

一千六百年前的那个有太阳的早晨，鸠摩罗什高僧令弟子们将他所译的经书，从藏经楼抬出，放在院子里举行一年一度的晒经仪式。

他就要死了。他感慨万端地望着这些浸润着他心血和智慧的经书，说："它们已经成物，有了生命，从而也就有了自己的命运，那么让它们去经历吧。"说完双泪迸流。

此一刻，在结束这个序言的时候，让我也东施效颦，说：去经历吧，经历你的命运，这本叫《立地成佛》的书！

我还有许多重要的事情要做，这个折磨了我将近十年的事情，写完这个序，我就把它丢到脑后去了。善哉善哉！

2014年3月3日 于西安

在莫斯科的演讲

莫斯科，是俄罗斯联邦首都。莫斯科地处俄罗斯欧洲部分中部、东欧平原中部，跨莫斯科河及支流亚乌扎河两岸。莫斯科位于三种地形交接处。西北接斯摩棱斯克—莫斯科高地，南接莫斯克沃列茨科—奥卡河平原，西南部有捷普洛斯坦斯卡亚高地，东面是梅晓拉低地，有坚硬的沙丘，海拔约一百六十米。莫斯科因有运河与伏尔加河相通，是俄罗斯乃至欧亚大陆上极其重要的交通枢纽，也是俄罗斯的政治、经济、文化、金融、交通中心以及最大的综合性城市，是一座国际化大都市。

1147年，莫斯科沿莫斯科河而建，从莫斯科大公时代开始，到沙皇俄国至苏联及俄罗斯联邦，一直为国家首都，迄今已有800余年的历史，是世界著名的古城。莫斯科拥有众多名胜古迹，是历史悠久的克里姆林宫所在地。莫斯科城市规划优美，掩映在一片绿海之中，故有"森林中的首都"之美誉。

2018年9月24日莫斯科时间上午10点，在莫斯科阿尔巴特街一座高层三楼宴会大厅，我作为这次"丝绸之路万里行"活动的文化大使，作了题为《亚细亚在东，欧罗巴在西，张骞一直在路上》的演讲：

亚细亚在东，欧罗巴在西，张骞一直在路上

2018丝绸之路品牌万里行媒体团车队自8月29日起，从古丝绸之路的起始点——古长安城（今西安）出发，披星戴月，到莫斯科时已经走了二十六天的路程，行程超过一万公里。

亚细亚在东，欧罗巴在西，张骞一直在路上。我们走的是人类历史上迄今为止最为重要的一条道路，它叫丝绸之路，又叫茶叶之路，又叫陶瓷之路。我们光荣的祖先张骞，在两千一百多年前，将它走通。从此中华文明板块融入了世界，从此这条横贯欧亚非的大通道上，商贾云集，驼铃叮咚，它成为物流大道、商贸大道。我们用行走，向历史致敬，向张骞致敬，向千百年来在这条道路上行走过的每一个匆匆背影致敬。我们把自己看作是张骞的后之来者。

是的，张骞一直在路上。今天，我们风尘仆仆，来到欧亚大草原的中心地带，来到伟大的俄罗斯，来到莫斯科这个国际大都市，来到普希金的故乡、托尔斯泰的故乡、陀思妥耶夫斯基的故乡，我们谨献上对友好邻邦的崇高致敬。对此，我准备了许多赞美之词，由于时间原因，原谅我不能够尽兴表达。

陕西处于中国地理版图的中心，大地原点。北京时间，它的观测位置就在陕西境内的两个县份。陕西的省会是西安市，也就是古长安城，也就是古丝绸之路的起始点。

长期以来，丝绸之路这条通商大道，源源不断的财富，或涌向世界的东方首都长安，或涌向世界的西方首

都罗马，令这个置于丝绸之路东端的古城，成为富有、繁荣、文明的世界级大都市。

陕西还是中华民族的主要发祥地之一。我们的先民最初就在渭河、泾河流域栖息。中国的第一部文学作品集名字叫《诗经》，里面大量的篇幅，描写了泾渭流域先民们三千多年前的生活。而中国的第一部重要的、集史学与文学价值于一身的巨著《史记》，它的作者就是陕西韩城市人。

中华民族始祖轩辕黄帝陵墓，在陕西黄陵县桥山之巅。千古一帝秦始皇的陵墓则在西安市临潼区骊山脚下。与秦陵毗邻的就是世界第八大奇迹——秦始皇兵马俑。那是我的家乡。人们说，兵马俑出土的那些众多的面目各异的陶俑，就是在陵前起窑，用骊山脚下这一块地面上的人们的面孔取像的。从这一点来说，眼前这个讲述者，就是一个活着的兵马俑。你们看我一眼，就等于去了一趟中国，去了一趟兵马俑博物馆。

历史上，有周、秦、汉、唐……十三个朝代在长安定都。中华民族历史上最辉煌的一段记忆，亦是在长安。文化人有"秦中自古帝王州"的说法。

长安城是一个四方城。它的四面用城墙围定。在唐朝的时候，这座四方城被打成一百零八个格子，号称一百零八坊。格子内是街区，而笔直的道路将它们分开。长安城的城墙之外，则是周秦汉唐八十二座帝王陵墓，里面埋葬着八十三位历代帝王。

时间的原因，原谅我只能蜻蜓点水、挂一漏万地介绍。这次莫斯科"一带一路"文化经贸推介会，来了许多陕西的企业和品牌，希望推介会成功，世界是一个整体，大家都在一条船上。这次来的一些企业，我有一定了解。比如西凤酒，我也是这家酒业的文化顾问，一部中国文化史酒气冲天。我给西凤酒拟过一个广告词，叫"我有西凤酒，一醉三千年"。

另外，汉中仙毫，我也是他们的文化顾问，这家茶叶集团来自张骞的故乡。当年张骞出使西域，从家乡的茶园里采了些茶叶，背上行囊，于是，这被西方人称为"神奇的东方树叶"的饮品，便开始风靡世界。

我想我的饶舌到这里该结束了，因为还有别的专业人士会有更详细的介绍。

最后，着重想要说的是，这是我新近完成的一本书，一部名叫《大刈镰》的长篇，是我向草原致敬、向马致敬的书，刚刚在"2018中国书博会"上亮相，荣登图书排行榜前十名的一本书，我送给大会。附带说一句，三个月前，上海合作组织西安峰会召开时，俄中贸易协会主席、俄罗斯首席经济代表谢尔盖先生曾来我位于西安的"高看两眼"工作室相访，我曾经将这本书送给他。最后，我真诚地祝福伟大的俄罗斯，国家昌盛，人民幸福。

俄罗斯方面致辞的是一位干练的女国务活动家，个头不高，短发，语言坚定而有力，她叫嘉丽娜·库里科娃，是俄中友好协会第一副主席。后来回国后，我在《新闻联播》上还多次见过有关这位女士的画面，看来她是这一领域的一个重要角色。

我的演讲结束时，脱开稿子，我说了一段俄罗斯文学的伟大传统，我说我是普希金的热爱者，我可以把普希金所有的诗作倒背如流。我的这句话引起满场热烈的掌声。当我演讲完毕，走下台后，一群听众，主要是俄罗斯中年妇女，将我围在了楼道上，鼓着掌，要我朗诵一首普希金的诗给她们听。我说，我不会俄语，她们说，你就用汉语朗诵吧，我们只是想听一听，普希金的诗变成汉语以后会是什么感觉。这样，我请嘉丽娜·库里科娃主席翻译说，高先生朗诵的这首是普希金的《致大海》，俄罗斯大文豪普希金一生有个愿望，想去东方，去中国和印度看一看，但他始终没有成行，于是他来到大海边，对着东方写下这首诗。而在写作的途中，惊闻英国大诗人拜伦去世于希腊半岛，因此这首诗还有一个副标题叫"兼致拜伦"。

我开始朗诵了，在一群热爱普希金的人们中间。已经是9月下旬了，莫斯科寒风凛冽，风吹得树叶飘落满街，夜晚还有一场雨夹雪。这些中年妇女衣着虽然整洁，但是却明显地感觉到是熨烫过的旧衣服，她们都是普通市民阶层，她们对文化的热爱和敬畏，让我强烈地感到这个民族的高贵和蓄存在民间的文化力量，临离开俄罗斯，我在斯摩棱斯克的高速路旁做一次视频连线时，再一次说到我在那一刻朗诵时，面对这些俄罗斯朋友时的感想。

站在这大厅外面的台阶上，我脸颊绯红，眼睛里喷着火，两只手臂张开着，一扬一扬，脚跟踮起，身子前倾，像一个真正的演说家一样，忘我地进入自己的朗诵激情中，在这遥远的异地莫斯科，在这普希金的故乡的国度。

这些围观者得到了极大的精神满足。当然朗诵者我也得到了一种极大的精神满足。朗诵完毕后，大家长久地沉浸在一种激情中，一种高贵的情感中。随后是鼓掌，拥抱，拍照。

随后我悄悄地溜出了人群，下到一楼，在大门口的一个角落里，坐在台阶上，点燃一支烟。

莫斯科位于北纬五十五度至五十六度，东经三十七度至三十八度之间，地处东欧平原中部，莫斯科河畔，跨莫斯科河及其支流亚乌扎河两岸。莫斯科市区被一条周长一百零九公里的环城高速公路包围，市区南北长四十公里，东西长三十公里，面积一千多平方公里。大莫斯科（包括环城公路以内地区）面积九百多平方公里，全市总面积为二千五百一十一平方公里。

莫斯科常住人口约一千万，流动人口约二百万，主要以俄罗斯族、乌克兰族为主。就城市占地面积而论，它应当属于欧洲第一大城市，而就居住人口而论，它应当是第二大。欧洲人口最多的城市应当是英国的伦敦，那里的常住人口也是一千万，但是流动人口有一千三百万之多，加起来城市人口就是两千三百万。这些流动人口大多居住在城中之城——伦敦金融城里。我们这次行程的最后一次活动，将在伦敦金融城举办。

给我这个旅行者的感觉是，莫斯科这座国际大都市像一个飞来的阿拉伯魔毯，平铺在这欧亚大陆的中枢地带，它向东向西向南向北，条条大路通向无垠的远方，可以说风行八面，视通万里。前面我们说了，撒马尔罕号称世界十字路口，而土耳其伊斯坦布尔、欧亚交界处的里海，以及俄罗斯境内的乌拉尔山，亦称世界十字路口，而就在我行将前往的白俄罗斯明斯克，亦称东西方交会地带，然而我的感觉是，莫斯科好像才是。

给我的另一个感觉是这座城市体量的巨大，当9月23日我们的车队进入莫斯科郊区的时候，应当距城市中心还有一百多公里吧，就看见有条条的道路，道路上车辆挤满，眼前是一片灯火辉煌。

在我演讲后的第二天，我们告别莫斯科，沿着著名的奥林匹亚大道，直奔斯摩棱斯克。

这条大道是为1980年在莫斯科举办第二十二届夏季奥林匹克运动会而专修的。起自莫斯科，终至明斯克，全程两千公里。宽敞的高速公路，箭一样笔直，径向西南方向直去。高速公路的两边是密密匝匝的西伯利亚冷杉树。

由于白俄罗斯的分离，所以我们的出境口岸在斯摩棱斯克。在我们的车队就要告别莫斯科边境时，我请车停下来，在高速路一侧做了一次视频直播，直播以我们的车队和公路边的大森林作为背景。

我对着镜头说：各位朋友，我们的行程现在来到了斯摩棱斯克，我的旁边就是著名的两千公里长的奥林匹亚大道。我们从里海与高加索入境，现在从斯摩棱斯克出境，用了一个星期时间，从南到北穿越了俄罗斯全境。我曾经是中国的一名边防军士兵，有五年时间荷枪守卫着额尔齐斯河河口。我曾经深切地感受到苏联在边境陈兵百万，给予中国的压力。我是亲历者，我有资格这样说，莫斯科国徽是一个双头鹰：一只鹰头鸟瞰着西方，鸟瞰着东欧、中欧和西欧；一只鹰头鸟瞰着东方，中亚以及中国。苏联的解体，十五个加盟共和国的剥离，等于将这只双头鹰的羽翼整整减去了一圈。

我想说的第二段话是，俄罗斯这个民族是高贵的有教养的民族。他们的文学以普希金为一切开端的开端，陀思妥耶夫斯基对俄罗斯民族性格的拷问和鞭挞，列夫·托尔斯泰的博大和良善，使他们的文化传统如此深厚而坚不可摧。这样的国家、这样的民族是有未来的，是一定能够重新站立在世界超一流国家行列的。我看见了俄罗斯普通民众对文化的热爱和敬畏，这种文化意识确保他们一直向前走。

第三段话则是说，他们国土如此辽阔，草原、森林、湖泊如此郁郁葱葱，空气如此洁净。在这七天中，我们每天都大口呼吸着这甘洌如同甘露的空气。感谢大自然慷慨的赐予，我祝福伟大的俄罗斯好运，我祝福这个产出过普希金、陀思妥耶夫斯基、列夫·托尔斯泰的伟大国家繁荣昌盛。

阿姆斯特丹书简

　　阿姆斯特丹是荷兰首都及最大城市，人口约一百一十万，位于荷兰西部的北荷兰省，是享誉世界的旅游城市和国际大都市。阿姆斯特丹平均海拔为两米，城市主要地形是平原，西南部是一片人造森林，北海运河将阿姆斯特丹与北海连接起来。阿姆斯特丹气候宜人，天气情况主要受到来自北海的气流影响。

　　阿姆斯特丹的历史最早可以追溯到13世纪时的渔村。人们曾在附近阿姆斯特尔河上建筑水坝，阿姆斯特丹就得名于此，意指"阿姆斯特尔水坝"。而后由于贸易的发展，在荷兰黄金时代一跃而成为世界上重要的港口。17世纪由于海上势力的扩张，迅速称霸世界，而被后世称为"海上马车夫"。阿姆斯特丹作为荷兰第一大城市，从渔村到大都市的发展过程，经历了辉煌与破坏，以及世界大战的洗礼，从一定程度上讲，它的历史也是荷兰历史的一个缩影。

　　我们的行程来到荷兰首都阿姆斯特丹，这是2018年10月4日，也就是说从德国柏林到荷兰阿姆斯特丹的路程，我们只用了一天的时间，记得10月3日我们还在柏林等待着参加入城式，一天以后我已经坐在阿姆斯特丹看海了。

　　阿姆斯特丹是一座十分美丽的城市，街道宽阔而平整，古建筑物和新树立的建筑物错落有致地交织在一起，海风吹着，既不冷，也不热，也不潮湿。高速路在进入市区前，在城外绕了一个大弯。我们下榻的宾馆，就在这大弯的高架桥下面。

在上个千年之初，一群冒险者乘着由挖空的原木做成的船从阿姆斯特尔河顺流而下，并在河的沼泽湿地之外修建了堤坝。"阿姆斯特丹"这个词最早于1275年10月27日被记录在册。在这座城市的编年史中，在建成后曾经两次被外敌占领，一个占领者是法国的拿破仑，一个占领者是德国的希特勒，但是这是一个顽强的城市，战火过罢，劫后余生，它又站立起来，迅速地恢复经济。也曾经有两次，它的经济繁荣达到了顶端，成为欧洲航运中心和世界融资中心，即便经历了两次战争的摧残，如今它仍作为欧洲的重要城市、欧洲的四大港口之一，傲立在这北海之滨。

17世纪被认为是阿姆斯特丹的第一个黄金时代，荷兰商船从阿姆斯特丹开往北美洲和非洲，以及如今的印度、斯里兰卡、印尼和巴西，由此构建了世界贸易网络的基础。

荷兰东印度公司与荷兰西印度公司发行的大量股票为阿姆斯特丹商人所拥有，这两个公司所夺得的海外属地后来演变为荷兰的殖民地，阿姆斯特丹也在此时成为欧洲航运和世界金融中心。1602年，荷兰东印度公司的阿姆斯特丹办公室开始出售自己的股票，并成为世界上第一家证券交易所。

然而，从18世纪开始，阿姆斯特丹的繁荣开始褪色。荷兰与英国、法国之间的战争，打击了处于巅峰的阿姆斯特丹。后来，荷兰被拿破仑率领的法国军队占领。直到1815年，摆脱法国统治的荷兰与比利时和卢森堡组成荷兰王国，这座城市才迎来发展的第二个春天。

19世纪末期也被称为阿姆斯特丹的第二个黄金年代。阿姆斯特丹-莱茵运河的成功开掘，使这座城市直通到了莱茵河地区，并由此进入欧洲的腹心地带。同时，北海运河缩短了城市与北海的距离。两项工程极大地促进了它与欧洲、与世界其他地方的商业交流。

1906年，作家约瑟夫·康拉德用"海之眼"精辟地从海边眺望阿姆斯特丹的景象。资料在这里提到了作家约瑟夫·康拉德，这康拉德，大约就是写出过著名长篇小说《吉姆爷》《黑暗深处》的那个作家。以前我以为他是美国作家，后来发觉他是英国作家。这次在阿姆斯特丹，我才明白他是波兰籍，从十七岁开始，他从马赛港登船，然后做了水手，在地中海、波罗的海、北海这些大水域中漂泊。而作家在这里说的"海之眼"，是对阿姆斯特丹的赞美吗？是说这座滨海城市是北海的眼睛吗？我这里只是推测，因为我没有读过这话的原文。

阿姆斯特丹的街头，汽车并不多，多的是自行车和穿着运动服跑步的人们，市民们说，首相是长期坚持骑自行车上班的，这给市民们树立了一个榜样。阿姆斯特丹人都以骑自行车为一种时尚。

前面是北海，后面则是一片看不见边际的大森林，森林中布满了小溪湖泊和沼泽，以及条条的林间小路。我曾经和一位队友在这树林中走了两个小时，我们只见到过一个人，是一个穿着运动衫跑步的中年妇女。小河上常常会有铁质的桥，那位队友是位企业家，他停下来跳到桥底，把这小桥上钢制的部分摸了个遍。他说，这是德国人制造的。防锈处理得真好，这桥都一百年桥龄了，还是棱是棱、角是角，就连螺丝帽儿，只要上点儿油，就可以拧下来。大森林的尽头是高速公路，有一群马在路边安详地吃草。

原先我们以为这是原始森林，后来听人介绍，才知道它是一片人工林，不过栽植的时间大约很长了，大约在三百年前修筑莱茵河至阿姆斯特丹的运河，以及修筑阿姆斯特丹到北海的运河时，就开始在城的四周，营造这些绿色的林木屏障了。

阿姆斯特丹的地理海拔高度是两米，这会不会给人一种担心？即海水再上涨两米，这城市就被淹没了。回答是不会的，整个城市其实有一半的面积是填海造陆造出来的，有许多条河流，它们流向大海。有些河流是天然河流，有些则是在人工填海中留下来的，留下来的水域做成运河，这种情况在阿姆斯特丹还不太明显，当我们取道前往荷兰的另一个城市海牙的时候，又不断地要路过一些类似于海又类似于河的水域，导游说，这就是填海时留下的水域，可以把它们叫内海，也可以把它们叫内河。

我们居住的宾馆就建在这样的水域边上，从后门出去就是这蓝汪汪的直通北海的内海了，上面有船在航行，岸边的小码头上也停泊着一些船。宾馆修了可以踏脚的板子，上面放上茶桌，我此刻在艰难地用圆珠笔写《阿姆斯特丹书简》时，就趴在这样一个茶桌上。

记者们都采访去了，而随行的几个民营企业家，他们去市区看色情表演，阿姆斯特丹是一座奇怪的城市，我们理解的"黄赌毒"在这里都是合法的，甚至是受鼓励的，只要不越雷池，一切在规则中进行，政府都是允诺的。而令人惊讶的是有了这些的存在，这座城市仍然保持着高贵和整洁，阿姆斯特丹是全欧洲安全系数排名第四的城市，就世界范围而言，排名也在前列。

每天清晨，这座城市的人们会把北边一碧如洗的天空用滑翔机的飞行打出白色的方格，在这方格布满天空后又从中穿行，打乱出各种图案。他们这是作为著名旅游城市在吸引游客吗？他们在天空描绘出的那些立体主义图画，令我突然想起荷兰是印象派大师梵高的故乡。

有一首古老的歌，在我的"欧亚大穿越丝路万里行"的漫长行程中，时不时会突然涌上心头，回响在我的耳边。那是来自遥远的东方，中亚细亚雪山的歌，它由一位骑在骆驼背上的赶脚客一路唱来。在塔吉克村寨的传说中，这位赶脚客最后走到这丝绸之路的一个尽头。

这遥远的北海边，杜鹃啼血，歌尽而亡。我愿意把这支歌作为丝绸之路的路歌，起码来说让它作为我们这一次行程的路歌。而此刻，在阿姆斯特丹城的一角，在内海的一块水域的茶桌上，在我应邀为中国的报纸写作纪行文学——《阿姆斯特丹书简》的时候，我多么愿意把这支歌的传奇经历写出来，与朋友们分享。这首歌的名字叫《花儿为什么这样红》，因为一部电影的缘故，这首歌在中国家喻户晓，成为一直在传唱的西部经典。且让我们眺望东方，眺望我们苍茫的来路，从慕士塔格峰讲起。

慕士塔格峰在头顶闪耀着白光。一条古老的道路从塔吉克村寨穿过。一位路边玩耍的塔吉克少年被驼铃声所蛊惑，于是跟着行走，最后跳上了驼背。

在漫长的行走中，少年成为一名年轻的脚夫，成为一名抱着热瓦甫吟歌的行走歌者。这一天，驼队走在苍凉的阿富汗高原上，而在喀布尔河流经的喀布尔城中，喀布尔王正在给他的年轻貌美的公主招亲，丝绸之路沿线四十个国家的王子都来求婚，他们垂涎这王朝的财富，仰慕这公主的美貌，他们从本国带来了丰厚的聘礼……

年轻的脚夫离开了道路，从高原上骑着骆驼走下来，叩开喀布尔城厚重的城门。他怀里抱着热瓦甫："尊贵的喀布尔王呀，我是丝绸之路上一个一文不名的脚夫，一个行吟的歌者，我没有什么可以献给您和高贵的公主。"青年抱着热瓦甫，猛烈地弹拨起来。他说："在流离颠沛的道路上，我创作了一支歌，这支歌的名字叫《花儿为什么这样红》。我把它献给王，献给公主。"

青年歌唱起来，声音嘶哑，仿佛杜鹃啼血。歌声飘浮在王宫的屋顶。在场的所有人都被这歌声感动了。尤其是公主，她在那一刻流下了眼泪，并且深深地爱上了这位脚夫。心灵在呼唤心灵，公主觉得自己是最懂得这首歌的人。但是这个王是势利的，他可不能让自己的掌上明珠嫁给一个流浪者，一个一文不名的脚夫，一个因为长年累月在丝绸之路披星戴月地行走，身上带着野蛮气息的人，他的公主得待价而沽。于是王挥动鞭子赶走了这位求婚者。这样，脚夫重新踏上道路，继续着他的行走。而那位高贵的公主，在皇宫的后花园里昼夜哭泣，因为思念这脚夫忧郁而死。

另一个传说的发生地是在阿塞拜疆的巴库。而第三个传说的发生地是在土耳其的君士坦丁堡，传说国王为囚禁公主，建造了一座塔，这塔叫公主塔。公主塔作为丝绸之路上的一景，现在还存在着，供人们参观游览，供人们在这里展开想象，供人们凭吊这故事。

被赶出城外的年轻的脚夫，唱着《花儿为什么这样红》继续行走，穿过里海，穿过黑海，穿过波罗的海，最后，在阿姆斯特丹港湾，脚夫杜鹃啼血，歌尽而亡！

青年悲惨地死去了，死在遥远的异国海岸，死在笔者此一刻正在写作书简的这地方。但这还不是最悲惨的，最悲惨的是，歌手死了，但是这支歌还没有死，它又被道路上一代接一代、一拨又一拨的脚夫传唱着，仿佛丝绸之路的路歌一样。就这样口口相传，伴着骆驼客们的晨昏。直到有一天，一个骆驼帮路经慕士塔格峰下面的这个塔吉克村寨，唱起这首歌时，于是村上人知道了，当年那位追风少年，如今已经死亡在路途，死亡在遥远的彼岸。

20世纪60年代初，中国要拍一部电影，西部经典，叫《冰山上的来客》。天才的音乐人雷振邦，要为这部电影选一个主题歌，他鬼使神差地来到这个帕米尔高原怀抱中的塔吉克村寨，并收集到这首歌。后来稍加润色，令它成了《冰山上的来客》的主题歌，唱响全国。20世纪90年代末，中央电视台10频道开播前，要拍一个大型专题片《中国大西北》，我是总撰稿之一。我们其中一个摄制组，由高宏民导演带队，先拍了南疆和田的治水，然后由当年电影中民族战士阿米尔的扮演者领路，前往帕米尔高原，寻找到当年雷振邦先生收集民歌的那个村寨。

当年那位为音乐家演唱《花儿为什么这样红》的塔吉克老人还健在，他弹拨着热瓦甫，为摄制组再一次演唱了这首著名的歌。摄影师做了全程录像。高导说，大家一致觉得，原唱似乎比改编更真诚、激情，更原生态。配着帕米尔高原凛冽的风，歌里有凄美，也有爱情。慕士塔格峰闪耀着白光，夜色幽暗。塔吉克村寨里，热瓦甫的弹拨声中，老人以苍老的声音，为这群电视人讲述了我上面说的、关于这首歌背后的那些故事。

高导当时任甘肃电视台国际部主任，这个组以该部为班底组建。我没有随这个组去帕米尔，而是随安导带的组深入罗布泊古湖盆拍摄，在一个雅丹下面待了十三天。安导这个组，是以陕西电视台国际部为班底组建的。

如今我随"2018丝绸之路品牌万里行"一行，沿着那位脚夫，那位行吟歌者走过的道路，来到这天之涯、海之角的阿姆斯特丹，这遥远的岸。唱几句《花儿为什么这样红》吧，为那帕米尔高原的追风少年，也为行程已经超过一万四千公里的疲惫的我们。

写完这篇文字的第二天，我们就告别了阿姆斯特丹，前往更靠西的海牙，也就是说把这一块大陆走透，走到它的极地，走到大陆与海的交汇处。

在人生的路途上，又有多少机缘，向星空瞭望！在人生的行程中，又有多少个夜晚，见星空如此安详！

这好像是中国诗人郭小川的诗，诗名叫《望星空》。我们将在海牙小住，而后折身向南重回德国，在法兰克福有我的演讲。

上面这些文字是笔者在旅程中写的，其中有一半的篇幅，写在阿姆斯特丹内河的那张茶桌上。此刻在西安的家中，我翻开手机看我当时自拍的照片，穿一件陪伴了我一路的那件红色的中式服装，手拿一支圆珠笔，背景是内河的平静的港湾，是一艘鸣响汽笛、要穿城而过行驶去北海的游船，游船上挂着红红绿绿的彩旗。

照片上的我目光是多么的忧郁啊！一张愁苦的脸，仿佛沉浸在那无边的苦难中，腮帮子有些鼓起，这是舌根儿底下压着三颗速效救心丸的缘故。

东方与西方是一个汽车轮子的距离

我们从东方来，从山的那边来，踩着早晨的第一滴露水来，循着一条古老的名曰"丝绸之路"的道路而来。

我们是用脚步丈量，用车轮丈量，一寸一寸地行走，从古长安城来到莱茵河畔的世界金融之都、德国的金融中心——法兰克福。

掐指算来，此行已经走了四十五天，行走了一万五千公里，是一寸一寸地从大地上碾过的呀！仅就河流而论，我们穿越了黄河、塔里木河、锡尔河（张骞时代叫药杀水）、阿姆河（张骞时代叫乌浒水）、顿河、伏尔加河、第聂伯河、多瑙河、莱茵河等等。

就我个人的感觉而言，恍惚中，觉得东方和西方是如此之近，就是一个汽车轮子的距离！我坐上车以后，打一阵瞌睡，车一停，人们说这是西方了。

东方走近西方，或者说西方走近东方，是这样一寸一寸地完成它的文化过渡。乍一看有很多的差异，包括肤色、着装、语言以及山川地貌、文化形态。如是这般的一次行走，或者叫丝绸之路考察，你会发觉大家互为邻里，鸡犬之声相闻，世界是一个整体。

我们走的是一条古老的道路，这条道路叫丝绸之路。它是迄今为止人类历史上最为重要的一条欧亚非大通道，它是商贸大道、物流大道、文化沟通与交流大道。

公元前138年，一个叫张骞的中国人，受中国皇帝的派遣，开辟出这条通往外部世界的道路，中国人把张骞的壮举叫"凿空西域"，将他叫"凿空西域第一人"。汉武帝封他为"博望侯"，意思是张骞的壮举令中国人的视野变得辽远，变得广阔，知道了世界远比前人所知道的要大得多。中国人为自己过去的无知、过去的坐井观天、过去的夜郎自大而羞愧。

自此，中华文化板块逐步融入了世界。或者换言之，在此之前各个孤立的世界各文明板块，由于这条道路的开通，封闭被打破，地域边缘被打破，相互融入，世界因此成为一个整体。

我们已经无从知道，两千多年前，我们那光荣的祖先，当他翻越雪山，穿越荒漠，捧着每日西沉的落日，向西向北行进的时候，他是不是怀着渴望，口里唠叨着："世界的尽头在哪里？山的那边是什么样的风景？且让我等去看看！"

反正，当汽车轮子风驰电掣地从欧亚大平原一掠而过，我的渴望的心，这样呼唤着远方！

在法兰克福，在这德国的土地上，我突然想起，"丝绸之路"这个称谓，竟然是一百多年前一个德国人为它命名的。这个德国学者叫李希霍芬。

1860年，普鲁士国王派了一个庞大的外交使团，前往中国，商谈建交与通商事宜。使团中有一位二十七岁的年轻学者。使团从广州登岸，前往北京，受到了李鸿章的接见。这位年轻的学者，为清廷大臣李鸿章的风度所吸引，将自己的姓氏也叫作"李"，名字则叫李希霍芬，全名则叫费迪南·冯·李希霍芬。

李希霍芬大约在中国待了一些年头（当然也去过周边国家，例如日本），1873年才回到德国。使团在大西北考察的时候，李站在祁连山的一个山头上，见河西走廊地面这古老的道路上，一支驼队正摇着驼铃从大戈壁行过。驼队马帮川流不息，前不见头，后不见尾。细细一打听，驮的是丝绸细软。李希霍芬在那一瞬间突然明白了，盛行于欧洲中世纪的神奇之物——中国丝绸，就是从这条道路上驮运过去的呀！他于是脱口说出"丝绸之路"四个字。

而在此之前，人们把这条道路叫"西域道"。李希霍芬回到德国后，担任柏林地理学会会长、柏林大学校长。他用毕生的时间写了一本书，这本书就叫《中国》。在书中他正式提出丝绸之路这个概念，且细致地用地图做了注解。

后人为了纪念李希霍芬为丝绸之路这个地理概念命名，将祁连山李希霍芬站立的这个地方，德语命名为李希霍芬山脉。

这就是一个德国学者与丝绸之路的故事。丝绸之路不独是中国的，也是世界的，是人类共同的财富。当我们站在莱茵河畔，讲述丝绸之路与德国文化这一段渊源时，倍感亲切。

请允许我在这里，向你们伟大的国家致敬，祝福国家昌盛、人民幸福。向德国文化的伟大传统致敬，向文化巨人歌德致敬，向尼采致敬，向伟大的思想家马克思致敬（我们刚刚从他的家门口——特里尔小城经过）。

我们的车轮还将向前滚动，下面还有三分之一的路程。条条大道通罗马，我们将沿着丝绸之路古道，向它走去。

其实严格地讲来，道路有许多条，它不是固定的，行走间只取一个大致的方向而已。戈壁荒原上，人走过去了，这人的足迹就是道路。中国的伟大僧人法显说："哪有道路呀，倒毙在路途上的先行者的累累白骨就是路的标识。"

我们还将去巴黎，这世界艺术之都，向长人如林的法国古典经典作家们致敬。2014年秋，在西安大唐西市，古丝绸之路开始的地方，我曾与诺贝尔奖2008年得主让·克莱齐奥举行过丝绸之路东西两端高端对话。他的"我是法兰西土地上自然而然地生长出的一棵庄稼"这句话，给我留下了极为深刻的印象。希望这次能见到他。另外，我还想到塞纳河畔，到枫丹白露森林这些印象派画家所描绘的风景中走一走，让自己短暂地在这古典精神中窒息三分钟。

最后一站是伦敦。当初办签证的时候，英国大使馆的签证官问我，为什么要去英国，是不是要去投亲靠友、养老？我说，错！英国大诗人拜伦的墓地，最近刚从希腊迁回伦敦的名人公墓，我想去为他献上一束花。当年这位有名的浪子，驾一辆奢华马车，在欧罗巴大陆游荡，写作他不朽的史诗《唐璜》。最后，他来到希腊半岛，用他的稿费组织了一支希腊独立军团，自任总司令。后来，害热病死在希腊半岛。英国政府最近开恩，允许诗人的遗骸归葬故乡。

车轮滚动着。当写下上面的文字的时候，我想说世界很大，世界很小；远方很远，远方很近！此一刻，一艘白轮船正在莱茵河上驶过。轮船上一声汽笛声，好像在呼应我的这句话。

此文系2018年10月10日在法兰克福的演讲稿

手的大拇指和脚的小拇趾

这里是日内瓦，这里是联合国世贸组织总部。地中海的阳光是多么的灿烂呀！如梦如幻。日内瓦湖和阿尔卑斯山拥抱着这座十九万人口的袖珍小城。

这是我新出的一部长篇小说，名叫《大刈镰》，刚刚在2018年中国书博会上亮相，并接受了"喜马拉雅"长达一个多小时的视频直播访谈。这次丝绸之路万里行，它是礼品。现在这本最新作品，赠送给这座城市，赠送给这个世贸组织。

这是一本向草原致敬、向我胯下的那匹马致敬的一本书，是对我青春和激情岁月的祭奠。我是中国的最后一代骑兵，或者换言之，骑兵这个辉煌了近三千年的兵种，在我和我的战友们的胯下得到了最后完结。它所以完结，有两个原因：一是冷兵器时代结束，骑兵已经失去了位置；第二个原因则是养活一匹马的费用相当于养活三个士兵。

我当兵的地方在中亚。那里有一块草原，叫阿勒泰草原。那里有一座西北—东南走向的大山，叫阿尔泰山。有一条经过四千多公里流程，穿越西伯利亚，注入北冰洋的河流，中国段和哈萨克斯坦段，叫额尔齐斯河，进入俄罗斯境内、乌拉尔山区以后，易名鄂毕河。

这本书叫《大刈镰》。大刈镰是中亚地面牧民们收割马草时用的大镰刀。前面有一个两尺长的刃子，斜安在一个一人高的木柄上。木柄中段还有一个把手。打草时，人们排成一行，半直着身子，一路刈。大刈镰沙沙响，牧草一行一行倒下了。这是人类最初收割牧草的形式。

中亚细亚地面的阳光，炽烈而又透亮。摊在地面上的牧草，要晾晒一阵，去掉水汽，然后缓缓等黄昏的时候，用铁叉将它卷起，垛成一个个印象派大师莫奈式的大草垛。

请看，这是我右手的大拇指，大拇指的指头蛋上，有一道长长的深深的刀痕，这刀痕就是大刈镰锋利的刀刃削的，是草原留给我的刻骨铭心的记忆。

打马草的地方在额尔齐斯河南湾。一群精壮的哈萨克男人，挥舞大刈镰在打草，我也混在他们中间。休息的时候，这磨镰刀有两个程序。第一个程序是，给地面垫一个小铁砧，将镰刀搁在铁砧上，然后用一个小锤子叮叮咚咚地敲。第二个程序则是，将镰刀刃儿平放到脸前，齐眉高，木柄拄地，然后从戈壁滩上拣个小鹅卵石蛋儿，右手的大拇指和食指捏住石头蛋儿，这样挥动着在镰刃上来回擦，在擦的时候，还不停地"呸呸呸"地向镰刀上吐唾沫。

我是农民，农民磨镰刀，是将镰刀往磨石上磨，而这牧民磨镰刀，是将石头往镰刀上去磨。旁边站着的我，好奇心驱使，于是也弯腰捡起一块小石头，竖起镰刀，沙沙地磨起来。并且在磨的同时，也学着样子，不时地朝镰刃上喷两口唾沫。

突然的事情发生了，在一次挥动中，我的大拇指的半个指头被大刈镰锋利的镰刃割下来，只连了一层皮，鲜血直流。我大叫了一声，用另一只手捂住这根指头，后来边防站的医生给我缝了三针，指头蛋保住了，但是却留下了这道深深的伤痕。

这就是大拇指的故事。

说完手的大拇指，那么下来说说脚的小拇趾的故事，或者准确一点讲，叫脚的小拇趾指甲盖的故事。

它出自我整整二十五前出版的一部长篇小说《最后一个匈奴》。这部小说被誉为陕北高原史诗，是对这块土地一百年沧桑史的一次庄严巡礼、崇高致敬，因此它又被称为中国版的《百年孤独》。它带来的另一项巨大荣誉是，"陕军东征"这个代表中国当代长篇小说创作高度的历史事件，正是在《最后一个匈奴》北京研讨会上提出来的。

匈奴民族是震撼了东方世界和西方世界的古游牧民族，中亚地面是他们的主要游牧牧场，北匈奴穿越辽阔的欧亚大平原，穿越热海（伊塞克湖）、咸海、里海、黑海、地中海，在布达佩斯建立起强大的匈奴汗国，阿提拉大帝的马蹄踏遍了欧罗巴大陆，罗马帝国差点毁在他的手中。

留在原居住地的匈奴人，则掀起长达两百八十六年之久的魏晋南北朝、五胡十六国之乱。在这个历史阶段的中期，匈奴王赫连勃勃，在陕北建统万城，完成了匈奴民族在行将退出历史舞台前最后一声绝唱。

《最后一个匈奴》就是写他们的故事，而故事的着重点不在凭吊历史，而是描写当下。那掉队的匈奴士兵走入一户陕北窑洞，于是在苍凉的高原上，一个生机勃勃的人类族群诞生了，婴儿的第一声啼哭，便带着高原的粗犷和草原的辽阔。

"请注意孩子的脚指甲盖，那是浑圆的完整的一块，而汉民族的小拇趾的指甲盖，往往分岔，不规则地分成两半！"这是小说中的描写。

这个细节一时间引起许多热议，而我也无数次地予以解释，直至二十五年后的今天，还常常有人提起它。

我曾经请教过一位中国社科院民族史专家，他告诉我，我的描述是正确的和准确的，并且不独匈奴民族，那些活跃在中亚草原的两百多个古游牧民族，脚的小拇趾指甲盖都是浑圆的一块。

当我将我的这些所得告诉亲爱的朋友们时，我在这一刻感到十分愉快！我一直想强调，此一刻，我站立的地方，是在这欧洲中心，在日内瓦。

一想到是在这遥远的地方，谈这些话题，我就有一种异样的感觉。我们的行程还要继续，也许进入意大利境内后，我会讲述阿提拉大帝围攻罗马城的故事，讲述七百年前一个叫马可·波罗的意大利人，自西而东，穿越丝绸之路的故事。而在这次行程结束，回到西安家中后，我会详尽地将撒马尔罕之子、跛子帖木儿大帝的故事写出来，因为如果不了解他，你就根本无法进入中亚的过去时和现在时。

我的饶舌到这里就该结束了。此一刻，窗外日内瓦湖上那个据称是世界上最高的喷水柱，正天女散花般向空中喷散着水花。阿尔卑斯山这欧罗巴最高的山脉，缄默地、威仪地停驻在远处。此刻我想说，在座的所有的我们，都曾经是历史的一部分，又都是已经穿越历史，正面向未来的人类族群。

此文系日内瓦演讲稿

高建群小传

　　高建群，男，汉族，1953年12月出生，祖籍陕西省西安市临潼区。国家一级作家，著名小说家、散文家、画家、文化学者，"陕军东征"现象代表人物，被誉为当代文坛难得的具有崇高感和理想主义的写作者，浪漫派文学"最后的骑士"。历任陕西省文联第四届、第五届副主席，陕西省作家协会第四届、第五届、第六届副主席，陕西文化交流协会名誉会长，西安交通大学、西北大学客座教授，西安航空学院人文学院院长，大秦印社名誉社长等。享受国务院政府特殊津贴。被《中国作家》杂志社授予当代最具影响力的作家，陕西省委省政府授予终身艺术成就奖等。

　　其代表作有《最后一个匈奴》《大平原》《统万城》《遥远的白房子》《伊犁马》《我的菩提树》《大刘镰》等。长篇小说《最后一个匈奴》在北京研讨会上引发中国文坛"陕军东征"现象。据此改编的三十集电视连续剧《盘龙卧虎高山顶》在央视播出。《大平原》获中宣部"五个一工程"奖，名列长篇小说榜首；《统万城》获国家新闻出版广电总局优秀图书奖，名列长篇小说榜首，其英文版获加拿大国际"大雅风"文学奖。高建群也是第一个在凤凰卫视《世纪大讲堂》演讲的内地作家。

高建群履历

1976年，以组诗《边防线上》踏入文坛。

1987年，以中篇小说《遥远的白房子》引起文坛强烈轰动。

1989年，担任延安地区文联（代）主席兼《延安文学》主编。

1993年，当选为陕西省作家协会副主席。

1993年，长篇小说《最后一个匈奴》出版，被誉为中国式的《百年孤独》，陕北高原史诗。

1993年至1995年，挂职黄陵县委副书记，专职创作，其代表作《最后一个匈奴》即为挂职期间出版。

1997年，参与央视十频道开播策划，并与周涛、毕淑敏共同担纲央视纪录片《中国大西北》总撰稿。该片荣获中宣部"五个一工程"奖。

2002年，当选为陕西省文联副主席。

2005年至2007年，挂职西安高新区党工委委员、管委会副主任。长篇小说《大平原》即在此期间酝酿成型。

2013年7月，被聘为西安航空学院文学院首任院长。

2017年9月，被聘为西北大学丝绸之路研究院研究员。

2020年5月，被聘为大秦印社名誉社长。

2020年7月，西安高新区文联成立，当选为第一届主席。

高建群创作年表

《边防线上》（组诗）：发表于《解放军文艺》1976年8月号，责任编辑：李瑛、纪鹏、韩瑞亭、雷抒雁。

《0.01——血液与红泥》（诗歌）：发表于《延河》1979年2月号，责任编辑：汪炎。

《将军山》（诗歌）：发表于《延河》1979年8月号，责任编辑：闻频。

《杜梨花》（短篇小说）：发表于《延河》1980年2月号，责任编辑：杨明春。

《很久以前的一堆篝火》（散文）：发表于《延安日报》1984秋，责任编辑：杨葆铭。

《人生百味》（诗歌）：发表于《星星》诗刊1985年，责任编辑：叶延滨。

《五月的哀歌》（叙事诗）：发表于《叙事诗丛刊》1985年，责任编辑：潘万提。

《现代生活启示录》（系列散文）：发表于《文学家》1985年，责任编辑：陈泽顺。

《新千字散文》（散文集）：1987年，陕西人民教育出版社出版，约稿编辑：陈绪万，责任编辑：赵常安。

《遥远的白房子》（中篇小说）：发表于《中国作家》1987年第5期，约稿编辑：朱小羊，责任编辑：陈卡。《中篇小说选刊》《小说选刊》《小说月报》《新华文摘》《解放军文艺》等进行了转载。2013年，台湾风云时代公司出版繁体单行本。2014年，陕西师范大学出版总社出版简体单行本。

《给妈妈》（诗歌）：发表于日本《福井新闻》1988年3月17日，责任编辑：前川幸雄。

《骑驴婆姨赶驴汉》（中篇小说）：发表于《中国作家》1988年第6期，责任编辑：杨志广。

《伊犁马》（中篇小说）：发表于《开拓文学》1989年第3、4期合刊，责任编辑：叶梅珂。2007年，四川文艺出版社出版单行本。

《老兵的母亲》（中篇小说）：发表于《中国作家》1989年第5期，责任编辑：杨志广。

《雕像》（中篇小说）：发表于《中国作家》1991年第4期，责任编辑：杨志广。

《为了第一个猴子开始的事业》（创作谈）：发表于《解放军文艺》1991年第8期，约稿编辑：周政保，责任编辑：丁临一。

《东方金蔷薇》（散文集）：1991年，陕西人民教育出版社出版，责任编辑：田和平。

《陕北论》（散文）：发表于《人民文学》1991年，责任编辑：韩作荣，《散文选刊》转载。

《你们与延安杨家岭同在》（散文）：发表于《人民文学》1992年第6期，约稿编辑：崔道怡。

《史诗与二十世纪》（创作谈）：发表于《文学报》1992年5月，责任编辑：李俊玉。

《达摩克利斯之剑》（短篇小说）：发表于《青年文学》1992年第10期，责任编辑：康洪伟。

《最后一个匈奴》（长篇小说）：1993年，作家出版社出版，责任编辑：朱珩青。1994年，香港天地图书公司、台湾汉湘文化发展公司分别于香港、台湾出版繁体版。2001年，中国青年出版社出版。2006年，北京十月文艺出版社出版，2016年再版。2011年，陕西人民出版社出版《高建群图画〈最后一个匈奴〉》。2012年，长江文艺出版社出版，2014年再版。2012年，台湾风云时代公司再版繁体版。2013年，太白文艺出版社出版。2014年，陕西师范大学出版总社出版《最后一个匈奴》（手稿版）。

《我从白房子走来》（文学自传）：发表于《陕西日报》1993年6月，责任编辑：刘春生。

《出国的诱惑》（中篇小说）：发表于《延安文学》1993年第2期。

《我如何个死法》（散文）：发表于《美文》1993年第7期，责任编辑：刘亚丽。

《一个梦的三种诠释形式》（中篇小说）：发表于《飞天》1993年第5期，约稿编辑：孟丁山，责任编辑：刘岸。

《家族故事》（中篇小说）：发表于《漓江》1993年，约稿编辑：王蓬。

《祭奠美丽瞬间》（散文）：发表于《文友》1993年，责任编辑：王琪玖。

《茶摊》（中篇小说）：发表于《延河》1993年第7期，约稿编辑：陈忠实，责任编辑：张艳茜。

《白房子人物》（系列散文）：发表于《西北军事文学》1994年第2期，约稿编辑：王久辛，责任编辑：张春燕。

《匈奴与匈奴以外》（创作谈）：1994年，陕西人民教育出版社出版，策划编辑：张继华，责任编辑：刘孟泽。

《张家山幽默》（短篇小说系列）：发表于《延河》1994年第4期、第9期，责任编辑：张艳茜。

《陕北剪纸女》（散文）：发表于《美文》1994年第9期，责任编辑：刘亚丽。

《女人是巫》（散文）：发表于《女友》1994年第8期，责任编辑：孙珙。

《大顺店》（中篇小说）：1994年，陕西人民出版社出版。1995年，发表于《小说家》第1期，约稿编辑：闻树国。1995年，改编为同名电影，北京电影制片厂出品。

《六六镇》（长篇小说）：1994年，陕西人民出版社出版。2007年重新修订，易名《最后的民间》由文汇出版社出版。

《丹华的故事》（系列散文）：发表于《深圳风采》1994年第10、11期，约稿编辑：吴重龙。

《马镫革》（中篇小说）：发表于《小说家》1995年第2期，约稿编辑：闻树国。

《女人的要塞》（散文）：发表于《女友》1995年第2期，责任编辑：孙珙。

《古道天机》（长篇小说）：1998年，中国文联出版社出版，责任编辑：叶梅珂。2007年重新修订，易名《最后的远行》由华龄出版社出版。2011年，陕西人民出版社再版。

《愁容骑士》（长篇小说）：1998年，中国文联出版公司出版。2000年，广州出版社再版。2000年，台湾逗点公司出版繁体版。

《我在北方收割思想》（散文集）：2000年，四川文艺出版社出版，责任编辑：林文洵。

《穿越绝地——罗布泊腹地神秘探险之旅》（散文集）：2000

年，湖南文艺出版社出版，责任编辑：龚湘海。2014年，修订后易名《罗布泊档案：罗布泊腹地探险之旅揭秘》由陕西师范大学出版总社再版。

《白房子》（小说集）：2002年，陕西师范大学出版社出版。

《西地平线》（散文集）：2002年，上海人民出版社出版。

《惊鸿一瞥》（散文集）：2002年，群众出版社出版。

《胡马北风大漠传》（散文集）：2003年，上海东方出版社出版。2008年，在台湾地区发行繁体版。

《刺客行》（小说集）：2004年，太白文艺出版社出版，责任编辑：韩霁虹。

《狼之独步：高建群散文选粹》（散文集）：2008年，东方出版中心出版。

《大平原》（长篇小说）：2009年，北京十月文艺出版社出版。2016年该出版社再版。2012年，台湾风云时代公司出版《大平原》（繁体版）。2014年，陕西师范大学出版总社出版《大平原》（手稿版）。

《统万城》（长篇小说）：2013年，太白文艺出版社出版，责任编辑：韩霁虹，2016年该社再版。2013年，台湾风云时代公司出版《统万城》（繁体版），责任编辑：陈晓琳。2014年，陕西师范大学出版总社出版《统万城》（手稿版）。

《独步天下》（书画集）：2013年，陕西人民出版社出版。

《生我之门》（散文集）：2016年，未来出版社出版。

《我的菩提树》（长篇小说）：2016年，北京十月文艺出版社出版。

《相忘于江湖》（散文集）：2017年，北京时代华文书局出版。

《大刘镰》（长篇小说）：2018年，三秦出版社出版。

《我的黑走马——游牧者简史》（长篇小说）：2019年，陕西师范大学出版总社出版。

《来自东方的船》（散文集）：2020年，陕西旅游出版社出版。

《丝绸之路千问千答》（文化读本）：2021年，西北大学出版社出版。

《最后一个匈奴（30周年纪念版）》：2022年，陕西师范大学出版总社出版。

社　会　评　价

我劝大家注意，高建群是一个很大的谜，一个很大的未知数。

——著名作家　路　遥

我一直想找机会请教一下高先生，匈奴这个强悍的骁勇的游牧民族，怎么说消失就从人类历史进程中消失得无影无踪了。

——著名作家　金　庸

大家说高建群骄傲、自负、目空天下。我这里想说的是，中国这么大，有这么多人口，如果没有几个像高建群这样自信心极强的作家，那才是不正常的。

——中国社会科学院文学研究所研究员　蔡　葵

春秋多佳日，西北有高楼。

——著名作家　张贤亮

高建群是一位从陕北高原向我们走来的略带忧郁色彩的行吟诗人，一位周旋于历史与现实两大空间且从容自如的舞者，一个善于讲庄严"谎话"的人。

　　高建群的创作，具有古典精神和史诗风格，是中国文坛罕见的一位具有崇高感和理想主义色彩的写作者。《大平原》把家族史兜个底掉，看后让我很感动，也很心痛，唤起我对故乡、对农村的情感，唤起我强烈的根的意识。我没想到高建群在"潜伏"多年之后突然拿出如此有分量的作品。

——中国作家协会原副主席　高洪波

　　《大平原》有内在的惊心动魄，写家族的尊严、生存的繁衍史，实际上是写我们民族强韧的生命力。这部长篇淋漓尽致地发挥了书写"命运"的优势，不是写一个人的命运，而是写了三代人的命运，厚重感非常强。

——著名评论家　胡　平

　　高建群对《大平原》中的女性人物都满怀敬意和温情。为了家族立足，高安氏骂街骂了半年，成为一道风景。用这种方式起到的威慑作用，来捍卫高家人生存的权利。顾兰子是书中的灵魂式人物，也是这部书苍凉的体现。

——著名评论家　雷　达

　　《大平原》基于高安氏、顾兰子等乡村女人的坚韧形象，这部新"乡土女性小说"中女人比男人强，乡土文明决定了女性在乡土生活里面所具有的支配性。

——著名评论家　孟繁华

《最后一个匈奴》进京的盛况如在目前。27年了，它远远跳过速朽期！27年了，它的风采依旧！27年了，人们——特别是陕西读者没有忘记它，了不起啊！

——著名文艺评论家　阎　纲

作为延安的一位文艺战线上的老战士，听到介绍，《最后一个匈奴》这部长篇小说写了大革命时期以来的三代人的命运，直到现在的改革开放时期，这还是过去没有人写过的重要题材，我很高兴！我祝贺这部作品出版，并获得成功！

——原文化部副部长、中国文联党组副书记　陈荒煤

27年前，《最后一个匈奴》在北京引发轰动一时的"陕军东征"，至今在文学界仍是一个历史性的重要话题，一段难忘的记忆。

——《人民文学》杂志原常务副主编　周　明

高建群的《遥远的白房子》，给我们许多启示，它也许预兆了小说艺术未来发展的某些趋势——难道，小说艺术在经过了几百年的艰难探索，它又回到讲故事这个始发点上了吗？

——北京师范大学教授、中国当代文学研究会理事　蒋原伦

如果不把《最后一个匈奴》这部中国当代文学的红色经典，变成一部电视剧，那是我们影视人的羞愧。

——央视著名制片人　李功达

《大平原》能拍一部大电影。我把中国的导演，脑子里过了一遍，最合适的这个导演叫吴天明。《大平原》中描写的那些事情，我全经历过。我父亲是解放后第一任三原县委书记，我自小就是在那一片土地上长大的。

——著名导演　吴天明